つくもがみ、遊ぼうよ

畠中 恵

角川文庫
19703

目次

序

ああ、そこな君。

この声が聞こえておるかな？　うん、今、御身《おんみ》に話しかけておるのだが……われの話が耳に届いておるだろうか？

おお、そうか。大丈夫、ちゃんと伝わっておるか。それは良かった、助かった。

うん？　一人納得するなというのか？　どこからともなく人の声がする故、少々気味が悪いと思われたかの。なるほど、それは悪かったのぉ。

われはな、今、御身の直ぐ近くにおるのだ。それ、目の前にある、小さな稲荷《いなり》神社へ目を向けておくれ。見えるであろう？　朱《あか》い鳥居があって、饅頭《まんじゅう》が供えてあるところだ。

実はな、その神社の戸の内に、今、掛け軸が置かれておってな。その掛け軸こそが、こうして御身と話しているわれなのだ。

名を『月夜見《つくよみ》』と言う。見れば納得するだろうが、それはそれは素晴らしい掛け軸なのだ。『万《よろず》の夜を思わせる月』が描かれておっての。文人に茶人、数多《あまた》の粋人がわれに、心を奪われてきた。そんな素晴らしき品故、われはずっと、大事にされ続けてきてな。そして齢《よわい》、百年を超す事になった訳だ。

故にな、われは並の品とは、違う者になったのだよ。

付喪神《つくもがみ》という名を、聞いた事がないか。それは器物が、妖《あやかし》と化した者の名なのだ。われはな、その付喪神なのだ。

妖であるから、影の内に入り他所《よそ》へ行く事が出来る。

こうして、御身と話をすることも出来る。

好きな菓子を食べる事もある。働く事とてあるぞ。今など、古道具屋兼損料屋である馴染《なじ》みの商人を助け、日々金子《きんす》を稼いでやっているのだ。

己で言うのもなんだが、それはそれは素晴らしき妖でのぉ。働き者だ。

よってな、草臥《くたび》れる事もあるゆえ、時々こうして店から出て、ほっと一息ついたりする。われは『月夜見』、月を仰ぎ見るのが好きなのだ。

日が暮れると、江戸の町は人の通りも少なくなる。夜四つ、亥《い》の刻に木戸が閉まってしまえば、ほとんど人と会うこともないから、われらは表へ出てきたりするのだ。

ふふふ、だからこうして御身と、ここで会うとは思わなんだよ。

うん？　おや、どうなされた。

人が他にも、居るようだと言われるのか。

まさか……おや、本当だ。足音が近づいてくるぞ。

誰ぞが稲荷へ、お参りに来たのだろうか。これはえらいことになった。わざわざ暗い中、やってくるということは、人に姿を見られたくない者なのかもしれん。

御身、ほら、こちらへ来られよ。われと一緒に、神社の陰に姿を隠した方がよい。

誰がお参りに来るのか知らぬが、鉢合《はちあ》わせをして、邪魔をするのも気の毒ではないか。

うん、うん。われらは上手《うま》く隠れる事が出来たな。これならば見つかるまい。さて、誰が来たのやら……。

おや、女だ。

手ぬぐいで顔を包んでおるが、かなりの歳のおなごと見ゆる。何やら、大きな籠《かご》を手に持っておるぞ。ありゃ、驚く大きさのお供え物だな。白いものが入っておるが、餅《もち》でも供えにきたのかのぉ。

あん？　どうなされた。御身、何故われの袖《そで》を摑むのだ？　籠を見ろと？　中を良く見ろというのか？　どうしたのだ、そんなに驚いた顔をして。餅が気になるのか？

おんや……これはまた、どうしたことか。

籠の中の餅が、動いておる。いや、あれは餅ではないな。布が動いてるのだ。だがあの布は、新しそうなもの故、付喪神と化して動いておるのではあるまい。

あれは……そう、中に赤子でもいるのだろうよ。だから動いておるのだ。

つまり今、籠を見下ろしているあの女、赤子を捨てにきたな。稲荷神社に、ややこを押っつけにきたのだ。

なるほど、遅き刻限に来た筈《はず》だ。そりゃ、人に見られたくはなかろうよ。とんでもない奴だ。

ああ、稲荷神社へ頭を下げている。後はよろしくということか。そら帰って行くぞ。籠を置いたままだ。赤子を見捨てて行ったぞ。

なんだ？　御身、声を上げぬのかと、われに問うのか？　あの老婆に、子捨てをしてはいけないと、言えというのか。

それは正しい考えだ。もし今、人の声がしたら、あの者も考えなおすかもしれぬな。

しかし……しかし、だ。

もしあの老婆が、本当に切羽詰まっていたら、連れて帰らせては、赤子の命が危ないかもしれぬ。若いおなごが抱いておらぬということは、もはや乳をやる者も、おらぬかもしれないのだ。ひょっとしたら、あの老婆は産婆で、母が亡くなり身寄りがなくなった赤子を、持てあましているのやもしれない。

つまりだ、われが子捨てを止めることが、あの赤子にとって、幸運になるかどうか分からぬのだ。だから……人ではないこの身が、あの子の運命を決めることは、しない事にしよう。

　これ、睨《にら》むではない。そこまで心配せずとも、赤子は大丈夫だ。このお江戸では、捨て子は大事に扱われるのだぞ。

　捨て子は拾われると、自身番へ連れていかれ、まずは町役人達が面倒をみることになる。詳しいであろう。われら付喪神は皆、齢百年を超えておるからな。数多の事を知っておるのだ。

　そしてな、町役人は一に親を捜す。赤子を捨てたものの後悔をし、連れ戻しにくる親とて、いない訳ではないのだ。

　そして親が見つからぬ場合、次は養い親を探す事になる。赤子など、もらい手は沢山あると聞くぞ。何しろ江戸では、幼い子が亡くなる事は多いのでな。流行病《はやりやまい》は多々あるし、子らは病に弱いからだ。

　それに、家を継ぐ跡取りは必要だが、子を得られぬ夫婦もいるからな。よって天が授けてくれた子として、引き取られる赤ん坊は多いのだ。

　迷子など大きゅうなった子で、養い親が見つからなんだ時は、暫《しばら》く町が養って、奉公先を見つけてやる事もある。なに親がいても十を超えれば、住み込みで働く奉公先を探すようになるのだ。大丈夫、捨てられても妙な親がいるより、皆、しっかりやってゆくものだ。

だから御身、そんなに怖い顔を、われに向けるなというに……おや、また人の足音が聞こえたぞ。

やれ騒がしい夜だな。おお、今度はお参りにきた者のようだ。月が雲に隠れて暗い。ろくに姿が見えぬが……あれはおなごだな。ほら、鳥居の下にある籠に気がついた。ああ、驚いている。赤子がいると分かったからだろう。あ、籠を抱えた。ほら、もう大丈夫だ。言った通りであろう。

子は天が授けて下さった宝だからな。ちゃんと大きくなるまで、育てて貰《もら》えるさ。そして、だ。拾われた子はその内育ち、いずれ独り立ちして親となる。また幼い子が置き去りにされていたら、今度は己が拾って、育ててゆくのさ。大事に大事に、神様から託された命を養ってゆく。

この国ではな、子の為の玩具《おもちゃ》が、山のように売られているのだ。長屋暮らしだって、親たちは幼い子らに、お八つをちゃんと食べさせるし、寺子屋へも、金をやりくりして通わせている。

御身も知っているだろう？　このお江戸じゃ、体さえ丈夫なら、何とか食っていけるのさ。それどころか、貸本屋から本を借りたり、算盤《そろばん》を扱える者だって、そりゃ多い。己で働いて生きていけるよう、子らは幼い頃から、しっかり仕込んで貰えるからだ。

子は宝だからな。そうやってずっと、このお江戸は続いているんだよ。

つくもがみ、遊ぼうよ

1

ねえ、あんた。

うん、そこであたしを見てる、あんたさ。

ねえねえ、ちょいと聞いておくれな。今すごく、話がしたいんだよ。

ありゃ、そっぽを向かないでおくれよぉ。あたしゃ本当に、聞いて欲しい事があるんだってば。横を向かれたら、寂《さみ》しいじゃないか。

それがさぁ、あんたも分かってるだろうけど、この世には、おっとろしい生き物がいるんだよ。ほんと、怖いんだ。どうしたらいいかと、あたしは頭を抱えてるのさ。

その恐ろしいものは、何かって？

聞いてくれるのかい。嬉《うれ》しいねえ。じゃあ、言うね。ああ、あいつらに聞かれてないだろうか。大丈夫かな。小声で言うよ。

そいつらの名は……子供さ！

子供って奴は、そりゃ、おっかないのさ。何たって遠慮がないし、手加減もしない。

まだ力加減てぇもんが出来ないから、姿を見れば涙が出るほどだ。こっわいんだぞぉ。

あたしゃ、この間なんか、放り投げられたんだ。世の中がぐるぐると回って、いよいよお陀仏《だぶつ》かと思ったよ。ああ災難だった！

えっ？　何だい？　子供に投げられるなんて、あたしは誰だって聞いてるのかい？

ああ、まだ名のっていなかったか。そうだね、こうして話を聞いてくれるんだもの。ちゃんと己を紹介しなきゃ、いけないね。

あたしの名は、『そう六』っていうんだ。歳は百と少しってぇところだね。うん、まだほんの若輩、かわいいもんだが、よろしくな。

はて、百も超えているのに、どうして若輩なのかと聞いてくるのかい？　ああ、人であったら、棺桶《かんおけ》の中に入っているかもって歳なのかしらん。

あのね、あたしは人じゃない。実は、玩具《おもちゃ》だ。皆で楽しく遊ぶ、あの絵双六《すごろく》なのさ。けど、ちょいと名のある絵師に肉筆で描いてもらったおかげで、最初から綺麗《きれい》に表具してもらえて、丈夫だった。子供の遊び道具というより、大人が絵を楽しむものだったのさ。それで大事にされて、無事齢《よわい》百年を超えたというわけだ。

物にはね、物の理《ことわり》ってぇものがあってね。大切にされて齢百年を超すと、付喪神《つくもがみ》っていう、妖《あやかし》と化す事があるのさ。

あたしはその、人ならぬものになれた。するとさ、喋《しゃべ》れるんだ。影の内へも入れる。

小さな人形の姿になって、歩く事だって出来るんだよ。それでこうしてお前さんとも、話が出来る訳さ。うん、あたしは付喪神のそう六なんだ。

双六の中には沢山の遊びの絵が描かれていて、そいつらも皆、付喪神になっている。だからあたしの双六は、賑《にぎ》やかで楽しいものなんだ。

ところが、さ。聞いとくれな。

あたしはある日、蔵から出されちまったんだ。主《あるじ》の店が、突然潰《つぶ》れたのさ。おまけにさ、その時蔵へ一切合切を買いにきた古道具屋は、あたしを高い物だとは言わなかった。そりゃあ上等な品なのに、双六だったからだ。それに描いた絵師が、時の流れと共に、名を忘れられたのが痛かったよ。

おかげでさぁ、あたしはただの遊び道具として、子供らの手から手へ渡る事になった。乱暴に扱われ、死にそうな目にもあった。不吉な品だと、酷《ひど》いことも言われた。最近はいつ破かれるか、ひやひやし通しなんだよ。

そうして子供らが双六に飽きるたび、もう五人も主が替わったかね。いや、最近移った古道具屋で六箇所目か。今は深川《ふかがわ》にある、出雲屋《いずもや》という古道具屋兼損料屋にいるんだよ。主夫婦は、清次《せいじ》とお紅《こう》という名だったかな。

損料屋に来た時は参ったなと思った。こういう店は、僅《わず》かな賃料と引き替えに、品物を貸しだすのが商売だからね。鍋釜《なべかま》、布団に着物、それこそ暮らしてゆくのに必要な品物の多くを、損料屋は貸してるんだ。お江戸は火事が多いし、長屋は狭いからねえ。人は色々なものを、買わずに借りて過ごしているのさ。

で、あたしもきっと今まで以上に、あちこちに貸しだされる事になる。このまま子供に乱暴され続けたら、あたしの身は、じきに破れちまうだろう。そうなったら……この世とも、おさらばかな。

嫌だ、嫌だ。せっかく妖となったのに。こうして、お前さんと、お喋り出来るようになったのに。付喪神のままでいたいよぉ。まだ、死にたくないよぉ。双六の中にいる付喪神の皆も、最近はずっと怯《おび》えてるんだ。

ああ泣き言、言ってるばかりじゃ駄目だ。やっぱり一か八か、勝負に出なきゃいけない。死んじゃう前に、逃げる事が出来ないか、とにかくやってみなきゃ。実は皆でずっと、やれる事がないか考えてたんだ。

おやあんた、あたし達が何をする気か、聞くのかい？　あれ、お前さんは何も喋っちゃいないって？

分かった。出雲屋にいる、他の付喪神達が、問うてきたんだ。魂消《たまげ》た事に出雲屋には、他にも付喪神達が、たんといるんだよ。あいつらときたら、新参者が何をやらかすつもりか、気になってるんだね。

でも言うもんか。誰もあたし達を守っちゃくれないのに、邪魔されちゃかなわない。

ああ、他の付喪神達がざわついてるよ。

　ねえあんた、お願いがあるんだ。もし生き延びる事が出来たら、またあたしと喋っておくれでないか。だってさ、話し相手がいないと、寂しくっていけないもの。ね、お願いだ。

　あれ、どうしたんだろ。他の付喪神達が、急に黙っちまった。ああ分かった。誰ぞが出雲屋の店表《たなおもて》へ来たんだね。なるほど、夕餉《ゆうげ》は終わったし店も閉めた。だからあの子供達、三人が現れたのか。

　ならばあたしの、勝負の時が訪れたということだ。

2

「あれ、話し声がしてたと思ったのに、静かだね」

　そう言いつつ、古道具屋兼損料屋の店表へ顔を出して来たのは、十一になる出雲屋の子十夜《とおや》と、その二人の友であった。

「新しい付喪神と、ご挨拶《あいさつ》だ。十夜、どの箱に入ってるんだっけ？」

　声を掛けたのは、十夜と同じ歳で、首半分背の高い市助《いちすけ》だ。十夜は背伸びをして棚を見上げると、平たい木箱を指した。

「その箱の筈《はず》だよ。ああ市助、一つ右だって」

「新しい子、双六なのよね。喋るの？」

二人に問うたのは、今八つのこゆりだ。三人の親達は、皆が生まれる前からの付き合いであったから、三人は赤子の頃からの仲間で、親友なのだ。

だから大概一緒にいて、この『出雲屋』か、市助の家、小間物屋の『すおう屋』か、こゆりの家、料理屋の『鶴屋《つるや》』で、三人まとまって食事を取る事が多い。どこも己の家同然であるのは楽しかったが、間抜けをすると、お小言も三組の親から降ってくる。それは、覚悟せねばならなかった。

「双六は自分の事、『そう六』という名前だって、言ってたよ」

そう六は先日、店表で双六の絵から抜けだしていた。十夜がそれを見つけたのだ。

「小さな人形《ひとがた》を取ってた」

そして付喪神のそう六は、口がきける。

「でも、そう六ときたら、われの事、嬢ちゃんと呼んだんだぞ！」

十夜は男の子だが、優しい顔立ち故か、女の子と間違われる事が多いのだ。市助が笑い出した。

「ふはっ、いつものことだよぉ。だろ？」

その点市助は違った。十夜と同じく、まだ髷《まげ》を結えぬ長さの髪を、後ろで一つに結わえているのに、男女を間違われた事はない。精悍《せいかん》できかん気で、はっきり言えば、付喪神達の脅威の的であった。

「そう六は他の妖と違って、あたし達と話すの、好きだといいな。遊んでくれるかしら」

付喪神大好きのこゆりが、期待を込めて囁《ささや》く。こゆりは一人女の子だが、小さい頃の子供のなりは、似たり寄ったりだ。

あと少しするとそれぞれに髪を結い上げ、女の子は花嫁修業で忙しくなり、自然と遊びの輪から離れてゆく事になる。

だが……三人は未《いま》だ、永遠に続くかと思えるような、遊びの日々の中にいた。

三人は付喪神がこの世にいることを、話を始めるより前から、承知していた。赤子の十夜と市助が籠《かご》に入れられ、一緒に置かれていた出雲屋の内で、妖達は気楽に喋っていたからだ。親達は親戚《しんせき》以上に仲が良かった上、皆忙しかったので、歳の近い赤子らを、どこかの家でまとめて預かる事にしていた。

だが後で親に聞くと、十夜らが赤子の頃までは、付喪神達は人と直《じか》に話す事など無かったらしい。何しろ付喪神は百年の時を経て妖と化した、大層立派な者だと自称していた。それ故、簡単に人とお喋りなどしてはならぬと、己らで決めていたのだ。

誰がどうして決めたのかは、付喪神達自身すら分からぬようだった。だが、とにかく出雲屋に置かれた妖は、己達の間だけで喋っていた。それを出雲屋の夫婦が、しばしば黙って聞いていたのだ。時々貸しだされはするが、付喪神達はまあ、概《おおむ》ね安穏と暮らしていた。

ところが。

齢百を超える妖らにとって、思いも掛けぬ誤算があった。人の赤子は恐ろしい程、育つのが速かったのだ。

十夜も市助も、ある日籠から出て、転んで、それでも立ち上がった。そして棚の上で、暢気《のんき》にお喋りをしていた付喪神達に、その小さな手を伸ばしてきたのだ。

「おお赤子達は、われらを摑《つか》みたいみたいだよ。怖いこと。手が届かぬから助かったな」

出雲屋にいる煙管《キセル》の付喪神、五位《ごい》は、姫様人形のお姫と頷《うなず》き合った。櫛《くし》のうさぎも、ほっとしたと続ける。

しかし、だ。半年も経たぬ内に帯留めの黄君《おうくん》が、何となく怖くなってきたと言い出した。

「猫神《ねこがみ》殿、十夜は随分と動きが速くなりましたよね。市助は力が強そうだ」

同じく根付けの野鉄《のてつ》や、掛け軸の月夜見《つくよみ》、金唐革の財布である唐草《からくさ》の前で、赤子らは日々、どんどんと育っていくのだ。

そして、唐子《からこ》のように髪を結い始めた人の子らは、ある日、店表へ踏み台を持ってくるという、恐ろしき技を身につけてしまった。二人は親が目を離した隙に、店の品へ興味津々の目を向け小さな手を伸ばし、ついに棚にあった箱を掴んだのだ。

「ぎ、ぎょえーっ。止めろっ、何をするっ」

あっという間に板間へ放り出された月夜見は、店に来て初めて、己から人へ口をきいた。蝙蝠《こうもり》の形が市助に気に入られ、思い切り振り回された野鉄は、死にものぐるいで損料屋から飛び出し、主夫婦が仕事をしていた古道具屋へ、転がり込む羽目になった。

付喪神が勝手に飛び出して来たことに仰天した清次が、慌てて損料屋に戻った時、幼子達と付喪神達の勝負は、既についていた。もう人とは直に口をきかない、などと言う余裕など、出雲屋の付喪神達には無くなっていたのだ。

「ひえっ、止めてくれ、壊れる。欠ける。止めろ、止めて下さいっ、止《よ》せーっ」

その日以来、損料屋から悲鳴が聞こえると、清次かお紅が、店へ飛んで行くようになった。

困った出雲屋の夫婦は、まずは踏み台を隠したが、子供達は直ぐにそれを見つける。

仕方なく夫婦は、付喪神達を棚の一番上に載せ、必死に働いた。そして何年かで借家を卒業し店を買い、その時に内蔵を造ったのだ。蔵には勿論《もちろん》鍵《かぎ》を付けた。付喪神達は揃って蔵に避難し、ほっと息をついた。

「おお助かった。これでもう、子供らに脅《おびや》かされる事はないな」

その頃恐ろしい子供達は、こゆりが加わり三人になっていた。ところが。付喪神達はじきに、人の子というものは、立った後は、智恵を付けるものだと悟る事になった。

十夜は器用な子で、付喪神が気に入ったらしく、出雲屋の帳場から、蔵の鍵を取り出すことを覚えてしまった。ある日、蔵で腕を引っ張られたお姫が、悲鳴を上げた。それを古道具屋の客に聞かれたものだから、妖の事を世間に隠している父親の清次は、思いきり困る事になった。

そしてついに、幼子達と付喪神を損料屋の店表に集め、双方の顔を見て言い聞かせた。

「付喪神は、この場で言いたいことを、子らへ話せ。意地でも口をきかぬと言うのなら、この後は放っておくぞ！」

「子供達は、付喪神らの話を、ようく聞くように。嫌だと言われたことをまたやったら、蔵の中へ、妖達の代わりに放り込むぞ」

ここで子らが先に口を開く。皆は付喪神達と今後も、大いに遊びたいと言い出した。

「ああーっ、もう我慢ならん」

ついにこの時、月夜見が喋り出す。そして、ちょこんと板間に座っている三人に向け、大いに熱弁をふるったのだ。

「われら妖は、子供の玩具ではないっ。放り投げられるのも、叩《たた》かれるのも、振り回されるのもご免なのだ！」

するとうさぎも五位もお姫も後に続く。

「その通りだ。われらに無体な事をするな。とにかく付喪神に、手を出さんでくれ」

きっぱりと言われ、子らは揃って眉尻《まゆじり》を下げる。それから頰を膨らませた。

「……でもちょっとだけ、飛ばして遊んじゃ駄目？」

「駄目！　われらは妖であるのに、この店の為に銭を稼いでいるのだぞ。立派だ。偉いのだ。子の相手まで、する気はない！」

付喪神達が意見を揃えると、清次とお紅が深く頷き、子対妖の合戦は終わりを告げた。その日から出雲屋の店先に付喪神達がいても、手を出しては駄目だと決まった。妖は一切、子供らと遊んでくれなくなった。

「つまんないの。あたし、付喪神とお友達になりたかったのに」

それでも諦《あきら》め切れぬのか、子供らは付喪神が店先へ出されると、うろうろするのを止めない。今日も新たな付喪神が入って来たと聞き、三人はやっぱり見に来たのだ。

そういう経緯があったから、子供達が店先に現れた時も、古くよりいた付喪神は静まったままであった。新米の付喪神なら遊んでくれるかもしれぬと、手を伸ばしたのを見ても、妖達はやはり、己達から話しかけようとはしなかった。

「双六のそう六は、何か良からぬ事を考えているようだ。あやつ必死と見えた。だから新米の木箱は開けぬ方が良かろうよ」

月夜見が、そう言う事は無かった。

「こゆりちゃんは一番小さくて危ないから、今日はお家《うち》に帰りなよ」

うさぎは、そう言いかけて……しかし口を開けないでいた。

市助は嬉しげな顔で新しい木箱を掴むと、相棒の十夜へさっさと渡す。三人が親も客もいない損料屋の店先で、その箱に手を掛けたとき、部屋内に緊張が走った。

「あっ」と、十夜が短い声を上げた。

木箱の蓋《ふた》が、はじけ飛ぶように開いて、中にあった双六が、板間に大きく広がったのだ。

3

「あれ、なんか妙だね。この双六、こんなに大きかったっけ?」

床に落ちた双六は驚く程広がって、十夜や市助が上に乗れる程になった。「変だな」十夜が首を傾げ、双六へ手を伸ばす。

するとその途端、上がりのます目に描かれていた、羽織袴《はおりはかま》姿の絵が立ち上がった。お茶を運ぶ、からくり細工の人形にそっくりな、七寸ばかりの姿だ。手にはごく小さな扇子を持っていて、それをくいと振り上げる。そして突然、十夜の手をぴしりと打ったのだ。

「こらっ、人の子。もう付喪神に触ってはならぬと、言われただろうが」

そう六が言い放った途端、付喪神達が大きな歓声を上げる。

「おお、その通りだ。何だそう六、御身《おんみ》もそのことを、念押ししておきたかったのか」

棚から声を上げたのは月夜見で、ついでにもっとお仕置きしてやれと、要らぬ事まで言う。しかし、双六の上で足を踏ん張ったそう六は、付喪神達にも、はっきり言い放った。

「子供らをやっつけたいなら、自分でやんな。出来ないなら、黙ってなよ」

その言い方にむっとしたのか、古参の付喪神達が黙り込む。そう六は皆の機嫌など構わず、小さな身で市助や十夜、こゆりを睨《にら》んだ。

「あたしはね、付喪神なんだ。双六の付喪神そう六だ」

いや、あたし達はと言った方がいいかなと、そう六は言葉を付け足した。

ていた。

「この双六にはあたしの他にも、各ますにいる付喪神達が、いるんだ」

金太郎に独楽《こま》、隠れ鬼など、色々な仲間がいる。皆が集まって、一つの双六を形作っていた。

すると十夜達三人は、にこりと笑った。

「双六とは面白そうだ。ね、遊ぼうよ」

市助が、そう六を上から見つつ手を差し伸べる。すると、子供の膝丈《ひざたけ》より小さいそう六が、扇子を振り回して言った。

「誰が遊ぶもんか！　遊ぶだけじゃない。あたしはもう、誰かに貸しだされる事だって、嫌だ。怖い事はもう沢山だ」

そう六で遊んだ者達は、とんでもない者ばかりであった。遊びに夢中になって、紙に賽《さい》をぶつける。踏む。引っ張る。上に茶をこぼす。勝負に負け、双六の上で喧嘩《けんか》もした。

「こっちは紙で出来てるんだ。このままだと破かれかねない。泣きそうだった」

だから。今後は一切働かぬと、そう六は言い出したのだ。

「桐箱に入れて、大事に蔵へしまっておくれ。もうあたしでは遊ばないこと。いいね？」

そう六は今日、それを言うため、こうして店表へ、自ら出て来たのだ。だが。

「やだ」

ぺろりと舌を出すと、十夜が素早く返答する。双六で遊んじゃ駄目だと言われても、うんと言える訳も無い。だって子供は皆、遊ぶのが大好きなのだ。たとえ雨が降ったって、一日中、お腹が空《す》くまで遊んでいたいのだ。

「何で一緒に遊ばないの？　つまんないよぉ」

すると、だ。否と言われたのに、この時そう六は、にやりと笑ったのだ。

「ふーん、こうして付喪神が頼んでるのに、どうしても遊びたいんだな。あたしが嫌がっても、無理やり遊ぶって言うんだね？」

ならば、遊ばせてやろうか。そう六が急に、反対の事を言い出した。己達の双六は、子供の遊びを描き並べた絵双六だ。

「でもね、一旦《いったん》付喪神の双六で遊び始めたら、上がるまで、止める事は出来ないよ。そしてますを先へ進めて行くには、双六にいる付喪神達と勝負して、勝たなきゃ駄目なんだ」

「勝負だと？　そう六、何を考えておる？」

ここで口を出してきたのは、野鉄であった。付喪神達は、何やら面白き事が起こりそうで、黙っていられなくなったのだ。

そう六は双六の決まり事を、こう説明した。

「子供達とわれらで、双六の勝負をしたとする。負けたら、勝った方の望みを一つ聞かなきゃいけない」

そして子供達がした約束は、親の出雲屋夫妻達も守らねばならない。子供達がきちんと話して、親に守らせるのだ。

「ほうほう、そうきたんですか。馬鹿な奴」

「うるさいね、まだ喋るのか、猫神。つまりあたしが勝ったら、双六の本体を桐箱に入れて、蔵にしまってもらうからね」

すると猫神は、己は何も言っていないと、ぶつぶつとこぼす。それに構わず、こゆりがそう六に文句を言った。

「えーっ、この双六は、そう六達のものなんでしょ？　絵双六の中じゃ、そう六達が強いのは当たり前じゃないの？」

もしかしたらずるい事だって、好きに出来るのかもしれない。だがそれを聞いたそう六は、両の足を踏ん張った。

「この決まりで遊ばないって言うんなら、二度と双六で遊ばせてやんないぞ」

そう六は、そういう風に決めたのだ。

「勝てないから、やらないんだろ。弱虫」

すると三人の内で、十夜がさっと動いた。足下に広がる双六の上から、一から六までの目が刻まれている賽を拾う。そして、人形を取っている付喪神のそう六へ、にっと笑いかけた。

「じゃ、われが勝ったら、そう六と仲間の付喪神達は、これからずっと遊んでおくれ。きっとその方が、蔵にしまわれてるより楽しいぞ」

「なんだぁ、女の子から始めるのか？」

身の丈七寸、小さなそう六が、偉そうに胸を張って十夜を見てくる。すると突然目を三角にした十夜が、賽をそう六へぶつけた。

「いてーっ」

「われは男だわ。分からんのかっ」

「十夜ぁ、赤い模様の入った帯をしてちゃ、間違われる事もあるって」

止めに入った市助が眉尻を下げると、その横で、こゆりも笑っている。十夜は親友達をちょぃと睨んだ。

「おっかさんが、赤を着ろってこだわるのは、疱瘡《とうそう》が怖いからだ！　われを女の子に見せたいからじゃ、ないわ！」

疱瘡は、十人罹《かか》れば四人は死ぬと言われている、怖い病であった。江戸では時々流《は》行《や》り、そのたびに多くの者が亡くなっている。十夜の兄と姉も、まだ十夜が生まれる前に、疱瘡で命を落としたと聞いていた。

よって母のお紅は、十夜だけは何としても守ろうと、必ず赤を身に着けさせる。病を司《つかさど》る疱瘡神は、赤を嫌うと言われているからだ。

しかしそう六は付喪神だから、疱瘡とは縁が無い。

「赤を着てりゃ、おなごだと思うさ」

額をさすりつつ転がった賽を指さすと、付喪神はふてくされた顔を子供らに向けた。

「ほら、勝負が始まった。賽の目が出たぞ」

賽の目の数だけ先に進めと、そう六は言った。そして止まった場所にいる色々な遊びの付喪神と、勝負をするのだ。

「あ……賽の目は、一だ」

そう六は扇子で、そのますを指した。

「ほれ、最初のますにいる付喪神と勝負しな。勝たねば次の賽を、振れぬ。負け続けると、降参するしかないぞ」

一ます目には相撲が描かれていると、そう六は説明をした。

「相手は金太郎だ。勝てるかな」

己が相撲をするのではないのに、そう六は偉そうに言ってくる。だがこの時、こゆりが首を傾げた。

「そう六、自分のいる双六なのに、一ます目が何の絵だったか覚えてないの？」

「何の絵って……勿論、相撲だ」

「阿呆《あほう》、違うよ」

思わぬ声がしたので、慌てて見れば、双六の一ます目は、目出度《めでた》い正月が描かれていた。最初の遊びは羽根つきで、振り袖《そで》を着た女の子二人が、羽子板を手にこちらを見ている。十夜達三人が、ますの内から羽子板を拾うと、横でそう六が声を震わせた。

「は？　えっ？　どうして羽根つきなんだ？」

己の一ます目は、ずっと相撲であったのだ。

「何で変わったんだ？」

十夜は、たすき掛けをして動きやすく袖をまとめると、困り顔のそう六を見下ろし、ちょいと口をとんがらせる。

「どうしたの？　羽根つき、やっていいのかな？　それとも相撲じゃなきゃ嫌なの？」

でも相撲の相手、金太郎はいないよと十夜が言うと、そう六が頭を抱えた。

「その、ちょいと待ってくれな。あたしは双六に戻る。金太郎の様子を見てくるから」

急に絵が変わったのでは、心配になるではないか。そう言うとそう六はとことこと、自分の絵が描かれている、上がりのますへと走ってゆく。十夜達は、金太郎の無事が分かるまで、大人しく待つ事にした。

するると。

「あれっ？　何で、何でだぁ？」

上がりのこまの上で、突然そう六が、大きな声を出したのだ。三人が目を向けた時、小さな姿はますの上で立ちすくんでいた。いやよく見れば、その目には涙まで盛り上がっていた。

「ど、どうしたの？」

こゆりが急いで問うと、そう六の顔の上を、一粒涙がこぼれ落ちてゆく。

「も、元に戻れないよぉ」

「はぁ？」

「自分の双六の中に、帰れない」

そう六は、絵双六にいる妖の一人なのだ。今はその絵から仮の姿を現し、動いているだけであった。なのに戻れなくなったと聞き、十夜達は呆然《ぼうぜん》として顔を見合わせる。

すると部屋の棚から、堪《こら》えきれぬような笑い声が上がった。

「にゃんと月夜見さん、そう六ときたら、みっともない。己の本体に戻れない付喪神なんて、初めて見ました」

「猫神、笑うな。あいつが睨んでおるぞ」

月夜見はそう言ったものの、己も笑っている。先程大きな口をきいたものだから、他の付喪神達は困ってしまったそう六に、優しい声など掛けはしないのだ。

「ち、畜生。どうしよう。どうしたらいいんだか……」

そう六が呆然としているので、十夜がしゃがんで、小さな姿と目を合わせる。

「そう六、始めたばかりだけど、とりあえず遊ぶのはまたにしない？　そう六は今、遊ぶより困り事を何とかしたいでしょ？」

「うん、済まない。今日の遊びは止めだ」

そう六が頷くと、十夜は甘いのぉと棚から五位の声が掛かる。市助が皆へ問うた。

「付喪神達は偉そうに言うなぁ。じゃあ、そう六がどうして戻れないのか、皆は分かってるんだね？」

するとと返答がない。

「なーんだ、分からないのは同じじゃないか」

とにかく羽子板を置き、三人は部屋に大きく広がっている双六の上から出ようとした。

すると、だ。今度は十夜達が、目を見開く事になった。双六の上から離れる事が出来ないのだ。

「えっ、えっ、何で？」

こゆりがもう一度試したが、双六の上から足が出せない。三人は双六の中に、捕らえられてしまっていた。

「どうなってるんだ？」

そう六が泣き出す。その騒ぎを見て、じきに出雲屋の棚の上では、付喪神達が真剣に話を始めた。

「これ、どういう訳かしら。何で十夜達は、出られないのかな」

姫様人形のお姫が戸惑った声を出すと、野鉄や唐草、うさぎに黄君が、わいわいと考えを口にする。

「こりゃ、そう六が間抜けをしたというより、何か特別な事が起こったんだな」

「野鉄さん、特別って何なんです？」

「そりゃ唐草、……何だろう」

「ありゃ、分からないんですかぁ。まあ、私も同じですが」

「誰か、事を見通せた御仁はいませんか？」

黄君が問うと、棚は一瞬静かになった。だが直ぐ咳払《せきばら》いと共に、重々しく話し出した者がいた。掛け軸の月夜見だ。

「こほんっ、おや誰も、何も考えつかぬのか。駄目だのぉ。付喪神ともあろうものが。それでは人に、馬鹿にされてしまうではないか」

そもそも付喪神という者は、古来この日の本におり……などと、ここで月夜見が故事来歴を滔々《とうとう》と語り始めたものだから、「へっ?」と十夜が、双六の上で驚きの声を上げる。月夜見が、事の真相を語るかと思い、耳を澄ましていたのだ。

「ねえ、昔話はいいから真相を話してよ」

急ぎ、話の流れを戻そうとしたが、気位の高い付喪神は、子供の言う事など聞かない。こゆりが、疑い深い声を挟む事になった。

「あの、月夜見は本当に何か思いついたの? 実はお馬鹿で、何も分かってないの?」

途端、眉を吊《つ》り上げた月夜見は、いきなり話を戻し、双六の不思議について語り始める。

「ごほん、まず皆に確認しておくが、そう六は、双六の中にいる付喪神の一人だ。そうだな、お姫」

「ええ、その通りです」

そのそう六が、いきなり本体の玩具からはじき出され、中に戻る事すら出来なくなった。そしてそう六が、もう遊ぶのを止めると言っても、三人の子供達は外へ出られない。

つまり。

「今、双六遊びを支配しておるのは、そう六ではないのだ」

誰かが、双六そのものを乗っ取ったに違いない。だから、付喪神の一人であるそう六が何を言っても、子供達は双六から出られないのだ。双六の一ます目の絵が変わったのも、その為に違いなかった。

「えっ、でも誰が、そのようなことを……」

お姫が首を傾げると、月夜見が大きく頷いた。

「問題はそこだ」

つまり子供らが双六から出たければ、その誰かに遊びは終わりだと、言ってもらわねばならないだろうと言う。

「別の誰か？　それは誰？」

十夜が勇んで問う。月夜見が仲間の方を向いたまま、きっぱりと言い切った。

「分からん」

「えー、そこまで話しておいて、分からないの？」

「新参者そう六が、どこで誰といかに生きてきたか、われらは知らぬ。何に目を付けられ、どうして取っ憑《つ》かれたのか、分かるものか」

月夜見は胸を張って堂々と、分からないと繰り返す。そう六が確かめた。

「だ、誰かがあたし達双六に、ごっつい意地悪をしてるってことかい？」

「さぁてな。ただの意地悪で済めばいいが。とにかく色々聞くべき相手は、分かっているではないか」

「へっ？」

月夜見にそう言われて、小さなそう六は呆然と立ちつくす。急ぎ周りを見回したが、妙な姿などないと言って、小さな肩をすぼめている。

だが三人の子供らは、すぐに思いついた事があるようで、揃って顔を上げた。そして疑いの目を、金太郎に代わって突然現れた、振り袖姿の女の子二人へと向けたのだ。

4

夜の出雲屋に、かん、かん、かんと、鋭い音が響く。行灯《あんどん》の柔らかな明かりの中、部屋を飛び交っているのは、羽根つきの羽根であった。

音は、いつもであれば直ぐに二親がやってきそうな、大きなものであった。しかし今、店表は不思議に包まれていたのだ。三人の子は双六から出られない。そして羽根つきの音も、他所《よそ》へは響かないようであった。

「来るぞっ、十夜、打ち返せ」

「市助、そっちに行ったっ」

「きゃーっ、こっちに来ちゃった」

空振りしたこゆりの横で、床に落ちそうになった羽根を、市助が何とか打ち返す。

出雲屋の店表では、羽根つき勝負が始まったのだ。

勿論、子供らと羽根を打ち合っている相手は、双六の一ます目に現れた女の子達だ。どちらも木目込《きめこみ》人形のように、かわいい。

「羽子《はねこ》と言います」

「無患子《むくろじ》と言います」

そう名乗った二人は、十夜達三人を相手にしているのに、大層強かった。

「あの、聞きたい事があるんだけど――」

先ほどのこと。羽子板を持った二人へ、まず市助が声を掛けたのだ。すると。

「あたしたちが双六を乗っ取ったのか。もしそうなら、どうしてそんなことをしたのか、知りたいんですね？」

羽子達は、己からそう話し出すと、にこりと笑った。そして、羽根つきで自分達に勝ったら、答えましょうと言ったのだ。おかげで子供達は、真剣に勝負をする事になった。

お正月と同じ様に、この勝負、打ち損なって落とした方が負けで、墨を顔に塗られる。味方が全員羽根を落とすと、双六一ます目の勝負で負けた事になり、問いには答えて貰《もら》えない訳だ。

「この勝負に勝たないと、双六の外へ出られないかも」

十夜の言葉に頷いた三人は、必死であった。いや、一応そう六も勝負に加わったから、味方は総勢四人と言えた。

しかし、羽根の先に付いている無患子の実は、身の丈七寸のそう六にとっては、大層大きいものだった。打ち返そうとしてひっくり返り、早々に床へ落とし、顔に墨を塗られてしまう。つまり直ぐ、戦いから離脱となったのだ。

「す、済まぬ。残った御味方は皆、頑張ってくれ。勝って、双六を取り戻してくれ」

「あのなぁ、いつの間に、おれ達とそう六が、仲間になったんだ？」

市助が、走って羽根を拾いつつ、そう六へ文句を言う。しかし今、勝負の相手は、目の前の女の子二人であった。双六から出たいなら正面突破、羽根つき勝負に勝つしかないのだ。

「あ、やだっ」

ここで、こゆりが転び、頭の真上から降ってきた羽根を受け損ねた。

「う、うわーん」

羽子に、目の周りに黒く丸を描かれ、しっかり者のこゆりが、泣きべそをかく。十夜と市助は、さっと表情を硬くしたが、こゆりを気遣う間も無い。二人の上へは、次々に羽根が降ってくるのだ。

「おおこれは、手強《てごわ》いことだ」

その羽根つきの様子を、棚に並んだ付喪神達が、悠々と楽しんでいる。何しろ古き者ども故、故事には詳しい。よって皆で、羽根つきについて語り始めた。

「羽根つきの羽子板や羽根は、元々は別の名で呼ばれておった。知っておるか」

月夜見によると、羽子板は『こき板』、羽根は、『こきのこ』と呼ばれていたらしい。

そして、この『こき』とは、何のことかというと。

「『こき』とは、『胡鬼』と書く」

つまり邪鬼のことなのだ。

「胡鬼板は元々、邪鬼払い、厄除《やくよ》けに用いられていたようだな。そして今は、女の子達の正月の、大事な遊びになったという訳だ」

「月夜見さん、凄《すご》い。本当に物知りですねえ」

お姫が褒めると、月夜見はゆったりと、それは満足げに頷いている。

すると横に飛んだ羽根を、必死に追いかけつつ、十夜が首を傾げた。

「何でこんなものが、厄除けなんだ？」

ぱん、と打ち返して、かん、と返される。何しろ下へ落としたら負けだから、延々と羽根が、空を舞う事になった。

羽根はふわりと飛ぶから、打ち返すのが難しい訳ではない。しかし、このまずっと打ち合っていたら、ただの人である十夜や市助の方が、先に疲れる事は目に見えていた。

「ありゃ、十夜がふらふらしてきたぞ」

ここで根付けの野鉄が、口をへの字にする。

「なあ、このままだと、子供らが負けるかもしれんよな」

「ええ」「ああ、そうだな」「はいな」

「となると、だ。子供ら三人は、双六から出られないわな、きっと」

「そうですねえ」

うさぎが頷くと、五位が「うへえ」と、渋い声を出した。

「そいつはちょいと、拙《まず》いな。もし十夜達が双六から出られなくなって、朝餉に顔を出さぬと、お紅と清次が騒ぐぞ」

出雲屋の夫婦は子煩悩なのだ。すおう屋と鶴屋も、子を大層大事にしている。

「三人が、双六から出られなくなったところを、親に見られたとする。親達はどうするだろうな」

五位の方に、今まで羽根つきを眺めていた付喪神達の顔が向いた。

「そりゃ、とんでもない事になりますよ。子らを助ける為、親達は妖退治で高名な僧でも、呼ぶに違いないですね」

猫神の考えに、多くの妖が首を縦に振った。僧は祈禱《きとう》で、付喪神を思い切り締め上げ、子供らを出そうとする。そう六は下手をしたら、あの世へ送られるかもしれなかった。

「ええっ……そ、そんなぁ」

双六の上に座り込んでいたそう六が、小さな顔を青くする。しかしそれに構わず、五位は目を半眼にして話を続けた。

「だが問題は、それだけでは済まないということだな」

出雲屋の主夫婦が、子らを救った後、どう出るかが怖い。

「お紅と清次は、怒るだろう。きっと、もの凄く怒る。店に付喪神がいると、大事な十夜が危ないと考えるかもしれん」

まだ出雲屋が大層小さくて、店の品を手放す事も出来なかった昔とは、訳が違うのだ。今の出雲屋は、すおう屋や鶴屋と組んで商いをし、儲《もう》かっていた。だから、もう付喪神など店に置かぬと決め、全員売り払ってしまうことも出来る訳だ。

「つまり今回の事は、付喪神全員の危機になるかもしれん」

「な、何だと。この店から売られてしまったら、もう皆で喋って楽しめぬぞ。とんでもない所へやられて、壊されるかもしれぬぞ！」

そうなったら付喪神としては身の破滅、あの世行きであった。

「い、嫌ですよぅ」「やだっ」「そう六のせいだ」「月夜見、何とかしてくれ」

誰の声かも分からぬほど沢山の言葉が、一気に部屋に満ちる。

十夜は、付喪神達の考えが面白くて、羽根をつきながら、しばしその語りを聞いていた。しかし直《じき》に、余裕が無くなる。そろそろ羽根を打つのが辛《つら》くなってきた。足がもつれる。それでも必死に羽根へ気持ちを向け、打ち返した。

ところが、その時。

「あ、ありゃ？」

隣で間抜けな声がしたと思ったら、市助が見事に、羽根を落としてしまったのだ。市助は何でも上手《うま》くやれそうに見えて、時々大きなへまをやらかす奴であった。

「ひ、ひえええっ。頼りの市助が」

付喪神達が悲鳴を上げた中、羽子が市助の右頬に、大きなばってんを描く。気がついた時、相手二人に対し、残っているのは十夜一人きりになっていた。

「ま、拙いぞ。真剣に、本当に大変だ。出雲屋付喪神の命は、風前の灯火《ともしび》だ」

こうなったら、われらが何とかせねばならぬと、野鉄が言い出す。そして直ぐに、ぼーっとしているそう六へ目を向けた。

「そう六、戦っている相手は、鬼だ。鬼と、何時《いつ》、何が原因で揉《も》めた？」

相手の不満が分かれば、付喪神達にも、手を貸せる事があるかもしれないという。

だが、それを聞いたそう六が、泣きそうになった。

「訳は、こっちが聞きたいや。大体、鬼と喧嘩するなんて怖い事、出来る訳ないよ」

出雲屋へ来る前、そう六は子供が遊ぶ時以外、ずっと箱に入れられていたのだ。

「あたしは、何も悪い事なんかしてないよぉ。その二人が鬼だとしたら、そいつらこそ悪い奴なんだ」

途端。

「ぎゃっ」という悲鳴を上げて、そう六が双六の上でひっくり返った。何と、十夜と羽根を打ち合っていた羽子が、突然その羽根を、そう六に打ち付けたのだ。

「い、痛いよう。何するんだ」

すると店の棚の上で、付喪神達が皆、深く頷いた。

「おお、一つはっきりしたな。鬼が悪と言われて、羽子が怒っておる。つまり二人は、そう六の方が悪だと考えておるのだな、野鉄」

「月夜見、もう一つ分かった」

二人の鬼は、双六を乗っ取れる程強い。ならばそう六を、こっそり襲う事も出来たろう。しかし二人は、ちゃんと羽根つきをして、そう六に勝負を挑んでいる。

「いや、まともな鬼だわ」

つまり。

「やっぱり悪いのは鬼じゃなくて、そう六なんじゃないのか？」

厳しい視線が一斉に、そう六へと注がれた。

5

その時、厳しい皆の視線から、そう六を救ったのは、市助であった。

「とにかく今の一打は、羽子の負けだ。わざと羽根を、そう六へぶつけたから」

市助はそう断じて、羽子の鼻の上に墨を塗ったのだ。羽子の負けが決まり、勝負から外れる事になる。相手も残るは無患子一人、一対一の羽根つき勝負となったのだ。

しかし十夜は、本当に疲れていた。だから羽根を打ちつつ、早く鬼にやった悪さを思い出してくれと、そう六に頼んだ。

「えっ？　そんなこと言ったって」

するとここで、お姫が柔らかく声を掛けた。

「そういえばそう六さん、お前さん以前、誰かに不吉だと言われた事があるって、言ってたわよね？」

お姫が考えるに、玩具の双六に不吉と言う者は、余りいない筈だ。ならばその時、何か特別な事があったのではないか。

「何で不吉なんて、言われたのかしら」

するとそう六は、その問いにはあっさり答えた。

「以前の主に、大店《おおだな》の娘がいたんだけど」

親は金持ちだった故、立派な絵双六だったそう六が、娘のお三津《みつ》の為に買われた。

「でも、あたし達をもらった頃から、お三津の体の具合が、どうも悪くなったんだよ」

母親は丁度、下の子を産むところだったが、歳がいってからの出産で、やはり調子が悪かった。父親は店で忙しい。それでお三津の面倒は、乳母や叔父《おじ》がみていたのだが、お三津は、何かが怖いと言って泣くようになった。

「するとだ、お三津の父ときたら、買われたばかりのあたしが、不吉な品なんじゃないかって言い出したんだ」

それでそう六は、早々に売られてしまった訳だ。次の主が、この出雲屋の清次であった。

かんっ、かこん、ぱんっ。羽根を打ち合いつつ、十夜が問う。

「そう六、お前さんはそのお三津って子に、何か悪さをしたの?」

「あたしには、そんな力はないよぉ」

それにお三津は大人しい子で、親達が買い与えた玩具達は、丁寧に扱っていた。そう六に至っては、せっかく貰ったのに、遊ぶ事もなかったという。

「だからあたしとは、揉めようもなかったよ」

そう六が答えた、その時。

「ぎゃんっ」

悲鳴を上げたそう六が、双六の端まで転がる。頭にまたもや羽根を打ち付けられ、吹っ飛ばされたのだ。見れば無患子が目を吊り上げ、そう六を睨んでいた。

「嘘をつくでないわ。お前さんのせいで、おみっちゃんは病になったんだ」

「あ、あんた、無患子さん。あんた、そのお三津って子の、知り合いなのか？」

問うたのは五位で、安全な棚の上から、おっかなびっくり、目を吊り上げた無患子へ声を掛ける。無患子は五位を睨むと、己はお三津から、一に大事にされている羽子板だと、そう言い出した。つまり胡鬼二人は、いつもお三津を守っている厄除けの守だったのだ。

「そりゃあ、おみっちゃんは、一時は寂しかったろう。おっかさんは妹弟《きょうだい》を産むんだ。暫《しばら》くは思うように、甘えられなかったからね」

しかし、だ。乳母は優しいし、お三津は妹弟が出来るのは嬉しいと言っていた。だから、調子の悪い母がお産を終えるまで、お三津はよい子で待てる筈だったのだ。

ところが。

「おみっちゃんは、急に怖がりになって、泣くようになったんだよ。おっかさんのお産も無事済んで、弟が出来たのに、それでも駄目だった」

八つのお三津は、布団の中で丸くなっている事が多くなった。心配した父親が、買ったばかりの玩具がいけなかったのかと、双六を売り払ったが、それでもお三津は、元のようにはならない。いや、益々《ますます》ふさぎ込むようになってしまったのだ。

それで無患子と羽子は、お三津に仇《あだ》する物や人がないか、もう一度お三津の親の店、伊勢屋《いせや》の中を調べた。しかし、そんなものはみつからなかった。

「だから、あたし達はおみっちゃんに悪さをしたのは、売られた双六だって考えたんだ。不吉って言われたあの双六、おみっちゃんに呪いでも掛けていったのかもしれない」

あの玩具を、逃がしてはいけなかった。それで胡鬼達は慌てて、そう六が買われていった先を突き止め、お三津を救うべく出雲屋へ乗り込んできたのだ。

「でも、いきなりこのそう六を、襲ったりしなかったよ」

きちんと正面からやっつけて、そう六に頭を下げさせ、お三津に何をしたか白状させねばならなかったからだ。だから無患子と羽子は、胡鬼の誇りにかけて、その鬼の力を使った。

二人はまずこっそり双六の中へ入り込むと、子供達と遊び始めた時を狙って、誰も出られないように結界を張った。

「付喪神の他にも、誰かを巻き込んだ方が、事が大きくなって、そう六が慌てるだろうからね」

それから羽子と無患子、二人がかりで金太郎を縛り上げると、双六の一ます目を乗っ取った。それから、きちんと勝負出来る時を待ったのだ。

「羽子板は胡鬼であり、鬼であるからね。双六の付喪神などより、真っ当なんだよ」

「でもそう六が、人に泣きついて、加勢させるとは思わなかった。やっぱりこいつは卑怯者《ひきようもの》だね」

無患子がそう言って迫るものだから、そう六は後ずさる。すると反対側を羽子が塞《ふさ》ぐ。そう六は二人に挟まれた恰好《かっこう》で、睨まれた。

「逃がさないよ。子供を虐《いじ》めておいて、悪いと思わない奴は、ろくでなしだ。いっそ表装ごと細切れに破いてしまおうか」

するとその時、いささかのんびりとした、市助の声がした。

「あー、とにかく勝負は無患子の負けだ。そうだろ？　無患子も、そう六に羽根を打ち込んだんだから」

「今は、それどころじゃ……」

言いかけた無患子の顔に、市助が素早く墨で大きな丸を描く。無患子が、歯を食いしばった。

「悪き双六の仲間は、やはり意地悪だわ。でも、墨だらけになったって、あたしらは、おみっちゃんの味方だから！」

するとここで、草臥《くたび》れた顔の十夜が、己の羽子板をよいこらしょと、肩に担ぎ上げる。そして無患子に近づいた。

「あのさ、このそう六をやっつけても、お三津って子、治らないと思うんだけど」

「な、何を言うかっ」

無患子と羽子が、揃って睨んできた。

「そう怒るなって」

十夜は付喪神達と向き合う。

「そう六は玩具の付喪神、しかも大勢の内の一人だもの。遠くにいる子供を、呪う力なんてないよ」

「それはそうだ」

棚の上で付喪神達が頷く。だけど実際に、お三津という子供は、具合が悪くなっている。

「だとしたら、その子が元気をなくす訳が、他にあるんだと思うな」

「そ、それは何？」

鬼達は勇んで聞いてきたが、十夜はいい加減羽根つきで疲れていたので、返答の前に、双六の上に座り込む。そして隅に寄りかかろうとしたら、そのまま外へと転がり出てしまった。

「あれ……双六から出られた」

驚いて双六へ目を向けると、一ます目が、相撲の絵になっていた。つまり胡鬼達は羽根つきの勝負で、己の負けを認めたのだ。その事を教えてやると、そう六が慌てて、一ます目へ駆け寄った。金太郎を捜しに行ったのだ。

「あら金太郎が戻ってきてる。良かったわね」

お姫が棚の上から優しく声を掛けると、そう六が付喪神達へ顔を向ける。それから小声でありがとうと言い、べそべそと泣き出した。

ここで二人の鬼達が、縋《すが》るような目で、十夜へ聞いてくる。

「あの、おみっちゃんはどうして、急に怖がりになったと思う?」

「どうすれば、元に戻るんでしょうか」

心底困っている様子の鬼達へ、十夜が顔を向けた。

「おみっちゃん、あーそーぼ」

翌日の事。子供ら三人は、伊勢屋へ顔を出した。名乗ると、最近お三津を見かけないので、様子を見に来たと語る。

「お嬢さんのお友達、ですか?」

小僧が戸惑った顔で、後ろにいた手代へ目を向ける。すると十夜と市助が、怪しい者ではないと、三人の親が持つ店の名を告げた。

「こゆりは、お三津さんと同じお人に、裁縫を習ってるんです」

すると十夜達の話が聞こえたのか、帳場から、優しそうな男の人が立ち上がった。

「そりゃ、嬉しい事。ぼうや達、お三津を気に掛けてくれたのかい」

男の人は伊勢屋、つまりお三津の父親であった。

「本当ならお三津と一緒に、外へ遊びに出てもらうんだがね。でも娘は最近、余り表へ出たくないと言うんだよ」

だから良かったら店へ上がって、お三津と会ってくれないかと、伊勢屋はこゆり達に笑顔で言った。友達が来て遊んでくれたら、お三津も元気が出るに違いない。

「お八つもあげるからね。ゆっくりしていっておくれ」

「ありがとうございます」

三人がきちんと礼を言い頭を下げると、伊勢屋は安心したように一つ頷き、小僧に店奥へと案内させる。自分達と似た年頃の奉公人に連れられ、店先から奥へ向かう時、三人は袂《たもと》から出雲屋の付喪神達をそっと取り出し、こっそり頷き合った。

羽子達は伊勢屋へ帰ると早々に、お三津の側へ戻ると言って、影の内へ消えてしまった。

(上手く伊勢屋へ、入り込んだな)

小さな子供が元気が無いくらいでは、お江戸の岡っ引きは忙しいから、訳など調べてくれない。だから子供達と付喪神は、暇の無い大人に成り代わり、その重大な出来事の訳を探りにきたのだ。

6

昨日、羽根つきの勝負が終わった後、十夜達三人と、付喪神達、それに鬼である無患子と羽子が、店表の畳の間で輪を作った。そして、伊勢屋のお三津が急に怖がりになった訳を、皆で考えたのだ。

まずは十夜が口を開く。

「羽子さんたちの話を聞いて、変だなぁと思った事があるんだ」

それはお三津という子が、買ってもらったばかりのそう六で、遊ばなかったという事だ。すると胡鬼達は、そう六を渋い顔で見て、あっさりと言う。

「それはきっと双六が、面白くない玩具だからさ」

お三津は、玩具自体が嫌いな訳ではない。小さい頃から、よく遊ぶ子であったと無患子は言う。しかし十夜は首を傾げた。

「でもさ、新しい玩具が来たのに、箱を開けない子なんて、珍しいよ」

そもそも遊んでみなければ、その玩具が面白いかどうか、分からないではないか。

「なのにどうして、双六には手を出さなかったのかな」

すると、市助がまず答える。

「昔っから、双六は嫌いだった、とか」

「それなら、親は双六を買わないだろ」

「お三津は、双六が付喪神だと知ってしまい、怖がったとか」

「野鉄さん、箱も開けずに、どうやってそんなことが分かるんですか？」

お姫が首を傾げたものだから、付喪神達が黙る。猫神が続けた。

「遊び相手が、いなかったからとか」

双六は、一人で遊ぶものではない。

「伊勢屋には沢山の人がいるわさ」

胡鬼が、一言でその考えを退けた。しかし、市助やこゆりは、一寸《ちよつと》考えた後、そういう事もあるだろうと頷いたのだ。

「店に人が沢山居たって、遊んで貰えない時はあるよ」

奉公人達は、皆、働いているからだ。ばあやだって用事をしていて、もう幼子ではない子供に、張り付いている事はない。

「遊んでないで、髪を結う練習をしなさい。遊ぶより、着物の縫い方を習いなさい。お嫁にいけないわよ、こゆり！」

こゆりが母の口まねをすると、部屋内で苦笑が湧いた。女の子は嫁にいくまでに、自分の髪を一人で結い、裁ち庖丁《ぼうちょう》で反物を裁って、着物を仕立てられるよう仕込まれる。竈《かまど》で飯を炊き、お菜を手早く作る手際も必要だ。最低それくらいやれないと、嫁入り先で、本気で困る事になるのだ。

「でもおみっちゃんがばあやさんに、双六をしたいってねだっている所なんか、見た事ないわよ」

胡鬼達が、首を横に振る。

「つまり、双六が怖かったんじゃないかな。やっぱりそう六が悪いんだ！」

鬼二人が、その考えから離れないものだから、月夜見がうんざりした声で言う。

「鬼は、じっくり考える事をせんのか。それとも、そんな頭がないのか？」

途端、胡鬼二人は羽子板を振り、月夜見に羽根をぶつけた。すると付喪神が木箱の蓋で、存外器用に打ち返し、胡鬼の頭に当てたものだから、騒ぎが大きくなる。

「おい、止めろってば」

市助が止めるが、誰も聞かない。十夜は、騒ぎを気にもせず考え込んでいた。

「ここで話してても駄目だな。お三津さんの家へ行って、調べた方がいいかもしれない」

十夜は真剣に言ったのだが、気がついた時には、付喪神達の喧嘩は激しくなっていて、返事などこない。

おまけに胡鬼達が作った、双六の結界は消えていた。なのに大勢で騒いだものだから、出雲屋の店表は、大層やかましい事になったのだ。

「わあ、拙いよ。静かにしなきゃ」

十夜の顔が青くなる。必死に止めようとして……その時、部屋の戸が突然開いてしまった。

付喪神達は一瞬にして影の内へ逃げ込み、胡鬼達も見事に姿を消してしまった。つまり子供達だけが、出雲屋夫婦から夜に騒いだことを、思い切り叱られる事になったのだ。

「われら付喪神は立派だなぁ。こうして鬼や阿呆そう六の為に、手を貸してやるのだから」

　十夜達三人が、伊勢屋の店奥を歩いていると、付喪神の小声が聞こえる。ここで己の袖内へ、市助がちらりと目を向けた。

「付喪神の、どこが立派なんだ。昨日は、自分達だけ逃げたよな。うん、おれ達は付喪神に、腹が立つ事をされたんだ」

　一晩であっさりその事を忘れ、付喪神達が威張っているのを知り、十夜とこゆりも、怖い表情を浮かべる。すると。

「ええと、われらはお三津が、何を怖がっているのか、知る為に来たのだったな。早く、その謎を調べねば」

　蝙蝠の根付けである野鉄が、慌てて十夜の袖内から飛びだし、伊勢屋の奥へと消える。五位や月夜見、お姫も、怪しい者を探すのだと言って、近くの影の内へと逃げ出してゆく。

　しかし子供ら三人は、伊勢屋へ遊びに来たと言ったのだから、まずはお三津と対面せねばならなかった。三人とお三津は、会ったことなどない。だからその時、こんな子達なぞ知らないと、お三津に言われる危険があった。

　ところがこゆりは、余裕の顔つきなのだ。

「大丈夫よ。話のきっかけを作るのに、そう六を連れてきてるから」

元の持ち主であるお三津に、双六の事を聞きたい。それで伊勢屋へ来たのだと説明し、三人とは友達だと、お三津に話を合わせて貰おうというのだ。

「そんなやり方で、大丈夫でしょうか」

風呂敷《ふろしき》の中の木箱から、そう六の不安げな声が聞こえてくる。

だがお三津との対面は、十夜と市助が驚く程、あっさりと終わった。最初、お三津が三人を見て戸惑っている内に、仕事を言いつけられていた小僧は、店表へ帰ってしまったのだ。おかげで皆は直ぐ仲よくなって、お三津と話しだした。

「それでね、この双六、古道具屋の十夜のお父さんが買ったんだ」

こゆりが話の途中で双六を見せ、これが怖かった事があるか問うてみる。お三津は軽く首を横に振ってから、何かを言いかけ……突然黙り込んでしまった。

「おみっちゃん、どうしたの？」

三人はお三津の視線の先を見て、一瞬言葉を失う。伊勢屋の内を調べに行っていた付喪神達が、出雲屋にいる時と変わらぬ調子で、ほてほて歩いて部屋に入ってきたのだ。

「あっ……」

焦ったこゆりの声を聞いた途端、付喪神達は顔を引きつらせ、全員物のように固まる。だが、手遅れもいいところであった。

「あ、あのね、おみっちゃん。この子達はね、付喪神っていうんだ」

ここで腹をくくって、優しく説明をしたのは十夜だ。とにかく怖いものじゃないと、急いで言った。生まれて百年ばかり経つと、喋り動き出す物があるのだ。その説明に、お三津は目を丸くした。

「でも、大人には内緒にしてね。怖いっていう人がいたら、捨てられてしまうから」

「こ、怖いの？」

「あのな、怖くなどないわさ」

ここで、付喪神達が開き直って動き始めると、途端にお三津は笑いを浮かべた。

「あら、ちっちゃいのが歩いてる。首、傾げてる。かわいい」

かわいいと言われた途端、付喪神の全員がお三津の方を向いたものだから、今度は楽しそうに笑い声を上げた。すると、袴姿の人形となったそう六が、とことこと歩いて行き、お三津の膝へ手を掛け、話しかけた。

「あのな、あたしはな、今おみっちゃんが見た、双六だ。そう六という名なんだ」

「へえ、あなたが、あの双六なんだ」

そう六は頷くと、今、困っていると言いだした。

「この家には、おみっちゃんを、それはそれは大事にしている羽子板達がいてな」

その二人から、伊勢屋にいた時お三津を虐めたと言われ、そう六は困っているのだ。

つまりそう六は、疑われている。

するとここで、一足先に伊勢屋へ戻っていた羽子と無患子も現れ、お三津がまた驚く事になる。しかし馴染《なじ》みの羽子板達だと分かると、お三津は嬉しげに二人を膝に乗せた。するると羽子達は、お三津とそう六、双方を見た。

「おみっちゃん、最近元気がないわよね。このそう六に虐められたからじゃないの？」

するとお三津ははっきり、双六で遊んだことはないと言った。

「だからあたし、虐められてないよ」

その言葉を聞いた途端、そう六が大きく、安堵《あんど》の息を吐く。お三津は羽子達の小さな手をそっと触った。

「部屋にばかりいるのは、双六のせいじゃないの。そのね、この家には怖いものがいるから……」

「怖いもの？」

「障子に、変な影が映ってるのを見たの。人みたいな形をしているのに、固まったように動かない影」

その影は突然現れ、本当に随分長い間動かなかった。変に思って見続けていた時、お三津は影に、妙な尻尾《しっぽ》があることに気がついたのだ。先の方が丸くなっている尻尾だ。つまりその影は、実は人のものではなかった。何か怖いものが人に化けて、伊勢屋にいたらしい。

「その影、急に動き出して消えちゃった」

怖くなって声を上げたら、叔父の勝二《かつじ》が来てくれた。だが勝二は、廊下には誰もいなかったと言ったのだ。羽子と無患子はその事を覚えていたようで、顔を見合わせる。

「あの時の事が、尾を引いてたんですか」

「おみっちゃんが悲鳴をあげたんで、あたしと羽子も、店内を調べました。でも妙な妖など、入り込んじゃいませんでしたよ」

だからまさか、あの影のせいで元気がないとは、思いも寄らなかったのだ。それで二人は、そう六を疑ったらしい。

「ひ、酷いや」

小さなそう六がふくれ面をすると、市助が頭を撫《な》でてなだめる。

「障子は白い紙だからなぁ。障子戸を閉めても部屋は明るいけど、外の様子は見えないし」

影が映れば、何かいると分かるだけだ。お三津は見た事を否定されて、却《かえ》って怖くなったと言った。

「だって……あの後も何度か、影を見たし」

「何度も見てるの？」

付喪神達と十夜らは、顔を見合わせた。

7

「この家に巣くってる、何か怖いものって何でしょう。あたしはそいつと間違われ、羽子板達に、嫌われたんですね」

ほっとした為か、伊勢屋の部屋で、ちょこんと十夜の横に座ったそう六が、眉尻を下げる。五位が頷いた。

「そいつのせいで、そう六達や子供ら三人は、羽子達から、勝負を挑まれた訳だ」

ならば直ぐに、そいつが誰だか探さねばならないと、妖らは言い出した。

「付喪神というものは、大変立派で頭が良いのだ。きっと直ぐに、お三津の怖い影が何か、突き止められる筈だ」

沢山の小さな姿が、胸を張って言うのを見て、お三津が笑い出す。

「付喪神って、ちょっと威張りんぼうなのね」

影はどこに映っていたのかと十夜に聞かれ、お三津は自分の部屋の、一番右端の障子を指さした。

「こんな感じかな？」

市助が廊下に出て、障子に自分の影を映した。するとお三津は、場所はその辺りだけど、影はもっとずっと大きかったと言ったのだ。

「おや、妖しい奴は、背が高かったみたいだ」

十夜はちょいと腕を組んだ後、お三津へ、市助の影は、怖い影の形と似ているかなと尋ねた。するとお三津は、何だか違うと言う。

十夜は市助に体の向きを変えてもらい、障子に映す影の形を変えていった。五度目くらいで、とても形が似たと言われた。

「体を横に向けているように、見えたんだね。ああ、少し屈《かが》んでいる感じだったんだ」

似た姿勢を取った途端、市助が「あれ？」と言う。

「丁度、前に部屋が見える。影の者は、あの部屋を見ていたのかな」

今、障子が閉まっているから、中は見えないし、市助には誰の部屋かも分からない。その時お三津がひょいと廊下へ顔を出し、市助が見ているのは、母と赤子の俊太郎《しゅんたろう》が寝ている部屋だと話した。

「へえ、妙な奴は、赤ん坊が見たかったのかしらん。それともあの部屋に、何か大事なものが、あるのかな」

するとそう六と野鉄は、ひょいひょいとその部屋へ近づいていったのだ。

「勝手に部屋に入ったら、危ないって？　大丈夫、われらは先程、この伊勢屋内を見て回った。おかみさんは赤子を抱えて、板間へ湯浴《ゆあ》みに行った所だから」

ならば直ぐに、部屋へ戻っては来まい。

「部屋に気になるものがないか、見に行くくらい平気さ」

「止めなよ。無茶だって」

十夜が止めたにも拘《かかわ》らず、そう六達は障子戸を少し開けると、部屋へ入ってしまう。子供らが顰《しか》め面を浮かべた、その時。

「ひっ、ひえええっ。なんだっ」

部屋内から、首を絞められたかのような、声が上がったのだ。

「いけない、中に誰かいたみたいだ」

おかみの寝間から野鉄が飛び出してくる。続いて、決死の表情を浮かべたそう六が駆け出てきたのだが、更にその姿を追って、誰ぞが現れて来た。

「ひゃあ、拙いっ」

十夜が小声を漏らす。逃げているそう六は体が小さい。後ろの者が伸ばした手に、今にも捕まりそうであったのだ。走っている人形の姿で捕らえられたら、何と言って救いだしたらよいのか、見当もつかなかった。

「あれ、勝二叔父さんだ」

お三津が目を見開く。

するとこの時、市助が廊下へ駆け出たのだ。そして、走って来た男とすれ違った時、己の足をひょいと出し、男の足を引っかけた。

「わっ」

本当に見事に勝二が転ぶと、十夜とこゆりがすかさず駆け寄り、「大丈夫ですか」と言いつつ、そう六と勝二の間に割って入る。十夜は咄嗟《とっさ》に手を伸ばしそう六を摑むと、目配せをしてから、さっと空へ放り投げた。

「ひっ」押し殺した声と共に、そう六が宙を舞う。するとそれを野鉄が飛びながら、がしりと摑んだ。

「こっちだ」

月夜見が直ぐにそう六の本体である双六を広げ、野鉄はそう六をその上に落とす。そう六が元の体に戻ると、お姫がその双六と共に、急ぎ影の内へと逃れた。

その時、廊下で勝二が立ち上がった。目の前からそう六の姿が消えているのを見て、十夜へ怖い顔で問うてきた。

「ぼうず、誰なんだ……いや、そんな事はどうでもいい。見ただろう。小さいのが、ここを通っただろう?」

「えっ、何です?　われ達は、おみっちゃんの友達で」

十夜がそう答えても、勝二は問うのを止めない。

「小さな人の姿を、見た筈だ。あれは俊太郎だ。お三津の弟だ。生まれたばかりで歩くとは、物の怪《け》であったのかもしれん」

いや、きっとそうだ。おかしな赤子だと思っていたと、勝二は言いつのる。

「俊太郎はどこにいる？」

「赤ちゃんは今、湯浴みをしてる筈ですが」

しかし勝二はそう六のことを、俊太郎だと言い、引かなかった。十夜は知らないと言って立ち上がり、部屋の障子を開けると、誰も隠れてはいない事を示す。勝二は顔を顰めた。

「お前達も見ただろう。俊太郎は赤子とは思えない、怖い子なのだ。絶対そうだ。何故、皆、分かってくれないんだ？」

そして直ぐ廊下の先を向くと、お三津の部屋の前を通り、急いで兄、伊勢屋のいる店表へ向かった。もしかしたら本気で、人形姿のそう六のことを、俊太郎だと言いにゆく気なのかもしれない。

「何でそんなこと、思いついたんだろう」

驚きつつ、十夜達が部屋へと戻ると、お三津が顔を強ばらせていたのだ。

「どうかしたの？」

「うん、そのね」

お三津は何だか、呆然とした様子であった。

「今、障子戸に、あの怖い影が映ったの」

その影にはちゃんと、先の丸い尾があった。

「また出た、怖い、と思ってたら」

今日の影は素早く動き、開いていた障子の端から、姿を現したのだ。途端お三津は、目を見開いた。

「あの影の主……勝二叔父さんだった」

尻尾と見えたのは、愛用の巾着《きんちゃく》から垂れていた、丸い飾りが付いた紐《ひも》であった。お三津はその影を、見間違えたのだ。

「あたし、あの影がとても怖かった。叔父さん、どうして直ぐに、影は自分のものだって、言ってくれなかったのかな」

あの影が勝二なら、何故奇妙に思える程、廊下でじっと動かずにいたのだろうか。お三津が不安げな口調で問うたが、誰も返答をしない。十夜と市助はちらりと目を見交わしたが、その場では何も言わなかったのだ。

伊勢屋から帰るまでに、付喪神達は頑張って、伊勢屋中を影の内から見て回った。そして一つの答えを得た。

「伊勢屋の中には、怖い妖など居ない。お三津の言う通り、あの影は勝二のものだな。もう大丈夫だよ」

それを聞いて以来、伊勢屋のお三津は、体の調子を戻した。羽子と無患子は、大層喜んでくれた。

そして後日、三人と妖達は出雲屋の二階へ集まった。子供達が三人寝泊まりを一緒にするので、出雲屋では広い二階を、三人の寝間に充てているのだ。子達は二階が大好きだったが、鶴屋とすおう屋では他の店と同じく、二階は使用人達の寝場所となっていた。

布団が並べて敷かれている広い板間には、胡鬼である羽子と無患子が来ていた。二人は、今回の件の事で、謝りにきたのだ。

「特にそう六さんには、済まない事をしたね。関係無かったのにきつく当たって。みんなにも迷惑をかけたね」

二人はまず、しっかり頭を下げた。そして、お三津が妙な影を見た件には、生まれたばかりの俊太郎と勝二、そして勝二の縁談が、絡んでいたようだと話し出す。

「勝二さんの縁談？」

「伊勢屋にゃ長く子が、いなかったんだよ。だから以前は弟の勝二さんに、店を継がせるという話も、あったんだ」

だから勝二は今まで、兄の店で働いていた。しかしお三津が生まれると、跡を取るという話は一旦立ち消えとなっていた。

しかし勝二は生まれ育った深川で、昔なじみの友に囲まれて、暮らしていきたかったらしい。それに兄の子が、女の子のお三津一人であれば、勝二が跡を取る事も無いとはいいきれなかった。

だが伊勢屋には先日、跡取りの俊太郎が生まれた。

「それで勝二さんに、縁談が来たんだ」

お姫が頷く。

「だけどさ、おかみさんは歳もいってるし、元々丈夫な方じゃない。次の子は無理だろう。勝二さんは腹の底じゃ、男の子が生まれなければいいのにと、思っていたのかもね」

無患子が溜息《ためいき》をつく。更に、赤子は生まれても、幼い頃に亡くなる事が本当に多い。勝二は深川の地と、友と、伊勢屋を、諦め切れなかったらしいと無患子が言う。

「それで己を伊勢屋から出す元凶、跡取りの赤子を、廊下に立ち尽くして睨む事になったみたいで」

多分、何故今更己が店から出されねばならぬのかと、総身から怒気が出ていたのだろう。それが伝わり、勝二の影を見たお三津が怯えたのだ。

「旦那《だんな》様は、今回弟の勝二さんが、赤子の息子を物の怪だと言い出した事に、驚いたようです。一緒に暮らしてゆくのは拙かろうと、早々に品川《しながわ》の縁談をまとめ、勝二さんを養子にやる事に決めました」

良縁らしい。多分勝二も品川に落ち着けば、伊勢屋への執着も消えてゆくだろうと、胡鬼達は話をまとめた。月夜見が重々しく首を振った。

「人は大変だの。家の跡取りは一人のみ、他は、食ってゆく道を探さねばならぬから」

「養子の口があるのだ。勝二は運が良い」

「野鉄さん、当人はそう思っているかねえ」

ここで猫神が一つ息を吐く。いくら兄が良い縁だと言っても、遠く離れた品川へ行かねばならないのだ。一から暮らしも付き合いもやり直し、作り直しであった。町の決まり事、祭りなども皆違う。第一、幼なじみや友がいなかった。

「確かに家を移るのは、大変ですね」

そう六も、しみじみと言った。己は家から家へ移るのが、大層嫌だったと告げる。

「家と馴染み子供と仲良くなり、落ち着いたと思ったら、また別の主へ売られました」

そして次の家で破かれず、何とかやっていけると思った途端、更にまた移った。他所へやられ続ける。本当に辛かった。

「もう勘弁してくれと思いました。だからその……最初十夜さん達に、無茶な勝負を挑んだりしました。もう、他へやられたくなかったんです」

あの時は済みませんでしたと言い、そう六がぺこりと、小さな頭を下げる。ここで月夜見がにやっと笑うと、無患子へ目を向けた。

「今回われらが騒いで、勝二が家を出るきっかけとなったのは、良かったのではないかな。不満が凝り固まって赤子へ向かったら、大事になったかもしれぬ」

皆が頷く。市助が笑った。

「それに、おみっちゃんが元気になって、よかったよ」

「影が、叔父さんのものだったと分かったからですね」

その上、十夜達に付喪神らを紹介してもらい、怖くない妖もいると知ったお三津は、鬼達と直に口をきくようになった。親には内緒だ。それが大層嬉しいと、鬼二人が頭を下げてくる。

「妖が力を貸したからだ。われらは親切だからな」

妖の断言を聞き、三人の子達が笑う。

その後も夜の二階で、こそこそ、ぼそぼそ、付喪神達と子供らの話は続いた。有明行灯の小さな明かりが、それぞれの淡い影を、二階の壁に落として、ゆらゆら揺らす。

気がつけば付喪神達は、もう子供らと直に口をきくことを、厭《いと》うたりしなくなっていた。

「われらと喋って、いいの？」

ある日十夜が問うと、付喪神達はちょいと顔を見合わせ、今まで話していなかったかなと、首を傾げている。

「まあ、子供らはある意味、最強の生き物だからして」

「われら付喪神は、それに向き合うだけで、大変なのだ」

「つまり、一々口のきき方まで気にしていたら、身が持たん」

「悟りの境地だな。われらは頭がいいから」

「こうして二階で遠慮無くお喋りするのは、何と言っても楽しいですからねえ」

月夜見や五位、野鉄や猫神、お姫などの声が続く。それに。

「皆、遊ぶのは大好きだからな」

「うん、われ達も」

十夜らが、夜具を被《かぶ》りつつ笑った。噂話、妖の自慢話、怖い話、内緒話。うふふと言い、えへへと笑うのは、面白い。

そして今日も明日も、皆と一緒に、夜が更けてゆくのだ。

つくもがみ、探します

1

おや、お前さん。

あたしとは、初めて会うのかな。

そうか、そうか。

いや、袖《そで》振り合うも多生の縁とやらだ。こうして出会えたんだから、ならば一言挨《あい》拶《さつ》、しなきゃあねぇ。

あたしはね、野鉄《のてつ》って言うんだ。

あん？　蝙蝠《こうもり》に見えるって？　しかも根付けの、小さな細工物だよねって聞くのかい？

勿論《もちろん》、そうだとも。

見たまんまがあたし、野鉄なんだよ。結構、恰好《かっこう》いいだろ？　実は空だって飛べるんだぜ。

おや、目を見張ってる。ああ、驚かないでおくれな。

蝙蝠の根付けが、こうして喋《しゃべ》ってるんだ。もう分かってると思うけど、そう、あたしはただの物じゃない。器物が生まれて百年経ち、妖《あやかし》と化した者なんだ。

つまり世にいう、付喪神《つくもがみ》なのさ。

やれやっぱり、驚いちまったか。

うん？　でも怖いとは思わないって？　おやそうか、嬉《うれ》しい事言ってくれるね。ならば知り合い、いや、友達にだってなれるってもんさ。

ああ、分かってる。付喪神は珍しくて、なかなか人と話す事なんか、ないものな。だから御身《おんみ》はあたしに、興味があるんだよね。

なになに、じゃ、今から一緒に遊ぼうって？

そいつはいいや。きっと楽しいよ。なんたって、あたしは付喪神。大層素晴らしい者なんだもの。

おや、まずはお八つなど食べないかと、聞いてくれるんだ。うん、優しい御仁だね。あたしは菓子や茶が好きだ。それにお前さんはあたしを、丁寧に扱ってくれそうだ。だから、こういう時じゃなかったら、百年以上もの間に、付喪神野鉄が目にした壮観で凄《すご》い話など、語ってもいいと思うんだけどねえ。

だけど、けど。

見ての通り、今は何というか、遊ぶ事は無理かもしれないんだ。

何だって？　そういえば、どうして手に得物など持っているのか、聞くのかい？　あたしの右にいる付喪神仲間の五位《ごい》は、指一本ほどの長さの刀を構えてるし、物騒だと。まさに皆、合戦でもやりそうに見えるんだね。そう、われらは今、出雲屋《いずもや》の二階で、戦に備え、身構えているところなのさ。

左隣にいる姫様人形、付喪神のお姫ときたら、八寸程もある長刀《なぎなた》を構え、油断なく立ってる。その上、掛け軸の月夜見《つくよみ》、櫛《くし》のうさぎ、帯留めの黄君《おうくん》、根付けの猫神《ねこがみ》、財布の唐草《からくさ》も、戦じたくをしてる。双六《すごろく》のそう六は無理だったけど、ほとんどの付喪神達は顔を出してるからな。

全員刀やどす、様々な戦具を持ってるし。だから、見ていて怖いんだね。

だけどさ、あたし達だって、好きでこんな構えをしている訳じゃない。何しろ目の前に、とんでもない連中が現れたんだ。ほら、部屋の反対側を見ておくれな。

あの剣呑《けんのん》な連中が、目に入ったかい？　小さな人形のような姿が、沢山いるだろう。あたしには分かる。あいつらも付喪神に違いないんだ。贅沢《ぜいたく》な作りの、雛道具《ひなどうぐ》の付喪神だ。

大きさはせいぜい掌《てのひら》くらいで、例えば身の丈七寸もある人形姿のそう六と比べると、随分と小さい。でも齢《よわい》百年を超えて、付喪神になった連中だ。油断しちゃだめなんだよ。

第一、身なりがいいからといって、心がけまでいいとは限らない。聞いとくれ。あの雛道具達ときたら断りもなく、わざわざわれらの家、古道具屋兼損料屋、出雲屋へ入り込んできたんだ。そして、ここで暮らしているわれら付喪神に、見つかってしまったのさ。

その上さ、雛道具達は手に手に、刀など持っているんだよ。羽子板が得物のそう六と比べると、おっかない事、間違いなしだ。

だが、あたし達は立派な付喪神だからねえ。二階で向き合ったあいつらに、いきなり喧嘩《けんか》をふっかけるような事はしなかった。こちらの付喪神一同は、物騒な連中に、とっても落ち着いた言葉で聞いてやったのさ。

「どこの誰だ。何故、出雲屋へ入り込んだ?」

本当は頭へ一つごんと拳固《げんこ》をくれてから、ものを言いたかったんだけどね。

すると、だ。連中はものも言わずに、帰ろうとしたんだ。でもさ、あっさり逃がしたら、奴らは勝手にまた、出雲屋へ入り込むかもしれないじゃないか。こっちが寝ている間に、来るかもしれない。そいつはとっても嫌だったんだ。

出雲屋はわれら付喪神が、やっと手に入れた、落ち着ける場所なんだ。ここを、他の付喪神連中に荒らされたくはない。絶対に嫌だ!

だから月夜見が、退路を塞《ふさ》いだんだ。すると……きゃつらときたら、合戦の構えを取ったんだよ！　つまりどうでも、己《おのれ》らがどこの誰か言いたくないらしい。睨《にら》み付けたが、降参しないんだ。

おまけにこの雛道具達ときたらさ、余程古いのか、妙に時代後れなんだよ。ほら、これから戦うってえのに、刀を振り上げた後で、まず口々に口上を言い始めてる。

「やあやあ、遠からん者は音にも聞けっ」

「近くば寄って、目にも見よ」

「我こそは、雛軍団一の弓使い、赤衣《あかえ》の新右衛門《しんえもん》と申すぅ」

「また我は、薫衣《くのえ》の甚五郎《じんごろう》ぞ。古《いにしえ》の都では、人に……」

「うるさいわっ。喧嘩するのに、のたのたぬかしてるんじゃないっ。わー、打ち倒せーっ」

ああ、月夜見がときの声を上げた！　済まん、お前さんと話している余裕が、なくなってしまった。決戦開始だっ。

あ、そう六が羽子板で、羽子を打ち込んだぞ。

おおっ、雛の楽人《がくじん》衆の一人が吹っ飛んだ。

それーっ、いけーっ。

2

出雲屋は、江戸は深川《ふかがわ》で、古道具屋兼損料屋を商っている店であった。

先代から受け継いだ商いだが、店を買い、ぐっと大きくしたのは今の当主、清次《せいじ》だ。清次とお紅《こう》夫婦は、日頃親しくしている近くの料理屋、『鶴屋《つるや》』の平助《へいすけ》夫婦や、小間物屋『すおう屋』の佐太郎《さたろう》などと助け合い、工夫をして、互いに商いを広げてきたのだ。

そして今、出雲屋の一人息子十夜《とおや》と、すおう屋の三男市助《いちすけ》、それに鶴屋の末娘こゆりは、幼なじみとして日々一緒に遊んでいた。毎日泊まるのも、三人一緒。揃って、どこかの親の家で、過ごしているのだ。

ある日、十夜、市助、こゆりの三人が手習いから出雲屋へ帰ると、手代が思わぬ事を教えてくれた。

「あれ珍しい。八つ時に、佐太郎おじさんと平助おじさんがきてるってよ」

店が忙しい筈《はず》の昼間、出雲屋奥の一間に、皆の親が顔を揃えているというのだ。三人は、一寸《ちょっと》顔を見合わせた。

「何かあったのかしらん」

頷《うなず》きあうと、三人は二階へは上がらず廊下を行き、突き当たりの小部屋へ入り込んだ。そこは、親の部屋と襖《ふすま》一枚で仕切られている部屋であった。

思った通り、隣からは市助の父、佐太郎が話している声が聞こえてきた。例の賊の件だ。

「町名主さんと、岡っ引きの源《げん》さんから知らせがあった。深川でまた暴れたらしい。夜、木場伊勢屋《きばいせや》が押し込まれたって事だ」

凶悪な盗人《ぬすっと》一味らしく、木場伊勢屋では怪我人が何人も出たようだ。よって勿論、すおう屋、鶴屋、出雲屋も用心せねばならないと、佐太郎は続けた。しかし今回の話は、それだけでは終わらないのだ。

「他の時と同じく木場伊勢屋でも、賊に入られる前に、妙な事があったとか。聞いてるかい？」

こゆりの父、平助の声がした。

「障子に、奇妙な影が映ったという話を、耳にしたよ。それに誰もいない筈の部屋から、話し声が聞こえたとか」

その怪しい声は、奇妙な事を語っていた。この件には、恐ろしいほどの大枚が懸かっているると、口にしていたのだ。

「怪しい奴？　市助、何の事？」

「さあ……もっと良く知りたいね」

十夜達が襖を僅《わず》かに開け、隙間から覗《のぞ》き込むと、佐太郎と平助が、出雲屋夫婦へ顔を向けている。子供らが盗み聞きしていると知っている訳でもなかろうに、佐太郎はぐっと声を潜めた。

「なあ清次さん、お紅さん。まさかとは思うが、出雲屋にいる付喪神達が、面白半分、勝手に他所《よそ》の店へ入り込んだってぇ事は、ないだろうね？」

影や話し声と聞いて、佐太郎達はまず、妖である付喪神の事を思い浮かべたらしい。十夜は首を横に振った。

「おじさん、何を言い出すんだろ。出雲屋の付喪神達は、他所へ行くのは嫌いだよ。貸しだされる事だって、たまに嫌がるのに」

お紅を含め、親達四人の付き合いは長い。子供達が生まれる前からのもので、つまり三つの店は親戚《しんせき》以上の間柄であった。何しろ子供達が日々、互いの店を行き来しているものだから、三軒の間では秘密など持てないのだ。

秘中の秘、古道具に紛れている付喪神達の事も、皆ちゃんと承知している。鶴屋の平助は、以前己自身幽霊と遭遇した事がある故か、怪異を早くに受け入れたという。

「おとっつぁんは、へえ、物語の外にも、妖はいるんだねって言ってた」

こゆりは笑って言った。しかし市助の方は、しかめ面を浮かべた。

「うちの親、頭が固い」

佐太郎は、なかなか付喪神の存在を、認めなかったのだ。

だが、ある日悪戯《いたずら》盛りの市助が、すおう屋の家族を驚かせようと、店の掛け軸を一幅、付喪神である月夜見にすり替えた。すると、勝手に出雲屋から持ち出された事を怒った月夜見が、すおう屋で市助と大喧嘩を始めたのだ。

佐太郎はそれを見て仰天し、慌てて清次を呼ぶ事になった。そして付喪神達がこの世にいる事を、認めざるを得なくなったのだ。

もっとも付喪神達は、子供らとは気楽な間柄になっても、大人は別と心得ているようで、今も馴《な》れ馴れしくはしない。よって佐太郎達は今日、出雲屋の主《あるじ》である清次に、怪異と付喪神達の関係を確認しに来たわけだ。

ところが。

ここで二階裏から、駆け回る小さな足音が聞こえてきて、大人達の顔が天井を向いた。

「おや、鼠にしては派手な……付喪神かな。今日も、そりゃ元気だな、あいつら」

平助が笑っていると、どすん、ばたんという音は益々《ますます》遠慮のないものになり、清次は思わず溜息《ためいき》をつく。

「やれ騒がしい。佐太郎さんの問いの答えは、付喪神らに直に聞いて、確かめる事にしようか」

つまり馬鹿な騒ぎを止めようと、清次は二階への急な階段を上る事にしたのだ。久々に付喪神と喋れるかなと、平助や佐太郎も後に続く。十夜が襖の隙間を少し大きくすると、階段途中にある清次の足が見えた。

「こら付喪神達、何を騒いでいるんだ。下まで筒抜けで……」

話し出した途端、清次は魂消《たまげ》たような声を出した。掌より少し小さい人形が、二階から大勢湧いて出て、清次の足下を駆け下りたのだ。

「わあっ」

悲鳴を上げたのは、丁度、二階へ上がろうとしていた平助で、思わず人形を避《よ》けた拍子によろけ、階段から落ちそうになる。

「危ないっ、下の男、受け止めよ！」

ここで小さな笏《しゃく》を打ち振り、ぴしりと佐太郎に言いつけたのは、下りてきた人形の一体、りりしい面の男雛《おびな》であった。

「あ、おおっ」

咄嗟《とっさ》に頷いた佐太郎が、平助を片手で摑《つか》み、階段に倒れ込みつつ、もう片方の手で身を支えた。それで二人は何とか、落ちずに済んだのだ。

しかしその間に人形の付喪神達は、見事に人の脇をすり抜け、一階へ流れるように降り下った。そして、子供達三人がいる部屋へ来たものだから、隙間の下の方から覗いていたこゆりが、声を上げる。

するとと逃げていた人形達の足が、揃ってぴたりと止まったのだ。

「女人の声がしたぞ」

「あの方か？」

数多《あまた》の小さな姿が、丁度隙間から見える所にいたこゆりへ、遠慮のない視線を向けてきた。

（へっ？　何？）

身構えた時、人形達が一斉に首を横に振る。

「違う、違う。子供だ」

驚いている間に、二階から親達が下りてきて、十夜達は見つかってしまった。雛人形達は、あっという間に逃げてしまい、その後に出雲屋の付喪神達も下りてくる。すると清次達は、いつになく怖い表情を浮かべたのだ。

階下に小さな刀が一本、落ちていた。

盗み聞きしていた事が分かってしまって、がつんと叱られた。罰として、騒いだせいか汚れていた付喪神達を綺麗《きれい》にする仕事は、子供達がやることになった。

十夜は五位の煙管《キセル》を磨き、市助は野鉄の汚れを拭《ふ》き、こゆりはお姫のほつれた着物を縫う。そうして働きながら、三人は付喪神達と一緒に、お小言を食らったのだ。

「それで？　付喪神達、どうして大騒ぎをしていたんだ？　店に来た客に分かる程騒いだら、売り払うと言ってあった筈だぞ」

清次が怖い顔で妖に問うと、珍しくも月夜見が、大人と喋る事を嫌がらずに、言い返した。月とも人とも見える小さな姿で、偉そうに腕組みをし、清次達大人を見る。

「それはな、清次、お前さんが悪いのだ」

「は？」

「先程、われらがいた二階の寝床に、いきなり他の付喪神らが、得物を持って大勢現れたのだ。そりゃ戦いにもなろうさ」

つまりうるさくなったのは、他所者が店へ侵入するのを許し、店の品を守らなかった主のせいだと、月夜見は言ったのだ。

「他の付喪神？　ああ、あの雛道具、動いていたと思ったら付喪神だったのか」

清次、佐太郎、平助は、顔を見合わせる事になった。

「店に付喪神がおるのに、そんなことすら分からなんだのか」

月夜見に言われ、清次が顔を顰《しか》める。

「確かに、出雲屋にこれだけ付喪神がいるんだ。他所にも数多いて、不思議はないな」

百年の歳月を経た器物の中には、妖、つまり付喪神と化す者がいる。太平の世が長く続いている今、作られて百年以上経つ品物は、増えている事だろう。江戸のそここに、不思議な者達が居るのだ。

「しかし月夜見。何だってその付喪神達は、いきなり出雲屋に現れたんだ？」

「さあなぁ。だが清次、奴らはわれらに、会いに来たのではなさそうだったぞ」

すると親三人は揃って、いつになく渋い表情を浮かべた。そして小声で話し出す。

「雛道具の付喪神が、店に来たか。これは……嫌な噂を思い出すな、清次さん」

佐太郎がつぶやくと、平助が頷く。そして今の件は、ただ驚いただけでは済まない大事かもしれないと、言い出したのだ。

「丁度今、怪異が現れた後、店が賊に狙われたという話を、していたところではないか」

つまり。

「見知らぬ怪異に踏み込まれた出雲屋は、この後、賊に狙われるかもしれないぞ。ほら、岡っ引きの親分が言ってた、あの……」

「まさか」

清次が顔を顰める。しかし、そのまま黙り込んだので、十夜が目を見開いて問うた。

「おとっつぁん、狙われるって、誰に？　出雲屋に怖い賊が来るの？　どうして？」

十夜は眉尻《まゆじり》を下げ問う。親達が急に、付喪神らを叱る事など忘れたように見える事が、凄く気になったのだ。

だが、子供は話に交ぜて貰《もら》えない。佐太郎が声を掛けたのは、清次であった。

「十夜はいつも泊まりにきてるが、暫《しば》くは清次さん達も、うちか鶴屋へこないか。とにかく何としても、お紅さんが危うくならないようにしなくては」

ついでに、店で寝泊まりしている番頭や手代も、当分知り合いの家から、店へ通った方がいいと続ける。賊は夜、店を狙うものだからだ。家を空けておけば、賊に物は盗まれるかもしれないが、命は助かるという事だろう。

「ありがとうよ。佐太郎さんは相変わらず、お紅に優しいというか。やもめになったせいかね」

清次は苦笑を浮かべると、それでもお紅や十夜のことを頼むと、友二人に頭を下げる。だが、己は出雲屋に居続けると言い、十夜をびっくりさせたのだ。

「へっ？　賊が店に来るから、おっかさんもわれも奉公人も、みんな居なくなるんでしょ？　出雲屋が襲われたら、おとっつぁん一人でどうするの？」

「大丈夫だ。どうせ手を貸している所だし……」

そう言った途端、平素、一番落ち着いている平助に、清次はぽかりと頭を殴られた。ついでに、溜息もつかれる。

「清次さん、早く賊を捕まえたいのは分かる。でもな、そんなことをしたらお紅さんも、他所へ行くとは言えなくなるじゃないか」

お紅は、ぱりっとした気性故、亭主と一緒に、店に残ると言い出しかねない。そうなったら十夜は、不安で一杯になるだろう。

「親なんだから、ちっとは考えな！」

「……平助さん、その、済まない」

結局清次達夫婦は、店に近い鶴屋へ世話になり、そこから暫く出雲屋に通う事に決まる。十夜はいつもと変わらず、市助、こゆりと三人で、すおう屋か鶴屋で暮らす。親達が、これで安心と頷いた。

すると。ここで月夜見が、十夜の袖を引いた。子供達は目を見合わすと、十夜が清次の方を向く。

「あのね、おとっつぁん、お願いがあるの」

「おや、何だ？」

清次が優しく問い、十夜は付喪神を指さした。

「当分、出雲屋以外で泊まるんなら、うちの付喪神達、連れていってもいい？　付喪神は古くて、いい品が多いもの。残していったら、盗まれちゃうよ」

ただの品物ではない。今では皆、三人の友達なのだ。だからして、十夜は出雲屋に妖達を残し、逃げ出すことは出来ないと言ってみる。

大人達は顔を見合わせると、小さく息を吐いた。それから、子供らの脇に並んでいる付喪神達を数え、九つあることを確かめると、まず、今晩泊まるすおう屋へ持っていってもよしと言ってくれた。今の出雲屋には、十前後の品が減っても気にしないだけの余裕があるのだ。

「やった！」

こうして暫くは市助の部屋が、付喪神と子供達の居場所に決まった。横で清次が、改めて友二人に礼を言う。

「面倒をかける。早めに、盗人を捕まえられればいいんだが」

「俺達も、手は貸すさ。だが清次さん、無茶はするな。十夜とお紅さんに、心配を掛けないのが一番だ」

佐太郎が念を押し、平助は出雲屋で怪異を見たことを、岡っ引きへ知らせておこうと口にした。いつもよりも長く泊まるということで、お紅は風呂敷《ふろしき》に荷を多めに包むと、十夜の背にくくりつける。

十夜は母の顔を見つめ、にこりと笑った。

「大丈夫だよ、おっかさん。店も付喪神達も、われがこの刀で守るから」

十夜が見せたのは、雛道具の付喪神達が落とした、小さな小さな刀であった。丈は指一本ほどの長さだが、薄い刀身は鞘《さや》からぬく事も出来る。それを見て、お紅が笑った。

「頼もしいこと。まあこの刀は、本当に細かく出来ているのね」

頼りにしているわねと、お紅が優しく口にする。十夜は、市助やこゆりの方を見てから、大きく頷いた。

3

その夜、すおう屋の奥にある六畳間、市助の寝間では、話し声が続いていた。

十夜がいつも泊まりに来るので、市助は、兄達とは別の部屋を貰っており、付喪神も一緒にいるには都合がよい。こゆりは今、市助の妹おみやの部屋で寝ていた。

行灯《あんどん》の明かりの中、付喪神達は二つ並んだ布団の上で、気持ちよさそうに寝転がりつつ、あれこれ話している。

「どうして賊は、出雲屋を狙うのだろうな？」

中で一人、きちんと正座した月夜見が顔を顰めると、答えたのは猫神であった。こっちは腹ばいで、布団に半ば埋まりつつ怖い事を言う。

「そりゃきっと、店にある金子《きんす》を、みゃあ、根こそぎ貰おうっていう算段ですよ」

深川では、既に幾つかの店が被害に遭っているから、出雲屋だけが狙われる訳ではない。月夜見が顔を顰めた。

「賊が押し入ったら、きっと出雲屋の内蔵の鍵《かぎ》など、開けられてしまうだろうな」

「そりゃ押し込みの玄人ですもの。開かなきゃ、錠前を壊して入るでしょうね」

お姫の声が続く。月夜見は野鉄と、目を見合わせた。

「そんなことになったら、拙《まず》いぞ。出雲屋は貧乏になる。金が尽きて、商いが続けられなくなる。清次はわれらの寝床、出雲屋を手放す羽目になるやもしれん。大変だ」

何しろ人間は付喪神程、真っ当でも賢くもないのだ。つまり、だからして。

「われらはわれらの為に、今回の賊を捕まえるべきだな。人は頼りないので、任せてはおけん」

するとすぐに、他の付喪神らが声を上げる。

「そうだ、やろう。おーっ」

張り切った猫神や五位、お姫の声が重なった。だが……その後付喪神達は、揃って右側に首を傾げたのだ。

「で、どうやったら賊を、捕まえられるのだ？」

つまり威勢はよいが、勢いだけという感じで、付喪神達は、どんな策も思いついてはいないらしい。市助は呆《あき》れた表情を浮かべると、布団に寝ながら、ある考えを口にした。

「今日出雲屋で見た、あの雛道具の付喪神達を、追ってみてはどうかな」

盗賊の前触れとして、現れるという怪異だ。

「付喪神じゃ、岡っ引きが捜すのは難しいだろうし」

となれば自分達と出雲屋付喪神の、出番だろうと言うのだ。

「おお、その通り！」

一斉に同意の声が上がった。隣で寝ている十夜も頷く。だが十夜はその後、一つ気になる事があると言い出した。

「ねえ、あの雛道具の付喪神達は、本当に賊の手下なのかな？」

深川で盗みに入られた店では、怪異が現れている。つまり一見、賊に言いつけられた妖が、これから狙う店の下見をしているように、思えなくもない。しかし。

「付喪神が、賊の為に働くなんて事、聞いた事ある？」

問われて小さな仲間達は、すぐに口をへの字にした。月夜見が、ゆったりと首を横に振る。

「われなら、盗賊に使われるなぞご免だ。誇り高いからな」

五位やお姫も頷く。だが、しかし。

「あの雛人形達が、賊の仲間でないなら、前触れとして現れる訳が分からぬな」

「五位、彼らを捕まえて、訳を聞いてみたらいいと思います」

「うん、黄君、真っ当な考えだ。うん」

結論は出て……そして大きな問題に戻る。市助は天井を睨みつつ、夜着の下で腕を組んだ。

「あいつらを、どうやって捕まえよう？」

何しろ雛道具達は逃げてしまい、どこにいるのか分からないのだ。

「われらは、どこの店が賊に襲われたかすら、はっきりとは知らない」

「にゃあ、岡っ引きじゃないですからね」

猫神がそう言った途端、市助が急に半身を起こしたものだから、付喪神達が布団から転げ落ちる。市助は表情を明るくすると、話し出した。

「そうだ、岡っ引きの源さんの所へ行って、賊の事を、色々聞かせてもらうというのはどうだろ」

賊はどういう者達で何人くらいいるのか、岡っ引きなら、きっと分かっている。襲われた店へ入り込んだ手口も、知っている筈であった。

「現れたっていう怪異が、雛道具達かどうかも、知ってるかもしれない」

ひょっとしたら賊と関わっているのは、別の妖かもしれないのだ。

「うん、そいつは凄い思いつきだ」

十夜も布団から身を起こし、市助を褒める。

だが。ここで畳に転がった付喪神達が、一斉にくすくす、ころころ、手を振って笑い出したのだ。

「あーっ、これだから人の子というのは、考えが足りぬ」

「月夜見さん、まだ小さいんだから、しようがありませんよ」

櫛のうさぎはそう言いつつ、己も耳を振りながら笑っている。十夜が月夜見を素早く捕まえ、両手で顔を思い切り引っ張りつつ、訳を言えと迫った。ちょっと、むっとしていた。

「ふえええええっ。やひぇろっ。かんがえれば分かる！」

五位は笑いを止めないまま、理由を口にする。

「だってさ、そりゃ岡っ引きは、色々承知しているだろうけど……それを子供になんか、話したりはせんよ」

いや大人にだって、お調べ途中の事を漏らしはしないだろう。岡っ引きは、お役目で動いているのだ。あれこれ人に喋ってしまっては、その内賊達にも話が伝わりかねない。

「えーっ。でも岡っ引きの源さんは、おとっつぁんと何か真剣に話してたよ」

「そもそも、だ。賊について知りたくて、雛道具達の事を調べているんだよな？　賊のことが分かるなら、付喪神達の事を探る必要はないぞ」

五位の言葉に、十夜も市助も口をひん曲げたが、言い返す事は出来なかった。

「じゃあ、どうすればいいの？　付喪神達には分かるの？」

正面から問うと、今度は妖らが黙る。しばし、部屋の内は静かになった。

するとその時、部屋で、ことりと音がしたのだ。皆の目が障子の方へ向く。直ぐに姫様人形のお姫が、にこりと笑った。

「まあ、青海波《せいがいは》さんじゃないですか。お久しぶりですこと」

守袋《まもりぶくろ》の青海波は、出雲屋のおかみにして、十夜の母であるお紅が、祖母から貰った品だ。付喪神ではあるが、いつもはお紅が持ち歩いている故、店にいる皆とお喋りをする事が少なかった。

ところが。今日はその青海波が珍しくも、皆の集まりへ顔を出してきたのだ。

「今日はお紅さんが、暫くお世話になるからと、鶴屋とすおう屋へ挨拶にみえました。で、わたしはその時店表《たなおもて》へ、ちょいと紛れ込んだんです」

青海波はにこりと笑った。そして、驚くような言葉を続けたのだ。

「よく分かりませんが、先程店表でお紅さんと佐太郎さんが、真剣に雛道具の話をしてました。深川で集めている人がいて、どうこうと」

どうやら先だって出雲屋に現れた、雛道具について噂しているらしいと知った。その時、青海波は思いついたのだ。

「そういう話ならば双六のそう六さんに、役立って貰えばいいと思ったんです」

そう六ならば、雛道具の知り合いがいる筈だからだ。青海波はその事が言いたくて、皆のいる部屋へ来たらしい。

「あ、あたしに、雛道具の知り合いがいる？」

驚いたのは名指しを受けたそう六で、部屋にいた皆も、寸の間声もない。

だが、そう六は急に顔を上げると、小さな声で「あっ」と言った。そして、己の本体である双六を、布団の上にさっと取り出し、広げたのだ。

「そうでした。あたしらの双六は、子供の遊びを集めたものなんだから」

そう六は、双六そのものが妖と化した者なので、全員のまとめ役のような者であった。それぞれのますには、相撲の金太郎やめんこの鬼など付喪神となった玩具《おもちゃ》達がいる。中には当然、女の子の節句、雛祭りの雛達もいるのだ。

「ここ暫く、雛達とは会ってなかったんで、うっかりしてました」

付喪神達が、そう六の双六で遊びたいと言いだし、「またいつかな」と、市助に止められている。そう六が雛祭りのますを見つけ、雛に声を掛けると、先に見た付喪神達より一回り小さな人形姿が、幾つも現れてきた。

「そう六さん、呼びましたか？」

「うん。あのねえ、あたし達は今、他所の店で見かけた雛道具達を、捜しているんだけど」

同じ雛道具で、しかも付喪神だ。居場所が分からぬものかと、そう六は小さな雛に問う。すると雛たちは、己達は双六の中にいたから分からないと、首を横に振ったのだ。

「そうか……そうだよね」

十夜達が、ちょいと悲しげな表情を浮かべると、雛達は「でも」と言ってから、にこりと笑った。

「近所にいる他の雛に聞いて回れば、何とかなるかもしれません」

「そうか、助かる！」

そう六が雛道具と一緒に、これから家々を回ってくると言うと、蝙蝠の野鉄が溜息をついた。

「小さな小さな人形姿で町を歩いては、一日掛かっても、何軒回れるか分からんわ」

「だ、だって、あたしや雛が小さいのは、仕方がないです」

頬を膨らましたそう六へ、月夜見が苦笑を向ける。

「そう六、野鉄の言葉の意味を、ちゃんと受け取れ。野鉄はな、雛道具を抱えて飛んでやろうと言っているのさ」

「ありゃ、それは助かります」

「野鉄は凄いな。飛べるんだから」

市助に褒められ、野鉄は大いに誇らしげな顔をした。

「よし、これできっと上手《うま》く行く！」

付喪神達が「おーっ！」と、ときの声を上げた。すると何故だか突然、襖が開いたのだ。

「こらっ、いつまで起きているんだっ」

廊下から、手燭《てしょく》の明かりを手にした佐太郎が、怖い顔をして現れてきた。

「げっ、おとっつぁん」

市助が首をすくめる。

「子供達はもう寝ろ。騒いで邪魔をするんなら、付喪神達は蔵へ放り込むぞ」

途端、部屋内は見事なばかりに静かになる。

「おじさん、われ達はその、賊を捕まえる相談をしてたんだ。だからその、話す必要があったの」

十夜が言ってみた。いつまでも済みませんばかりでは、小さな子供と変わらない気がして悔しいからだ。すると、佐太郎が真面目な顔で問うてきた。

「俺達親と競って賊を懲らしめるつもりなのか？　出雲屋を救う英雄になりたいんな

ら、きちんと寝なくてはいけないな。寝不足では戦えないぞ」

「……ごめんなさい」

佐太郎が優しく笑い、部屋に置かれた行灯の、小さな明かりを吹き消した。

4

江戸の朝は早い。

商家などは、空が明るくなる明け六つ頃には店を開けるから、奉公人はその半時ほど前、暗い内から起きだして、あれこれ支度を始めるのだ。

町では朝餉《あさげ》用に売る為、まずは豆腐屋が商いを始め、豆腐を担いで振り売りにもゆく。その後、納豆売りが町々を回った。天秤棒《てんびんぼう》を担いだ振り売りは、玉子なども売ってまわる。

飯は一日一度、まとめて炊く者が多いが、江戸では朝、飯を炊く。だからすおう屋の台所でも、腰につばのある大きな釜《かま》が竈《かまど》に据えられ、湯気を上げた。

そして子供達も、起きたらやることはたんとあった。

まずは付喪神達と一緒に、暁の空へ飛び立つ野鉄を見送った。

「がんばれよ。雛達、野鉄、われら付喪神の力を見せる時だぞ」

「承知ーっ」

それから、着物を着て布団を畳み隅に寄せ、枕屏風《まくらびょうぶ》でかこうと、皆で井戸端へ行く。水を汲《く》み上げ、小さな付喪神達と共に顔を洗い終わると、直ぐ朝餉となるのだ。

佐太郎の一家と子供らは奥の間で、銘々膳《めいめいぜん》の前に並ぶ。飯と納豆汁、目刺し、青菜のおひたし、漬け物を前に、嬉しげな顔をしていると、まずは主の佐太郎が箸《はし》を取った。

十夜や市助、こゆりは炊きたての飯をぱくりとやり、思い切りにこりと笑う。これから一日、凄く頑張るつもりだから、まず朝は一に、お腹を一杯にしなくてはならないのだ。

「この世の幸せはここに有りという顔だな」

市助の二人の兄達が、笑って言う。皆、うんと頷きつつ、せっせと飯をかっこんだ。

「お代わり」

市助と十夜は大盛りで三杯、こゆりも二杯ほど食べ、膳の上のお菜も片付ける。

朝の五つ時になると三人は、六つになる、市助の妹おみやの手を引いて、寺子屋へ向かった。子供たるもの、せっせと手習いをするべきだというのは、親の意見だ。

皆、同じ師匠に教わっており、一緒に居られるのはよかったが、井上《いのうえ》師匠は御浪人で、怠けた時はいささか怖い。それでも三人は馬鹿もしたし、怠けもしてきた。今日は勉学など上の空だったから、しっかり叱られたが、皆、井上師匠の事は結構好きであった。

昼餉は弁当で、大きな握り飯に、きんぴらと漬け物が付いていて美味《おい》しい。昼過ぎ、市助が十夜の顔に墨を塗り、喧嘩になって師匠に尻を打たれた。そして。

「やっと、八つ時だ」

子供ならば、遊ぶ時であった。そして今日は特別、出雲屋の為に活躍すべき時であった。

「行くぞっ」

市助の声と共にすおう屋へ駆け戻ると、おみやをばあやへ渡して、お八つの焼き芋を貰う。急ぎ市助の部屋へ帰れば、付喪神達が顔を揃えて待っていた。こゆりが笑う。

「そう六と雛達も、戻って来てたんだね」

ただし野鉄と猫神はいなかった。そして皆が戻ってくるまでのことを、付喪神らは我先にと話し始めたのだ。

「野鉄と雛達は半日近所を回ったんだと。だがな、出雲屋に現れたあの雛道具達に会う事は、出来なんだとか」

まず口を開いたのは五位だ。しかし直ぐにそう六が横から、大きな声で話し出した。

「各家の雛達によると、われらが目にした程、沢山の雛道具を揃えている家は、町屋では珍しいそうです」

大名家ならば考えられるが、お姫様の道具にしては、人形や雛道具が小さいと、他家の雛人形達は首を傾げていた。

どうも、初めての桃の節句に小さな女の子の為に買った品とは、思えないという話になったのだ。ここで黄君が、言葉を継いだ。

「すると野鉄さんが、面白い話を聞いたそうです。己の楽しみで、雛道具を集めている御仁が、いるという事で」

つまり、俳句を詠んだり朝顔を育てたりするように、物を集める事を、楽しんでいる人がいるのだ。

「そういう御仁の持ち物であれば、それはそれは沢山の雛道具が集まっている事にも、納得がいきます」

それでそう六達は、楽しみで雛集めをしている御仁の事を、聞いて回る事にした。

何軒もの雛に聞いた結果、沢山の雛を持っている者が、三人ほど噂に上ってきた。

「一人はかなり遠方の御仁とかで、この御仁の雛は、違うだろうという話になりました」

そして、野鉄は残り二軒を回り……雛達が、誰の家にいるのか、突き止めたのだ。

「蔵前《くらまえ》の大久屋《おおひさや》。それが、あの雛道具達の住みかのようです」

「へえ。聞いた事ないお店だけど、どこにあるんだろ。蔵前って、遠いの？」

市助と十夜、こゆりが首を傾げる。すると、並んでいた付喪神達が、揃って胸を張った。

「ああ、やはり分からぬか。そう言うと思ってな、われらはちゃんと調べておいた」

どうやら今日、子供達が寺子屋で学んでいる間に、そう六と野鉄以外の付喪神達も、頑張っていたらしい。表へ出たり、すおう屋の奉公人達の話を、こっそり聞いたのだ。

月夜見が自慢げに言う。

「われら付喪神には、それは頭の良い者が揃っておるからな。だから今回も、かくも短い間に、大久屋なる店の事を調べ上げ……」

「はい、はい、はいはいーっ。大久屋のこと、話しますーっ」

話し足りないそう六が、月夜見の自慢話を遮って、説明を始めてしまう。そう六は月夜見に睨まれ、五位には「阿呆《あほう》」と言われ、背中から畳へ押し倒されそうになった。

だが、付喪神にしては体が大きい方だから、足を踏ん張って話を続ける。

「大久屋は、大金持ちの札差だって。店は、隅田川《すみだがわ》をさかのぼって、両国橋《りょうごくばし》を越した先、蔵前にあるんだ。けど少し前から、深川の別宅に来るようになったとか。雛道具があるのは、その家だそうで……わーっ」

五位が月夜見と組んで、やっとそう六を倒す事に成功する。すると、三人がもつれ合っている間に、お姫がのんびりと後を続けた。お姫は今日、すおう屋の板戸の陰から、机で算盤《そろばん》を入れていた番頭に、大久屋のことを問うてみたのだ。

「すると誰か、すおう屋の人に聞かれたと思ったんでしょうね。後ろを向いたまま、答えてくれたんですよ」

札差の大久屋は、今の主の父が始めた店であるという。亡きその父親は、他の札差の番頭を長くしていた。その縁で独立し、札差仲間に加わる事が出来たのだ。

「お金があっても、札差仲間に認めて貰えないと、札差の株は買えないんですってね」

つまり、商売を始めることが出来ないのだ。

「へえ、商人になるのに、そんな決まりがあるんだ」

市助が目を見張ると、そう六を踏んづけて立ち上がった月夜見が、横からごほんとわざとらしい咳《せき》をした。

「市助、商人の子なら、もうちっとあれこれ勉強しなくてはな」

そもそも市助は三男故、この先己の力で仕事をしていかねばならない。跡取りではないのだからと説教されたので、口を尖《とが》らせた市助は、月夜見の顔を両側から引っ張った。

「だからほら、大久屋の話をしてよ」

「痛いではないか。阿呆市助！」

「ああ、では私が語りましょう」

唐草がここで話を継いだ。財布である唐草は、少し前に出雲屋の清次の懐で、大久屋の話を聞いた事があるらしい。

「その大久屋ですが、実は出雲屋の客なんです」

「へえ。じゃあ、店に来たことがあるんだ」

十夜達が驚き、目を見開く。

「最近、別宅に来るようになった大久屋は、まだ、家の道具が揃っていないんでしょう。古道具屋のいい客なんです」

大久屋は、深川が気に入っているようだ。若い頃この地に住んでいたと、店表で語っていたらしい。

すると、ここで櫛の付喪神うさぎが、唐草を押し倒して、言葉を引き継いだ。どうやらうさぎは、それは面白い噂話を拾ったようなのだ。

「あたし、大久屋さんが深川を好いている訳、分かる。何故ってね、若い頃大久屋さんはこの深川に、大事な娘さんがいたんだって。とても綺麗なお人」

深川の長屋に住む浪人の娘だったというから、随分と境遇の違う相手だ。貧しく、家伝の道具を少しずつ売り、凌《しの》いでいるような暮らしであったらしい。そのせいか、大久屋と娘の縁はまとまらなかった。

「それがね、隣店の番頭さんの煙草入れは、大久屋さんが娘さんを、袖にしたっていうの。でも銀の煙管は、娘さんがいきなり、長屋から消えたっていうの」

一体どちらの付喪神が正しいのか知りたいと、うさぎは目を輝かせている。ただ、もう十年以上も前の話で、はっきりしないのだ。

「どうしておなごというのは、惚《ほ》れたはれたが好きなのだ？」

月夜見は溜息をつく。

「我々は賊を捕らえる為、雛道具を調べていたのではなかったのか？」

「のりが悪いわね。とにかく大久屋さんは、同じ札差から嫁を貰ったの」

持参金で店は一層大きくなり、大久屋は今、仲間内でも信頼を置かれているとの事だ。

「ただね、そのおかみさんは、何年かして病で亡くなったんですって」

子もいなかったから、大久屋は一人で残されてしまった訳だ。

「へえ、何だか寂《さみ》しいね」

こゆりが小さな声で言う。ここでやっと月夜見が、話を引き取った。

「とにかく大久屋は金があるんで、沢山の雛道具を集めてるとのことだ」

すると市助が、不思議そうな顔で問う。

「それにしてもその札差さん、何で別宅に雛道具なんて置いてるんだろ」

雛道具は娘の為に買うものだ。そして大久屋には、娘はいない。もし人形が好きで、楽しみで集めたものなら、蔵前の家に置かないのは妙な事だった。別宅にあるのでは、余り眺めていられないではないか。

すると。

「ふふふ」「えへへ」「良いところに気がつきましたね」「あらー」

付喪神達が、にやにや笑い始めたのだ。五位が偉そうに頷く。

「子供では、分からぬかの。われらは直ぐに、訳を突き止めたぞ」

「わあ、それは凄い」

子供達三人が驚きの声を上げると、五位は嬉しげに、胸を反らした。聞けば付喪神達は出雲屋で、客である大久屋と雛道具の事を、清次に尋ねてきたのだという。

「なんだ、訳を知ってたのは、おとっつぁんなの？」

「問う事を思いついたのは、われらだ」

ここで黄君が主張する。

いきなり馴染みの付喪神が帳場に現れ、話しかけてきたものだから、清次は驚いたらしい。だが清次は、久々に付喪神達と話すのを楽しんだ。つまりあれこれ教えてくれたのだ。

「清次によると、大久屋が集めている雛道具は、元々、ある武家が受け継いでいた品なんだそうです」

だが浪人となった主が金に困り、売ってしまったらしい。その雛道具を大久屋は、再び全部集めようとしているのだ。

十夜と、そしてこゆりが首を傾げる。

「あれ？　何か似たお話、聞いたかな。ついさっき」

付喪神より先に、十夜が口を開いた。

「大久屋さんが好いていたお人の話と、そっくりだね。その娘さんの親が手放した道具って、雛道具だったんだ」

五位が頷く。皆が目を見合わせた。

「つまり大久屋は、以前親しかった娘の為に、あの雛を買い戻しておるのかのぉ」

娘と再び出会ったのだろうか。また、仲よくなったのだろうか。もしかしたら今別宅に、一緒にいるのかもしれない。付喪神達はわいわい話しだす。

「綺麗なおなごかどうか、大いに気になったんでな。猫神が並の猫に化けて、別宅を見にいく事になった。野鉄が飛んで送っていった」

猫であれば、勝手に家の中に入り込んでも、妙な顔はされないからと五位が言う。

それで二人は、いなかったのだ。

するとその時、市助が興奮した顔で、凄いことを思いついたと言いだした。

「あのさ、あのさ。何で雛の付喪神達が、賊の手下になってるか、分かっちゃった」

こういう考え方もあると、市助は語り始める。

「ひょっとしたら、大久屋さんが好きだった、その女の人。女の賊になってたりして」

つまり、そのおなごが今回押し込みを続けている賊の、頭《かしら》ではないかと、そう言いだしたのだ。

「は？　女の賊？」

皆が驚いた顔を向けてくる。市助が、元の持ち主の言う事ならば、雛達も聞く筈と言うと、あちこちから一斉に声が上がり、誰の言葉かも分からなくなってしまった。

「おなごが、手下の男どもを使っている訳か」

「となると……大久屋はおなごが賊と承知で、家を貸しているのかな？」

「ああっ、恋しい気持ちって凄い」

「好きなら、何をしてもいいのか？　いや、大久屋も賊なのか？」

「われら付喪神は、迷惑を被っておるのだぞ！」

五位が顰め面を作った、その時であった。

「た、大変だっ」

焦りまくった声と共に、突然空から野鉄が、部屋へ飛び込んできたのだ。だが後ろを見ても、猫神がいない。

野鉄は、声をかすれさせながら話した。

「猫神が捕まった。大久屋に捕まった」

皆の顔色が変わった。

5

直ぐに大久屋の別宅へ駆けつけるか、様子を見るか。子供らと付喪神達は、一寸迷った。

これから出かけると、下手をしたら夕餉までに、すおう屋へ戻れなくなりそうだった。暮れても帰れなかった場合、三組の親が怒る。お説教が待っているのだ。

「付喪神達を、勝手に外へ行かせたせいだって分かったら、皆、蔵へ閉じ込められちゃうよ」

しかし。

「きっと猫神は一人で怖い思いをしてる」

子供達三人と付喪神達は、顔を突き合わせた。

「考える余地無しだ。急いで猫神を救い出そう」

全員で急ぎ、大久屋の別宅へ向かう事になった。ありがたい事に、大して遠くない場所だと野鉄は言う。

だが、出雲屋を出て堀に架かる橋を渡り、材木が立てかけてある道を進んでゆく間に、市助の袖内で一休みしている野鉄がこぼしだした。余り戻りたい家ではないらしい。

「大久屋の別宅って、何だか怖い家だった」

野鉄と猫神はただ、綺麗な女の人がいないかどうかを、お気楽に見にいったのだ。

しかし木の塀と木々に囲まれた広い家には、修験者みたいななりをした男達が何人もいて、火を焚《た》いて祈ったりしていた。女物の着物や草履はなく、とても女の人が暮らしているようには見えなかったらしい。

「ありゃ風流な別宅どころか、大金持ちの家にも思えなかった。古くてさ」

別宅は、富岡八幡宮《とみおかはちまんぐう》と洲崎弁天《すさきべんてん》の間くらいにあるというから、本当にすぐ目と鼻の先が海だ。木場が近いせいか、歩いていく間にも木の香がしてくる。堀川が縦横に何本も通り、天気が良い今日は、独特の風情が心地よい所であった。

ただ永代橋《えいたいばし》から離れているせいか、振り売りの姿は見かけなかった。道の先に、笠《かさ》を目深に被《かぶ》った者が二人ほど歩いているだけで、何だかもの寂しい。

「出雲屋からそう歩いていない筈なのに、この辺り、ぐっと静かだね」

市助が、すれ違う者もいない道や堀川へと目を向ける。途中、舟は二艘《そう》ばかり見たが、乗った人は顔を背け、あっという間に堀川を遠ざかっていった。十夜がその舟を目で追う。

「ここいらには、堀沿いの便利な家が、何軒もあるなあ」

舟を直《じか》に、家の船着き場へ寄せる事が出来る家だ。

「そういう家って、賊の住みかにしたら、凄く都合がいいと思わない？」

この木場の外れならば、余り人の目にはつかない。市助が頷いた時、眼前に現れた家を見て、野鉄が「あれだ」と言った。

大久屋の別宅も周りに堀があった。確かに中から、何やら唸《うな》りのような声が、絶え間なく聞こえてきて、薄気味が悪い。

「家は木の陰になってるね。表からは中が、ほとんど見えない。猫神がどこにいるかなんて、全く分からないな」

戸惑う市助の横で、お姫が首を傾げた。

「この家ぼろいですねえ。主の大久屋さんて、本当に蔵前の大金持ち、大久屋さんなのかな」

疑いたくなるほど、目の前の家は手入れがされていなかった。こゆりが言う。

「ねえ、大久屋さんが深川へ戻って来た頃から何だか急に、押し込み強盗が増えたのよね」

その別宅には、修験者のような者達が出入りし、祈りのような声が聞こえている。そして大久屋は、別宅で雛道具を集めているが、野鉄達は女の人の姿を見ていない。おまけに猫神は、捕まってしまった。

ここで市助が、厳しい目を別宅へ向けた。

「もしかしたら大久屋さんは、札差じゃなくて、偽者かも。お金持ちが雛道具を集めていると言い訳して、盗んだものを舟で、別宅に運んでいるのかもしれない」

十夜は、通りかかった舟から身を隠すようにして、慎重に塀の周りを巡った。

「家が古いからって、まだそうと決まった訳じゃない。市助、とにかく猫神を取り戻そう」

勝手に人の家へ入るところを見られては拙い。もし本当に大久屋が、盗人の頭であったら、その盗人宿に入り込むのは大いに危険であった。

「あ、見て下さい。そこに木戸があります」

とことこと歩いていったそう六が、小さな手で柵《さく》を指さす。閂《かんぬき》が掛かっていたが、蝙蝠の姿になった野鉄が、さっと中へ飛んで入って、内側から開けてくれた。

「雛道具の付喪神に気を付けて。見つかったら騒がれる」

市助が一番に入ってゆく。十夜はきちんと辺りへ目を向けてから、こゆりの手を引いた。すると、その時。

「隠れてっ」

野鉄の小声がして、十夜達は塀沿いの植木の陰に、飛び込んだ。袴姿《はかますがた》の男達が、何やら慌てた様子で、奥へと走っていったのだ。

「おい、怪しい舟がいるぞ！　気をつけろ、裏だ」

声が響き、どういう訳だか、家の表に人が居なくなった。

「今のうちだ。行こう」

市助の声に引っ張られるように、皆は飛び石のある庭を突っ切り、家までたどり着いた。そして、そっと縁側へ入り込む。

「履き物、懐に入れとけよ。残していったら見つかるぞ」

十夜に言われて、こゆりが慌てて草履を拾っている。気がつけば、妙な読経のような言葉が止んでいた。皆でそろりと、声から遠い方の部屋へ動く。襖を小さく開け……一瞬驚いて隠れた。だが騒ぐものが居ないので、十夜は一番に、そっと隣の間へと入った。

そして思わず、小さく声を漏らしてしまう。

「やっぱりここに、雛道具が集まってた！　これ、家に来た付喪神達の本体だよね」

「あのとき見たより、沢山の雛道具だ」

そう六が目を見張っている。緋毛氈《ひもうせん》が掛けられた段の上には、人形達も数多くあったが、何より小さな道具類が、それはそれは多く集められていた。

雛道具が出雲屋で落としていったような刀や、弓矢などの武具、食器類、家具や楽器、花の鉢まである。普段使っている品物を、手妻で掌より小さく化けさせたかのように、精巧で美しい。持ち主の武家が金子に換えたと聞いたが、なるほどこの品であれば、小さくてもいい値段で売れそうであった。

「本体を置いて、今はどこかへ出かけてるのかな。こっちを見ないね」

するとその時、十夜は後ろへ身を反らした。誰かに襟を引っ張られたからだ。

「誰、摑んだの」

考えてみれば、その時、死にものぐるいで逃げ出さねばならなかったのだ。付喪神達は小さいし、市助と、こゆりは横にいた。だから十夜の襟を摑む事など、誰も出来ない筈だからだ。しかし。

「あ……れ？」

振り向いて目が合ってしまったので、全ては手遅れとなった。気がついた時、付喪神達は三人の袖内に逃げ込んでいた。

そして十夜達三人は、入り込んだ部屋内で、大きな男と向き合っていた。

6

六尺はあろうかという男の人は、驚いた事に噂の主、大久屋と名のった。十夜達三人の父親と似た年頃で、にこにこと笑いながら、皆の話を聞いてくれたのだ。

「ああ、あの猫はぼうやの飼い猫で、捜しにきたのか。それは済まない事をしたね。野良猫と思って、この家で飼おうとしたんだよ」

そう言うと、奥から猫神を連れてきてくれたので、ほっとする。赤い首たまと紐《ひも》を外されると、猫神はこゆりの膝《ひざ》へ飛び込んだ。

大久屋は子供好きだと言い、お八つに煎餅《せんべい》を出してくれた。それで直ぐに帰れなくなったので、十夜は思い切って大久屋へ、正面から、分からない事を問うてみる事に決めた。

段々、大久屋が怖い男には、思えなくなってきたからだ。

「あの、この家のおじさんは、蔵前の札差だって聞いたんです。本当？」

「おや、耳ざといね。本当だよ」

すると、こゆりが遠慮もなく言う。

「でもおじさん、札差ってお金持ちなんでしょ。このお家《うち》は、凄くぼろだよ」

「あははは、ぼろかね」

大久屋は大きな声で笑うと、この家は昔、父親が通い番頭をしていた時に、手に入れた古屋だと語る。最近は手入れもしないで放っておいたら、潮風に晒《さら》され益々古くなり、ぼろと言われる事になった訳だ。

「じゃあ、おじさん、あのお雛様は何？」

おじさんは女の子じゃないでしょうと、今度は市助が聞く。また笑われた。

「あれは、おじさんが捜している人が、昔持っていた雛道具でね。その人は大事にしてたんだが、事情があって仕方なく売ったのさ」

大久屋はその人にまた会いたくて、ばらばらになった雛道具を、買い戻しているのだそうだ。

「その人も、雛の事を気にしているだろうと、期待してるんだ。だから買い続けていたら、そのうち相手の消息が分かるんじゃないかと、思ってるんだが」

しかし未《いま》だに、相手の安否すら分からないと、大久屋は雛を見ながら静かに言う。

十夜達三人は、顔を見合わせた。

(ありゃあ、ここに女の人は、いなかったんだ)

直に聞いてみれば、大久屋に不可思議な事は、なかったように思う。

猫は、飼おうと思っただけだ。

家は、まだ裕福ではなかった時、親が買った古屋で、それが更に古くなったもの。雛道具は、持っていた人に会いたくて、集めているものであった。しかし、こゆりは未だに首を傾げている。

「でも本物の札差さんて、もっときらきらした恰好、してると思ってた」

何しろお金を一杯、持っているのだそうだから。着物も草履も金糸で光っている筈と、こゆりは考えていたのだ。膝の猫神が呆然《ぼうぜん》とし、大久屋が大声で笑いだした。

「は、あはははは。いや、子供というのは、楽しいねえ」

自分も十人ほど子が欲しかったと言って、こゆりの頭を撫《な》でる。

するとこの声が聞こえたのか、部屋の襖が突然、引っかかりつつ開いた。十夜が顔を向けると、白っぽい装束を着た男の人が、怖い顔をして立っていた。

途端、十夜達はもう一つ、聞いておきたい事があったのを思い出す。この家から、読経のような声が聞こえる事だ。

「あれ、白い着物のおじさんだ。さっき変な声が聞こえたけど、このおじさん、お坊さんなの？　それとも怖いお人？」

十夜は、わざと子供らしい明るい声で尋ねてみた。答えたのは大久屋だ。

「いや、このお人達は、修行中の修験者方だよ。捜し人が早く見つかるよう、祈って下さるというので、暫くこの家に泊まって貰ってるんだ」

どうせ、平素は空き家になっている別宅だから、いて貰っても構わないのだと、大久屋は気軽に言う。お大尽と言われている男は、大様なものであった。

するとと修験者と言われた男が、子供らに近づく。

「ぼうや、当たっているのは、怖い人って方だ」

「おい宗運《そううん》さん、子供を怖がらせちゃ……」

大久屋が苦笑を浮かべ、軽くたしなめるように言った。すると宗運と呼ばれた男は、今度は大久屋へ、厳しい表情を向けたのだ。

「先だってから、どうも妙な様子の舟が、別宅の周りを行き来してたんだが」

それが今日、急に別宅の近くに張り付いてきた。

「この子供らが、家に入り込んだからかね」

明らかに、この家を見張っている者達がいるというのだ。

「見張っている？　何の為に」

子供らを送ってきた舟ではないかと、大久屋が言うと、宗運は口元を歪《ゆが》め、お大尽はお気楽だねと嘲《あざけ》るように言った。

「あの船頭は素人だ。岡っ引きの手下さ。腰つきが違うからな」

「な、何で岡っ引きが、この家を……」

言いかけて、大久屋が黙り込む。ここは別宅だが、深川で跋扈《ばっこ》している賊の話は、耳にしていたのだろう。代わりに市助が、短く真実を口にした。

「おじさんは怖い人なんだよね？　押し込み強盗だったりして」

「ぼ、ぼうや、無茶を言う」

大久屋は、その言葉を否定したが、市助は構わず話を続ける。

「噂の賊は、目に付きにくくて便利なお大尽の別宅を、根城にしてるんじゃないかな」

この家へ踏み込むのには、岡っ引きでも度胸が要るからだ。札差は金の力を持っている。ついでに、有力な知り合いも多いに違いない。賊は、人捜しをしている札差の気持ちを利用し、祈禱《きとう》を行う振りをしながら勝手をしていた訳だ。

すると、話を聞いていた大久屋は、声を失ってしまう。宗運は表情を、一層恐ろしいものにした。

「おお、ぼうず、察しがいいな」

「……は？」

呆然としている大久屋へ、宗運は嫌な笑いを向けると、直ぐに仲間を呼ぶ。そして、四人を部屋に閉じ込めてしまった。

「まさか……そんな」

大久屋は、それでも暫くは、もう随分久しくつきあってきた修験者達を、疑うことが出来ない様子であった。

「宗運さん、ふざけるのは止《よ》しとくれ。子供らを、そろそろ家へ帰してやらなきゃあ」

そう言葉をかけるが、宗運は返答もしない。すると、ここで新たな仲間がやってきて、何やら囁《ささや》いたものだから、宗運の表情が一段、厳しいものになった。

その後、座っている大久屋と子供達をじろりと睨むと、手下と話を始める。

「ふんっ、家を囲む舟の数が増えたか。まあ、この家には大久屋と餓鬼どもがいる。岡っ引きは、簡単には踏み込んじゃ来めえ」

宗運がにやりと笑うと、大久屋の顔が、いよいよ引きつる。

「宗運さん、じゃあ……じゃあ本当に、あんたが噂の、賊だっていうのかい」

途端、「あっは」という大きな声がした。

「全く、金持ちっていうのは、抜け目がないように見えて、どこか間抜けなんだ。女の行方が分かると嘘八百並べたら、あっという間に信じちまって」

ちょいと祈るだけで捜し人が見つかるんなら、世話は無いと言い、宗運が嫌な笑いを口に浮かべる。

「そこにいる餓鬼の方が、余程しっかり考えてらぁ。確かにこの家は、俺たちが稼ぐにゃ都合が良かったねえ」

餓鬼はまだ若いから、手下にでもするかと言い、宗運が目を向けてきたものだから、大久屋が三人を背に庇《かば》う。それを見て、宗運が大きく笑った。

「お前さんさぁ、一人で餓鬼どもを、守れるとでも思ってるのか？」

大久屋と子供らには、この後、人質になってもらうと、宗運は言いだした。夜まで粘った後、皆を盾にして、闇の中へ逃れるつもりなのだ。

「それまで大人しくしてな。手間、かけるなよ」

宗運は言いたいことを言うと、若い仲間を見張りに残して、部屋から出ていった。大久屋が唇を噛《か》む。

「ごめんな、ぼうや達。とんだことに巻き込んだようだ」

大久屋はそう言うと、子供らを引き寄せる。とにかく己が皆を、庇わねばと思っているらしい。十夜が溜息をついた。

「おとっつぁんに叱られるな。間違いない」

市助、こゆりが顔を顰め、横で若い男が嫌な笑いを浮かべている。十夜はぐっと唇を引き結ぶと、大久屋を見て小声で頼んだ。

「おじさん、おじさんは色々見るかも知れないけど、人に言ったりしないでね。お願い」

「は？　何をだい？」

その時、若い盗人の方を向いた大久屋は、目を見開いた。見張り番の男の後ろ、天井近くで、野鉄が手ぬぐいをくわえ、ふらふら飛んでいたからだ。

男の足下では、五位や月夜見が、どこから探し出してきたのか、短いすりこぎのような棒をせっせと並べている。

するとここで、子供達までが驚く事になった。襖の陰に、いつの間にか本体へ戻ってきたらしく、雛道具達の姿が見えたのだ。おまけに雛達は、出雲屋の付喪神そう六と、何やら話しているではないか。

大久屋は顔を強《こわ》ばらせているが、とにかく黙っている。

その時。「わっ」短い声が上がった。

野鉄が手ぬぐいを、見張りの顔の上に落としたのだ。驚いた男は慌てた途端、足下のすりこぎを踏んづけ、思い切り転んだ。鈍い音が部屋に響く。

「押さえてっ」

畳で背を打ったくらいでは、気を失いもしないから、子供三人と付喪神が、必死に押さえつけた。すると。

がん、と景気の良い音がして、男が動かなくなったのだ。「あれ？」見れば大久屋が、お八つの木鉢と一緒に持って来ていた鋳物の急須《きゅうす》で、思い切り男を殴っていた。

「わ、お大尽なのに、ぴかぴかじゃないおじさん、やるのね」

　こゆりが、訳の分からないことを言った。

7

　手ぬぐいで男の口と目を塞ぎ、手と腕と足も縛り上げた。それから枕屏風を立てて、男をその向こうに隠す。すると大久屋はここで、誠にもっともな意見を子供らに言ったのだ。

「私達がこれ以上、押し込み強盗をやっつけなくともいい。逃げ出して子細を告げたら、後はお奉行所が引き受けて下さるだろう」

　大久屋としては、賊よりも付喪神達の事を、あれこれ聞きたい様子で、ちらちらと妖らを眺めていたが……今は何より、逃げる事が先だと言い切った。腹をくったらしい。

「だが逃げると決めても、心配な事もあるんだよ」

　この別邸は堀沿いにある。舟を着ける事が出来て便利なのだが、歩いて逃げるとなると川は渡れない。

「南へ逃げても、直ぐ先は海だ。東と北には堀川があるし、そこを越える事が出来ても、程なく大きな大名屋敷へ行き当たる」

塀ばかりが延々と続く道だという。追われたら逃げ場はない。

「つまり、どうでも永代橋の方、西へ行かなきゃならない訳だが」

大久屋はここで、口をへの字にした。逃げる道が一方しかないのなら、多分賊はそこへ見張りを置いている。

「さて、どうやって逃げたらいいものか」

今、倒した見張りの交替が、じきにくるだろうから、長くはこのままいられない。

「賊が逃げるまで待っていては、人質として連れて行かれてしまう」

大久屋が、話しつつ顔を顰めている。だが……ここで、寸の間言葉を失った。目の前に、大久屋が良く知っている小さな姿が、大勢現れたからだ。男雛が、まず口を開いた。

「御身がここを離れる前に、言っておく事があります。大久屋、われらは御身が買った、雛道具の付喪神です」

古い仲間をまた集めて貰って、大久屋に感謝をしていると男雛が語った。だから大久屋の望みを知り、最近皆で動いていたのだ。

「われらの元の持ち主、沙耶《さや》様の行方を捜しておりました。皆も、知りたがっていた故」

「沙耶……」

大久屋の目が、見開かれる。

ここで男雛は少しの間、言いにくそうに黙った。

「実はこの家にいる修験者……いや賊達が、あちこちの家を見にいっていたので、雛達はその時持ち物に紛れ、一緒についていったのです」

つまり盗人達が下見をしていた家で、沙耶の消息を探っていたのだ。

「沙耶様が見つかれば、札差は大金を使い、我らの仲間を全部、買い取って下さいましょう。それ故、大枚が懸かっている事だと仲間を励まし、頑張っておりました」

だが己達は付喪神。あちこちに出没したと噂になるのは、拙いと分かっていた。それで出雲屋の付喪神に見つかった時は、逃げだしたのだ。

「あー、だから怪異が現れた後、賊に入られるという噂が立ったんだな。お前さん達が口にした大枚の話は、誰かが漏れ聞いたんだろ」

市助と十夜が頷く。雛道具達と賊は、連れ立って現れはしたが、仲間ではなかったのだ。

「それで沙耶様の行方、何か分かったのか？」

小さな雛道具達が動いているのに酷《ひど》く驚きつつ、それでも付喪神に少しは慣れてきたのだろう、大久屋は臆《おく》せず尋ねる。

するとほんの僅かに間を置いてから、男雛が答えた。

「あのな、実は少し前、沙耶様を知っている者から、話を耳にしたのだ」

だが、しかし。それは大久屋へ話していいかどうか、迷うような事実であった。

「あの……」

それでも促されると、雛道具は互いを見つめ合った後、男雛がやっと口を開く。

「沙耶様は、亡くなられておりました」

まだ若かったのに、残念だったと言われ、大久屋が黙り込む。どうしてと短く聞き、一瞬の後、大きく目を見開く事になった。

「お産の時、亡くなられたのだと。われらと離れて、そう、半年と少しの事だったらしい」

「は……？　お産？」

大久屋が、また黙り込む。しかし、直ぐに前のめりになった。そして、男雛へ手を伸べると、その身を掌で包み込む。

「子供がいたというのか。雛道具を全て手放してから、半年の内に産んだのか」

その子は、生きているのか。どこへいったのか。大久屋は必死の表情で、男雛へ問う。しかし。

「われらには、そこまでは分からなんだ」

「そ、そうか」

大久屋は寸の間、膝を突いたままでいた。その内、頭を抱えるようにして、畳に突っ伏し、しばし、起き上がる事も出来ないでいた。


だが。

「子供」

一言、つぶやく声が聞こえたと思ったら、大久屋はまた立ち上がったのだ。

「とにかく、ここにいる子供らを逃がさなくては。そうだ、畳に伏している時ではないわ」

部屋にいても、どうしようもない。大久屋と十夜達、それに袖に入れた付喪神らは、直ぐに西を目指す事にしたのだ。

「ご助力つかまつる」

雛道具達の言葉を励みに、急ぎ別宅の出口へと向かう。正面の出入り口には見張りがいるだろうと、先程の脇木戸へ回り、無事出られたのは嬉しかった。

しかし。その先は堀だったので、皆は別宅の前を横切り、先にある小さな橋を渡らねばならなかった。そしてやはりそこで、見つかってしまったのだ。

逃げたと、大きな声が聞こえた。

「野鉄、行けっ」

逃げながら、十夜が、飛べる野鉄を空に放つ。

「岡っ引きを見つけておくれ。助けを呼んで」

そうすれば賊達は、十夜らを追っている場合ではなくなるからだ。

「岡っ引きが蝙蝠の言葉など、聞くかのぉ」

野鉄は首を傾げつつ飛ぶという、妙な事をやっている。一方皆は、その様子を眺めている余裕もなかった。三人に前を塞がれ、じき堀端に追い詰められると分かっていても、東へ逃げるしかなくなったのだ。

「ひゃあっ」

おまけに小さなこゆりが、男の一人に捕まりそうになった。

「こゆりっ」

十夜と市助が駆け戻り、必死にその手を摑む。その時、雛道具達が大勢で、男の足へ組み付いてくれた。男がつんのめって転び、三人は一旦《いったん》逃れる事が出来た。

だが目の前は堀で、先がない。

大久屋が三人を抱えて、顔を強ばらせる。

「いっそ、堀を泳ぐか」

三人は泳いだ事がなかった。しかし、追っ手の足音は、また迫っている。

その時。

「十夜、市助、こゆりっ」

呼び声が聞こえてきたと思ったら、舟が近づいてきたのだ。

「お、おとっつぁん」

突然現れた父親に、十夜が目を丸くする。子供らを見つけた清次は、舟の上で大きく手を振った。すると背後から、声が聞こえてきた。離れた堀に浮いた舟から、手が振り返されている。

清次が子供らへ、手を伸ばした。

「乗れっ。早く」

追ってくる男らを、清次が長い竿《さお》で打ち払う間に、大久屋が三人を乗せ、己も飛び乗った。直ぐに岸を離れた舟を、男らが呆然と見送り……じき、踵《きびす》を返して駆け出していった。

「ああ、捕り物になっているようだ」

見れば大久屋の別宅に、何艘もの舟が横付けされている。橋も、人で塞がれていた。

この家は賊が察していたように、お上から目を付けられていたようであった。

「大久屋さんが承知でやっていることか、岡っ引きの源太《げんた》親分が、内偵を進めていたところだったんだよ。こら十夜、市助、こゆりっ！　何をしでかしてくれたんだ」

舟が水の上を進んで、もう大丈夫となった頃、清次が目を三角にして三人を見る。

「親分の手下から、別宅に入り込む子供を三人見たと聞いた時は、命が縮むと思ったぞ！」

清次、佐太郎、平助の三人は、今回の賊騒ぎに怪異が関わっていると聞き、ただ噂を集めるのではなく、実際岡っ引きに手を貸していたのだ。

「うちの付喪神達が、もし関わっていたらと、心配だったからな」

それ故今日は、岡っ引きの手下が、子供達の事を出雲屋へ知らせてくれた。この家がずっと、見張られていた事が幸いした。

「野鉄が私の舟に飛び込んできた時は、お前達がどうかなったのかと、身が震えたぞ」

野鉄を案内に駆けつけて、清次の顔はもっと引きつった。子供達は本当に追い詰められていたのだ。

「佐太郎さんや平助さんと、後でがっちり説教するからな」

多分、お紅やこゆりの母お春も、言いたい事はあるはずであった。子供達がうなだれると、ここで大久屋が取りなしに入った。

「あの、そんなに怒らないで下さいな。その、今回の事は、修験者が賊とは気がつかなかった、私が悪いので……」

大久屋へ清次は一応挨拶をした。しかし一言、付け加えることも忘れなかった。

「大久屋さん、捕り物が済んだら、多分まず親分方が、話を聞きたがる筈ですよ」

「ええ、それは分かってます」

「そいつが終わったらね、出雲屋へきて頂きます。そうして、市助やこゆりの親共々、言いたいことを、はっきり言わせてもらいます！」

承知ですねと言われ、大久屋はただ頷いている。天下の札差大久屋は、本当に久々に、人へ大きく頭を下げたのだ。

「この度は、申し訳ない事をした。はい、きちんと後ほど、謝りに伺います」

清次は舟を一旦、岡っ引きが待つ岸へと着け、そこへ大久屋を下ろした。それから舟で堀川を北へと進み、店に近い岸へ向かった。

清次は次に、子供らの袖へ、低い声を掛けた。

「付喪神、お前さん達にも、話す事は山とある。今度ばかりは、甘い顔はせんぞ」

「うへえ……」

付喪神達は舟の上へ顔を出し、付いてこずに済んだ雛道具らが羨《うらや》ましいと口にする。だが幾らも経たない内に、己らは働き者であったのだと、言い出したのだ。

「とにかく、皆が無事に帰れたのは、われらが頑張ったからだ。付喪神は、それはそれは働いたのだぞ」

「うん、今日は皆、大活躍だった」

十夜が褒めると、付喪神は当然だと胸を張る。

「阿呆。お前達にも全員、お小言を言うからな」

清次がきっぱり言うと、また揃ってうなだれる。そして。

出雲屋に帰った皆はまず、待っていた佐太郎と平助から、拳固を喰《く》らった。それから……皆で揃って、温かい夕餉をたっぷり食べたのだ。

つくもがみ、叶えます

1

あらま、初めまして。

随分と賑《にぎ》やかな所で、お会いしちゃいましたね。とにかくこうしてお話し出来て、嬉《うれ》しいです。話すの、好きなんですよ。

え、私ですか？　名を、お姫といいます。

振り袖《そで》にたすき掛けなどして、少しばかり勇ましい姿で、お恥ずかしい。

おや、どうしてこんな恰好《かっこう》をしてるのか、気になりますか？　それは……。

あっ、
あー、危ないっ、避《よ》けて。

……ああ、済みません。独楽《こま》、額にぶつかっちゃいましたか？　ごめんなさい、痛かったでしょう？

今私達、独楽勝負の練習をしてるんです。近々仲間が、真剣勝負をするんですよ。

戦う二人が独楽を勢いよく回し、ぶつかってはじき出された独楽が負けという、あれです。敗れた者は、大事な独楽を取られてしまうんです。

だから皆、必死です。思い切り回した独楽同士がぶつかるから、それで時々、いえ、しょっちゅう、思わぬ方に飛び出すんですが、力を加減する訳にはいかないんですよ。また独楽が当たると大変ですから、飛んできたら避けて下さい。ああ、痛い事は今、身に染みてお分かりになったんですね。

え？　危ないと思うなら、どうしてこの場でそんな練習をするのか、問われるんですか？　ええ、確かにここは家の中です。江戸は深川《ふかがわ》にある古道具屋兼損料屋、出雲《いずも》屋《や》の二階です。私らと子供達が、いつも寝泊まりしている部屋なんですよ。

そのですね、私と仲間は、外で独楽を回す訳にはいかないので。何故って、見てわかりでしょう。私達は並の者ではありません。

小さくて、人とは違います。人形に見えるって？　いえ、ただの人形は喋《しゃべ》りませんよ。

そう、私は……付喪神《つくもがみ》なんです。

つまり人ならぬ者、妖《あやかし》でして。

おや御身《おんみ》様は、私達が人ではないことに、驚いてるんですか？　さっきから私の姿を、ご覧になってるじゃありませんか。

ああ、独楽が額にぶつかったんで、妙なものが見えると思ってたんですね。確かに姫様人形や煙管《キセル》、蝙蝠《こうもり》の根付けに櫛《くし》なんかが、手足を伸ばして独楽を回してたら、ちょいと不思議ですもんねえ。

あのね、立派な器物は大事にされ、百年の時を経ますと、妖と化す事があるんです。そしてここ出雲屋の主清次《あるじせいじ》は、古道具の目利きです。それで私共のような素晴らしい品が、集まる事になったんですよ。

でも付喪神が遊んでいる姿を見たら、人は驚きますよね。何しろ人形や根付け、櫛に財布などが動くんですから、騒ぎになります。

清次が困って、私達を売り払うと言い出したら、子供達と付喪神仲間を巻き込んだ、大喧嘩《おおげんか》になると思います。だから私達付喪神は、外で独楽勝負をやれないんですよ。

あっ、また独楽が飛んで来たっ。避けてっ。

二つ目来たーっ。

おお、上手《うま》いですね。綺麗《きれい》に二個とも、かわせるなんて凄《すご》い。これなら後、五つ、六つ独楽が飛んできても、大丈夫、避けられます。頑張って下さい。

あれ、何で溜息《ためいき》ついてるんですか？　いや溜息のことよりも、どうして危ない独楽勝負をするのか、それを知りたいんですね。

そのですね、もうすぐ独楽勝負をする仲間というのは、この店にいる子供達でして。子供達は先日から、絵双六《すごろく》で遊んでいるんです。その双六は生まれて百年を経て妖になってるほどの、それは立派な品です。

「……そうです、あたしは双六の付喪神で、名をそう六といいます。子供の遊びが描いてある、そりゃ綺麗で豪華な双六なんですよ」

あらそう六さん、急に、話に割り込んで来ちゃ困ります。今、双六の各ますには、遊び道具の付喪神達が集まってることを、話そうとしてた所なんですよ。

「あたしの双六は、特別な品です。賽《さい》を振り、止まったますにある玩具《おもちゃ》で、中にいる付喪神と遊ぶ事になってまして」

まあそう六さん、黙らないつもりですか。ますにいる付喪神達に、玩具の勝負で勝たねば、先へ進めないって……私が言いたかったのに。

「そして双六を上がりたければ、止まったます、全てで勝たなきゃいけません。そういう決まりなんです」

そう六さん、私が喋るのを邪魔しないで下さい。怒りますよ。双六の紙の端、破いちゃいますよ！

はい、大人しくなった。とにかく私達の友となった、十夜《とおや》、市助《いちすけ》、こゆりという三人の子は、双六勝負を続けてるんです。今までのところ、全部のますで勝ってます。で、三人の子らが、今回止まったますが……ああ、凄い。お分かりになったようですね。今回は、独楽遊びの箇所だったんですよ。

独楽の付喪神達と子供らは、独楽勝負をする事になりました。勿論《もちろん》子供らは、張り切って練習してますが、相手は独楽の付喪神です。このままでは不利なので、私らが助っ人《と》をしようと、独楽勝負の練習しているんですよ。

えっ？　勝てるのかって？

よく分からないのですが、月夜見《つくよみ》、五位《ごい》、うさぎなど、沢山の仲間達によりますと、心配ないんだそうです。何故って、付喪神は偉いのです。何で偉いのと聞くと、皆、さぁと言って首を傾げますが、とにかく偉い筈《はず》だと申します。

難しく考えなくても、確かなのだそうです。

そんな素晴らしい私共が味方をする故、子供達は勝てるに違いないと、皆は言うんです。

はい？　相手の独楽達も、付喪神なんじゃないかって？　あれまあ、そうですねえ。

それは忘れてました。大変です。

でも……心配しなくても良いはずです！　私達には、もう一つ有利な点がありますから。

そのですね、先だってある騒ぎがあったおかげで、子供達と私達付喪神は、とっても頼りになる大人と知り合ったんですよ。

その年かさのお友達は、札差の大久屋《おおひさや》さんと言います。最近深川へよく来てくれるようになったんで、まめにお話をします。このお人のどこが頼りになるかといいますと、お金が一杯入った紙入れを、持っているところでしょうか。

札差というのは、お侍にお金を貸してるお人だそうで。どういうからくりかは知りませんが、お大尽と呼ばれるほど、お金をたっくさん稼いでいるんです。

だから岡っ引きにだって顔がききます。この辺りの親分は、住まいが橋に近いことから、九本橋《きゅうほんばし》の親分と言われています。今、その親分は、同心の旦那《だんな》方の腕比べに巻き込まれ、手柄を求められて大変なんだそうです。

ですがそんな時でも、大久屋の旦那が話しかければ、親分は嬉しそうに相手をしてます。袖の内に小粒銀など、入れてくれるからだそうです。

そう、大久屋さんは大変気前が良いので、親しくなった三人の子供達に、玩具やお菓子を買ってくれます。お小遣いもくれます。なんでも、この世のどこかに、大久屋さんの子供がいると分かったので、よその家の子供も、かわいくなったのだそうです。

そして私達は子供達の仲間ですから、お八つの菓子など分けてもらえるので、力が出ます。

大久屋さんは気配りも素晴らしく、子供達が双六の勝負に悩んでいると、上手い職人がこしらえた、強くて立派な独楽まで持ってきてくれました。その独楽を目にした相手方の独楽の付喪神達は、暫《しばら》く落ち込んでました。だからその時は今回の勝負、楽勝かと思ったんです。

いや独楽の付喪神達も、われらと同じ出雲屋の付喪神には違い無いのですが、今は子供らの敵。つまりわれらにとっても、敵方です。故にですね、われらの独楽が、あっちの付喪神へ貸し出される事は、ないんですよ。

ところが、です。

独楽の付喪神達ときたら、じきに自分達もどこからか、同じ職人が作った、新しくて強い独楽を手に入れちゃったんです。彼らは独楽なのに、他の人が作った独楽を使うなんて、変だと思いませんか？　おまけに、どういう経緯で新品の独楽を手に入れたのか、言わないんですよ！

「きっと勝手に、店から持ってきちゃったんだ。とんでもない奴らだ。独楽の付喪神達を、やっつけるぞ！」

五位がそう言ったもので、私達は今日も、独楽勝負の練習をしているわけです。

はい？　どうして子供達が、一緒に練習してないのか聞くんですね？

今はね、子供は寺子屋で、手習いをする刻限なんですよ。それを怠けて独楽を回していたら、十夜の親である出雲屋さんが怖ーい顔をします。市助のおとっつぁん、小間物屋すおう屋さんも、こゆりの親、料理屋鶴屋《つるや》さんも同じです。

寺子屋の師匠の井上《いのうえ》先生も、厳しい方です。だから手習いへは、真面目に行かねばなりません。子供達もあれこれ、やらなきゃならない事が多くて、大変なんです。独楽で遊ぶのは、その後という訳です。で……。

きゃっ。また独楽がはじき飛ばされた。

あ、大丈夫でしたか。まあ御身様、本当に慣れてきましたね。月夜見の独楽が、五位のをやっつけたみたい。月夜見は強いですねえ。あれま五位、拗《す》ねないで。

もうすぐ十夜達が戻って来ます。もしかしたら大久屋さんも来て、もっと強い独楽をくれるかもしれません。一緒に、がらがら煎餅《せんべい》や芋、飴《あめ》、凧《たこ》やめんこを買ってきてくれるかも。

何しろ大久屋さんは、お蕎麦《そば》もゆで玉子も、焼き芋も団子も、食べ放題食べられる人なんです。お金持ちっていいですね。

あら、子供達の声がする。三人が帰ってきたみたい。子供らはいつも一緒です。夜も、三つの家のどこかで、三人一緒に寝泊まりしてるんですよ。

ああ、御身様とのお喋りも、一旦《いったん》止めねばなりません。ですが、また来て話して下さいね。

楽しかったです。約束ですよ。

2

「あれ、おとっつぁんがいる」

「まあ、うちのおとっつぁんも」

三人の子供達が出雲屋へ帰ってくると、驚いた事に市助の父すおう屋と、こゆりの父鶴屋が、帳場で清次と話をしていた。

「おとっつぁん達、昼間っからどうしたの？　お八つを食べにきたの？」

市助が問うと、すおう屋佐太郎《さたろう》が苦笑を浮かべた。鶴屋平助《へいすけ》は、出雲屋の店表《たなおもて》へ上がってきた娘のこゆりへ、まずは落ち着いた声で、おかえりと言う。

だがその後平助が三人へちょいとお座りと言ったものだから、皆は顔を見合わせた。

ここで懐手をしつつ話を始めたのは、十夜の父、出雲屋清次だ。

「三人に聞くが。今日、大久屋さんと会ったかい？」

「大久屋さん？　ううん、今日はまだだよ」

十夜は首を横に振る。もっとも札差は最近、商売はどうするんだと心配になるほど、蔵前《くらまえ》から深川へ通って来ている。今日も会いに来てくれるかもと、十夜は期待していた。

すると親達三人は顔を見合わせ、少し眉《まゆ》を顰《ひそ》めた。そして佐太郎が、どうして清次が大久屋のことを聞くのか話してくれた。

「実はな、俺はここ三日、付喪神の野鉄《のてつ》を借りているんだ。ほら、今も帯の上にいる」

付喪神達は子供らの親、佐太郎や平助とは顔なじみだ。だから、子供らを相手にする時のように、気楽に話したりはしないが、放っておくと独り言を言い出す。それを聞くのが楽しくて、佐太郎は時々、付喪神達を借りるのだ。

ところが今日、蝙蝠の根付け野鉄は、独り言を言うだけではなかった。貸しだされているのに、途中でちょいと帯から離れ、蝙蝠と化して飛んでいってしまったらしい。

「野鉄、お仕事を怠けたの？」

十夜が驚いて野鉄に問うと、佐太郎の帯の上にある根付けが、羽をばたばたさせて答えた。

「あたしは、お八つが焼き芋だったら、あたしの分を取って置いてくれと、十夜達に伝えようとしただけだ。腹が減ってたんだ」

そうしたら野鉄は、寺子屋へ飛んでゆく途中、大久屋を見かけたのだ。野鉄によると、大久屋がいたのは出雲屋からも遠くない、堀川近くの木戸番小屋であった。

「これは嬉しいと思った。大久屋は出雲屋へ来る前に、木戸番小屋で、たっぷりお土産を買っていると思ったのさ」

　江戸の町に設けられている木戸の脇には、木戸番小屋がある。そこには番太郎とも呼ばれている木戸番、町木戸の番人がおり、大概は側の木戸番小屋で、荒物に焼き芋、駄菓子などを売って小商いをしていた。

　子供達も芋を買うが、親から貰《もら》える銭は限られる。焼き芋を買ったら、菓子は諦《あきら》めねばならない。そして木戸番小屋で小遣いをはたいたら、他の店で凧や独楽を買う金が無くなる。だから、いつも芋を買うとは限らなかった。

「あたしは大久屋さんが何を買うか、側へ寄って見ておく事にしたのさ」

　すると野鉄は、驚くような光景を目にしたという。それは……。

「あのね、あのね。大久屋さんてば、凄い買い方をしたんですって」

　この時、店の上の方から声が掛かった。十夜達が顔を上げると、付喪神達がずらりと奥の階段に並び、店表を見下ろしている。

「おい、お姫。あたしが話してる途中だぞ」

　だが、先に野鉄から話を聞いている付喪神達は、黙らない。今日は皆から注目されているからか、喋る気満々で、次は猫神《ねこがみ》が嬉しげに口にした。

「大久屋さんてば、木戸番と話していたと思ったら、にゃん、突然こう言ったらしい」

お菓子を、全部おくれ。

「ぜ、全部？　木戸番小屋にある菓子を、そっくり買ったの？」

十夜達が目を見開き、野鉄が、今度こそと己で返答をする。

「焼き芋まで、全て買った」

それをみな風呂敷《ふろしき》に包むと、大きな袋のようになった。抱えるのも大変なので背負うと、大久屋はまるで大黒様のように見えたらしい。

「芋がたっくさん。嬉しかったぞ」

野鉄は焼き芋を食べたくて、佐太郎の所へ戻ると、早々に出雲屋へ帰してくれと言い出した。佐太郎は、木戸番小屋の品を空にした大久屋の話に驚き、慌てて友二人の店へ走った。

「お前達、大久屋さんに、随分と銭を使わせてるんじゃなかろうな」

清次がすっと目を細め、子供らを見る。

何しろ相手は、天下の大金持ちであった。額も気にせず金を使いかねない。

「いや、いくらお前達でも、風呂敷一杯の菓子など食べきれないだろう。大久屋さんも、そんな無茶はするまい。今回はきっと、他所《よそ》へ菓子を届けたんだよな」

だが、平助が優しくそう言った途端、部屋内に、馬鹿にしたような声が響いた。

「何で、そう思うんだ？」

見れば階段に座った付喪神達が、揃って笑っている。

「もし大久屋から菓子の山を貰ったとしても、われらは大丈夫だがな」

月夜見が深く頷《うなず》く。付喪神達は利口なのだ。菓子が余れば、他所の付喪神達へ分け、後で別の菓子を返して貰う事も出来る。そうすれば清次など親達の目から、大事なお菓子を隠す事が出来るだろう。

「ほお……お前さん達は、沢山貰い物をしたら、親の目から隠すのか」

「お、おとっつぁん、大久屋さんは、この近くに居たんでしょ？　どうしてまだ、出雲屋へ来ないのかしらね？」

十夜が慌てて月夜見を押さえ、話題を変えようとした。だが……遅かった。煙管の付喪神、五位がさっさと話を継いだのだ。

「だってさ、食べ過ぎるなとか、贅沢《ぜいたく》はいけないとか、清次は子供達へも、うるさく言うじゃないか」

だから見つかってはいけないのだと、五位は言い切る。

「なるほど、われらは口うるさいと思われていた訳だ。それで親に秘密を作ったと」

「あちゃぁ」

市助が溜息を漏らした。

確かに子供達は、大久屋からの貰い物の事を、律儀に全部、親へ話してはいなかった。お菓子が多すぎたら、贅沢はいけないと釘《くぎ》を刺されるからだ。

しかし付喪神達とお友達になってから、お八つは常に不足気味なのだ。勿論友達なら分け合うのは当たり前だが……お腹は空《す》く。

「十夜、市助、こゆり。大久屋さんに、いつもどれくらい買って貰っていたんだ？」

「ええと、そんなには……」

市助が、何とか穏便な方へ話を持って行こうとすると、また付喪神達が余分な事を言う。

「そんなこと覚えちゃいないさ。菓子は食べちまうからね。玩具は、見つかりそうな時は、双六の中に隠すし」

「おやおや、月夜見。玩具まで貰っていたのか。そいつも初耳」

「うん、ちゃんと隠してた。われらは頭が良いのだ」

根付けの野鉄や、煙管の五位、櫛のうさぎなど、大勢の付喪神達は当然という顔で、嬉しげに話を続ける。そろそろ子供三人の顔が引きつって来ていたが、付喪神達はお構いなしであった。

「おかげでわれら出雲屋の付喪神は、立派な玩具を一杯もっておる。他の付喪神達から、大いに羨《うらや》ましがられているんだぞ」

月夜見によると、損料屋から貸し出されたとき、玩具があると威張れるらしい。

「お前達、貸し出し先へ玩具を持ち出したのか？　そこで何やってたんだ？」

先だって付喪神達を貸し出した、深川伊勢屋《いせや》の障子は、何故だか突然破れた。あれは野良猫ではなくお前達の仕業なのかと、清次が問う。その目が三角になっているのを気にもせず、根付けの猫神が嬉しげに言った。

「先月のことか？　みゃー、出先にいた付喪神達と、店で一緒に遊んだのだ。そしたら下手なあいつらが、独楽でちょいと粗相をした」

我らがやったのではないと、猫神は言い切る。何しろ出雲屋の付喪神達は、立派な独楽を持っており強い。独楽をはね飛ばされ、障子を破いたりはしないのだ。皆は先だって大久屋に、名高い金造独楽を買って貰っていた。

「伊勢屋の付喪神達との勝負には、もちろん勝った。障子を破いたのは、あの店にいる付喪神だ」

「やれやれ……」

ここで清次、佐太郎、平助が顰《しか》め面を浮かべ、十夜が手を握りしめる。

（おとっつぁんの声が、低くなってる）

拙《まず》いと思う。叱られる前、父の声は決まって低くなるのだ。しかし月夜見は上機嫌なまま、新たな秘密まで話しだした。

「そういえば大久屋は、両国橋《りょうごくばし》橋詰の盛り場へ、見せ物を見に連れていってくれると言っておったよ。今、凄い籠《かご》細工の出し物が、出ているとか」

盛り場では、目が回るくらい沢山の出し物が見られると聞いて、皆、興味津々なのだ。

「子供達の袖や帯、巾着《きんちゃく》に隠れて行けば、われらも盛り場へ行く事ができる。清次、遊ぶ日は付喪神を、誰にも貸しださんでくれ」

月夜見に真剣な口調で言われ、清次は帳場で、こめかみに手を当てた。それから、ものも言わず立ち上がると、いきなり息子十夜の頭へ拳固《げんこ》を喰《く》らわせたのだ。

「いっ……痛《い》ったぁ」

「この馬鹿者が。お前達、何をしてるんだ！」

大久屋は札差故、大金持ちなのは分かっている。その上、行方知れずの我が子を捜しているから、子供達に優しい。しかし、だ。

「あのお人は、親でも親類でも、名付け親でもばあやでもない。つい先日知り合ったばかりのお人だ。なのにあれこれ金を使わせて、いいと思ってるのか！」

ところが。直ぐに謝れば良かったのに、ここで不満げな声が出たものだから、親達の眉間《みけん》に、深い皺《しわ》が寄ることになった。手足を動かし、ぶつぶつ言い出したのは、またもや付喪神達だ。

「何で大久屋に、銭を出してもらってはいけないんだ？　みにゃっ、清次はわれらを貸し出し、その対価を懐に入れているではないか」

清次自身が働いている訳でもないのに、それは良しとしている筈だと、猫神が尻尾《しっぽ》を膨らませ、半眼で言う。

「どうしてだ？　実際働いているわれらが、楽しんでは駄目だという。何で清次だけが得をするんだ？」

「わ、私は商売をしているだけだ。子供達がやったのは、ただの贅沢だ」

清次が言うと、遥《はる》かに小さい付喪神達が、両の足を踏ん張って見上げた。

「清次、どう違うんだか、さっぱり分からん。とにかく、われらと大久屋は友なのだ。菓子や玩具を貰っても、かまわん筈だ」

ここで佐太郎が、割って入る。

「付喪神、しつけの邪魔をするのは止めろ。子供達はじき、働くようになる。その前に、金の使い方を覚えねばならないんだよ」

親の手伝いをし小遣いを貰って、その額の中でやりくりをする。それは己の稼ぎで己の口を養い、いずれ家族を食わせ、いつか店などを構える為の、大事な体験なのだ。

佐太郎は付喪神達と顔を近づけ、睨《にら》めっこをした。

「金持ちと知り合えば、楽に金が手に入ると思うのは拙い。働くのが阿呆《あほ》らしくなるからね」

勤勉さを失った者は、博打《ばくち》に走ったり、賊の仲間に誘われたりする。そうなったら、明るい未来が逃げてしまうのだ。

「付喪神達は、子供らの友なんだろう？　先々の不幸を望んではいけないぞ」

「ふ、不幸など願っちゃいないさ」

急に、困った顔になった野鉄と月夜見が、ぷいと佐太郎から顔を逸《そ》らせた。清次がほっと息を吐く。

「これは一度親として、大久屋さんと話をせねば」

口をへの字にして清次が立ち上がると、野鉄は何と思ったのか、明るい顔で頷いた。

「おお、話が元に戻った。大久屋と会うんだな。大黒様の真似かと思うくらい、菓子を買ったのだ。うんうん、じきに出雲屋へ来るだろう」

親達は大久屋と話せばいい。子供らと付喪神は、お菓子と芋を、お八つとして食べると言ったものだから、清次がまた、怖い顔をする。付喪神達が舌を出した。

「せっかく土産を買ったのに、子供の親達は文句を言う気でいる。大久屋さん、怖くて来られないのかねぇ」

「野鉄さん、出雲屋に親が三人揃ってるなんて、大久屋さんは知りませんよ」

「お姫、おお、その通りだ」

ならば直《じき》に来る筈と、付喪神達と子供らは、菓子と芋を待った。三人の親達も厳しい顔で待ち構えていたが……しかし大久屋はその日、出雲屋へ、ついに現れなかったのだ。

3

三日後の、八つ時過ぎのこと。

九本橋の親分が出雲屋へ顔を出し、愚痴をこぼしていた。

「同心の北村《きたむら》の旦那と、南谷《みなみだに》の旦那が、今日も角突き合わせてなぁ。いや、参るわ」

どちらの同心も、北町奉行所の定廻《じょうまわ》りだ。腕は立つし岡っ引きらに慕われているのだが、二人は最近、手柄の数を競い始めていた。

「捕まえる罪人の数から、聞き込んでくる話の優劣まで比べるんだから、かなわねえ」

九本橋も成果を求められている。今噂の、人を騙《だま》して金を奪う賊や、名の知られた掏摸《すり》の話を拾えと言われているのだ。

「まあ、人に言うばかりじゃない。同心のお二人だっていつにも増して、色々な話を摑《つか》んでおいでになるが」

つまり九本橋を使っている北村は、ちゃんと手柄を立てていた。だが、直ぐに南谷も功を挙げる。それで二人はまた、次の手柄を競い始めてしまうのだ。

「やれやれ、何でこんな事になったのやら」

出雲屋は、古道具屋兼損料屋だ。例えば騙し屋の賊など、逃げ隠れしている悪党が、こっそり品物を売りに来たら教えてくれと、四十がらみの親分は頼んできた。広いお江戸で悪人を捕まえようと思ったら、噂話を聞くのが一番であった。

「承知しました。親分も大変ですね」

清次が茶を淹《い》れて出すと、九本橋は嬉しげな顔を浮かべ、土間から一段高くなった畳敷きの端に、よいこらせと腰を下ろす。

「うちの旦那と南谷の旦那、元は仲、良かったんだがねえ」

何故だか南谷同心が、仕事で使える噂話を、急に幾つも拾って来始めた事が、競争のきっかけであった。差を付けられた北村が焦って頑張り、これまた成果をだしたのだ。今二人は、騙し屋をとっ捕まえる事を競っていた。

「何とまぁ、噂話に強い知り合いでも出来たんでしょうかね」

同心二人が、どうして急にそうも耳ざとくなったのか。九本橋は、共にとばっちりを食らった、南谷の岡っ引きとも話してみたが、理由は知れないという。

「俺も頑張っちゃいるがね。旦那方のように、耳寄りな話や変わった事ばかり、聞けるもんじゃないんだよなぁ」

九本橋は愚痴る。

するとその時。店奥で、こっそり話を聞いていた十夜達三人が、顔を見合わせた。

（耳寄りな話。妙な話）

そして表へ顔を見せたものだから、清次が怖い表情を浮かべる。

「こら、子供が店表へ出て来るんじゃない」

「だって妙な事があったら、親分に言った方がいいんでしょ？　九本橋の親分、大久屋さんが最近、お菓子をくれないの。変だよ」

聞いた途端、九本橋はからからと笑い声を上げた。

「そりゃ、大久屋さんは札差なんだ。深川にまで、来られないことも多かろうさ」

「親分、だって大久屋さんは三日前、深川にいたんだもの」

近くの木戸番小屋で、菓子を全部買ったらしい。そうと聞いた子供らは、年上の友の来訪を待っていたのだ。

「なのに、何で来なかったの？　あのお菓子は、どうなったの？」

芋も沢山あったと、市助に真剣な顔で言われ、九本橋は、大久屋が食べたんだろうと言ってまた笑う。清次が横から、子供らの話は気にしないで下さいと、岡っ引きに頭を下げた。

「この子らは、最近菓子やら独楽やら、大久屋さんに買って貰ってるんです。そういう事に慣れちまったんですよ」

大久屋も、子らに贅沢をさせ過ぎてはいけないと思い、出雲屋へ来るのを控えているのだろうと言うと、岡っ引きが頷く。そして子供達は早々に、奥へ追い払われてしまったのだ。おまけに清次が子供達の背に、一言いって寄越《よこ》した。

「暫くは大人しく、親の手伝いでもしてろ」

己達の部屋、出雲屋の二階へ上がった途端、板間へ座った市助が、ぶつぶつとこぼす。

「何で親分は、おれ達の話を聞かないんだ？　大久屋さんがおれ達の所に来ないなんて、不思議なんだ。騙されて風呂敷一杯の芋や、一文菓子を盗《と》られたかもしれないじゃないか」

きっと、手柄を立てられる話だった。なのに、子供だからと無視したのだ。

「酷《ひど》いや」

するとこの時、二階に付喪神達が現れた。子供らは不満を話そうとして、直ぐに黙る。驚いた事に、妖らはいつもと様子が違った。子らの方へ駆け寄ると、妖らは我先に泣き言を言ってきたのだ。

「ああ、酷い。確かに酷い目に遭った」

三人は付喪神達の姿を見ると、思わず目を見開いた。

「皆、どうしたの？」

猫神の頭に見事なばかりの、たんこぶが出来ていたのだ。それだけではない。五位の額には、赤い打ち傷があったし、お姫は泣きべそをかいていた。他の皆々も、揃って情けない様子であった。

「あの、もしかして……独楽勝負に負けたのかな？」

大久屋に良い独楽を貰ってから、付喪神達は、他の付喪神達と独楽勝負をやりたがる。今日も皆で勝負を挑み……やられたのだ。

「うわぁ、随分酷く負けたのね」

こゆりが小さな巾着を袖から出し、中から塗り薬の入った蛤《はまぐり》の殻を取り出す。

「薬、塗っておこうね」

手当すると言われ、付喪神達は皆、泣きべそをかきつつ子供らの膝《ひざ》に上った。

「負けたのは、われらが悪いのではない。あの独楽の付喪神達ときたら、また新しい独楽を手にしておったのだ」

しかも今回の独楽は、どう見ても独楽勝負の為、特別に注文した品であった。独楽の中には鉛が仕込まれていたようなのだ。

「あんな物騒な独楽を使うなんて、小ずるい奴らだ。痛いよう。悔しいよう」

膝の上で、ころりと太い猫神が、ばたばたと手足を振って怒っている。月夜見は、大きく息を吐いた。

「大久屋が来ぬから、ろくにお八つが貰えない。その上独楽勝負に負けて、笑われてしまった。なんでこうなるのかの」

五位はふてくされて、煙管の雁首《がんくび》から、ぷかぷかと煙を吐いている。お姫が、独楽が当たって汚れた着物を気にしていたので、こゆりが手ぬぐいを濡《ぬ》らして、拭《ふ》いてやった。

すると。腕組みをして聞いていた十夜が、最近分からない事が多いと言い出した。

「一つはさ、今、付喪神達が言った謎。独楽の付喪神達は、どうやって新しい独楽を手に入れたのかってことだ」

彼らは、いつもは双六の中にいる。

「お金、持ってないよな」

「そういえば、そうだね」

市助やこゆりも首を傾げる。しかし……答えは出なかった。

十夜は次に、もう一つの不可思議を口にする。

「九本橋の親分は、不思議とも思わずに笑ってたけど……大久屋さんが三日前に買ったお菓子や芋、どうなったのかしらん」

お金持ちだから、勿論木戸番小屋の芋と菓子を、そっくり買う事は出来る。しかし、だ。

「大久屋さんが一人で全部食べるなんて、無理だと思わない？」

ならば食べたのは、誰なのだろうか。勿論、蔵前の店へ持って帰れば、大久屋には奉公人達がいる。だが。

「木戸番小屋は、蔵前にだってあるはずだよね？　深川で安い一文菓子を買って、わざわざ蔵前まで運ぶなんて、馬鹿馬鹿しいもん。深川で買ったんなら、深川で入り用だった筈だよ」

あの日大久屋は、いつになく沢山買い物をした。

「どうしてかしら？」

付喪神達の顔が、揃って十夜を見つめる。

「大久屋は深川で他にも、友達を作ったんでしょうか」

お姫が言う。ならば何故、皆にその事を教えてくれないのかと、猫神が首を傾げる。

「分からんにゃん」

「でも、気になるな」

五位が続く。すると猫神やお姫や野鉄、そう六達が、十夜らに顔を寄せてきた。

「知りたい。どこから独楽が湧いて出たのか。誰が芋を食べたのか、知りたい」

ならば、ならば。

「独楽の事も大久屋さんの事も、われ達で調べるしかないと思うんだけど、どうかな？」

十夜が、下にいる親へは聞こえぬように小声で言う。何しろ岡っ引きは今、同心のご用を務めるのに忙しい。騙し屋の件は芋より重要らしく、お八つの事までは調べてもらえそうもないのだ。

ただ。

「親の手伝いをせずに、こっそり調べごとをしているのが分かったら、また怒られるよ。皆、それは承知だね？」

誰も、止めるとは言わなかった。

4

天下の札差が、一文菓子を山と抱えたまま、出雲屋へ来なかった理由は何か。

子供達も付喪神も、やはり一に、それを知りたがった。あの日以来、大久屋は顔を見せず、たっぷりのお八つが恋しい。

「まずは大久屋さんの様子を聞きに、木戸番小屋へ行ってみるか」

市助がそう言うと、野鉄は素早く十夜の帯に取り付き、蝙蝠の根付けに姿を戻す。五位は煙管となって市助の袖内に入り込み、うさぎは櫛の恰好で、こゆりの胸元に収まった。猫神は何とか着物の袖に潜り込み、月夜見は、帯にはさんでもらう。

「おう、久々に仕事以外で、外へ出るな。何だか嬉しいぞ」

「月夜見、お気楽だねえ」

十夜が小声でぼやき、三人は出雲屋から一番近い、堀川沿いの木戸番小屋へ向かった。

すると。驚いた事に大久屋は今日も、深川に来ていた事が分かった。

「うわぁ大久屋さん、また店のお菓子をみんな、買ったのかしら」

堀川近くの木戸番小屋に着いた途端、子供達はびっくりした顔で、中を見つめた。小屋に置いてある木箱から、見事なばかりに食べ物が消えていたのだ。まるで、盗人《ぬすっと》が入った後のようであった。

皆が呆然《ぼうぜん》とした表情を浮かべていると、白髪頭の木戸番が、満面の笑みを浮かべて出てきた。

「おや十夜達、いらっしゃい。菓子を買いにきてくれたのかい？　済まないね、今日はご覧の通り、売り切れなんだよ」

先程、馴染《なじ》みの札差大久屋が来て、気前よく「全部」と口にしたという。

「やっぱり札差は、買い方が違うねえ」

大久屋は最近、いつにない金を木戸番小屋へ落とし続けている訳で、木戸番は上機嫌だ。

「いやぁ、今日も良い日だ」

するとは十夜がにこりと笑い、軽い調子で木戸番へ問うた。

「あの、大久屋さんはお菓子を買うとき、何か言ってませんでしたか?」

買った菓子を持って、誰かに会いにゆくとか、用があるとか、話していなかったかを問う。木戸番は「さあ」と言い、何故かすいと目を逸らし、首を横に振った。

「おやおや?」

小さな声がして、十夜の帯の上で、蝙蝠の根付けがゆらゆらと揺れる。

「分からないねえ。大久屋さんと話はしたが、大した噂話などしちゃいないよ」

「噂話? どんな話なんですか?」

市助が聞いたが、木戸番はさて忘れたと言い、今度もはっきり言わない。するとここで、こゆりの袖内から小声が聞こえた。

「ねえ、この木戸はすぐ側が堀川よね。堀に舟は多いし、船頭達がいたら、大久屋さんの話し声を耳にしてるかも」

三人の子供達は顔を見合わせ、近くを流れる堀へ目を向ける。揃って駆け出した。

「おい、どうしたんだ? 堀へ近寄っちゃ危ないぞ」

木戸番が慌てて追ってくる。市助が岸に船頭を見つけ、大黒様みたいな恰好のお金持ちを、見なかったかと問うてみる。何しろ大久屋は、身なりが良い。それが一人で風呂敷を担いでいたら、目立つ筈であった。

するど。堀川に二人いた船頭の内、年かさの方がにやりと笑い、追いついてきた木戸番へ顔を向けた。

「おやぁ、木戸番の爺《じい》さん、今さっき己が札差と話してたことを、どうして子供らに話してやらねえんだ？　もう忘れちまったのか」

どうやら木戸番小屋での話は、船頭達に筒抜けだった様子だ。子供達がさっそく、その時の話をしてくれと願うと、木戸番は口を尖《とが》らせ船頭達を睨みつけた。

「お前さん達、あれこれ要らぬ事を言うもんじゃないよ。客を捕まえられず暇なのかい」

途端、ふんっ、と息を吐いた船頭が、近くへ来いと子供達を手招きする。それから、木戸番と大久屋の話を教えてくれた。

「木戸番の爺さんはさぁ、あの大久屋ってぇお大尽が、子供らに菓子を買い始めてから、儲《もう》かってた。で、もっと儲けたいと思ったんだな」

「おい、俺がいつ、そんな話をしたんだ」

木戸番が怒鳴ったが、船頭は平気な顔だ。

「で、木戸番の爺さんは大久屋さんへ、ある噂話を伝えたんだ」

「噂話って……なに？」

船頭によると、深川の長屋近くにある、小さな稲荷《いなり》へお参りする人が、最近急に増えているのだという。隅田川《すみだがわ》の向こう岸から、客を乗せてきた事があるので、知っているのだそうだ。

「誰が言い出したのかねえ。その稲荷にお供え物をして願いを言うと、答えが返ってくるって話なんだよ」

その答えが当たっているのかどうかは、誰にも分からない。

しかし、だ。答えが正しいかどうか判断出来ないのに、皆、とにかく返答がある事をありがたがる。船頭はにやりとした。

「まぁ悩みを持つ奴は誰かに、『そいつの答えはこれだ』って、ずばりと言って欲しいんだな。はっきり言われると、そうかもしれねえって気になるんだろうさ」

おかげで、どこにでもある小さな稲荷へ、参詣《さんけい》に来る者が絶えない。お稲荷様に揚げを供えるくらいなら並だが、最近は色々なお供え物が増え、それを狙う猫や烏、果ては人まで現れているらしい。

「おかげで毎日、同心の旦那が見回りに来ているそうだぜ」

しかし、市助は堀川端で首を傾げた。

「大金持ちの大久屋さんが、悩みの相談に、稲荷へ行ったの……？」

その時、横で十夜が、市助の袖を押さえ船頭を見る。

「分かった、あれだ。大久屋さんはきっと、捜している子供のことを聞きに行ったんだ」

「あら」「うむ」「そうか」どこからか、小声が聞こえる。

行方知れずの子供のことは、大久屋の一番の弱みであった。その子の事があるから、十夜達三人に優しくしてくれるのだ。

「大久屋さんは、子供の行方が分かるなら、お参りするよ。お供え物だって沢山買うと思う」

もし……もし木戸番が、小屋で売っている菓子をお供えしたら、神様も喜ぶと言ったとしたら。高価な菓子を買いお賽銭を出すより、大久屋はきっと、木戸番小屋の菓子を買う。

「言う通りにしたら、もしかしたら子供が見つかるかもしれない。つい、そんな風に思うんじゃないかな」

子供達が木戸番を見つめる。そっぽを向かれた。

「俺は大久屋さんが、何か悩みを抱えているように見えた。だから、ありがたい稲荷の事を教えただけさ」

「へっ、商売上手なこって」

船頭達は口元を歪《ゆが》めて木戸番を見てから、子供らへ顔を向けた。

「大久屋さんは最近、何度もお参りに来てるよ。木戸番は儲けてるわな」

ちなみにこの辺りの船頭も、大久屋を蔵前へ送り、酒手を大分貰っている。それは嬉しいが……今日もまた深川へ来ているからには、大久屋の悩みは、未《いま》だに解決していないに違いない。

「返事をくれるというお稲荷様のお教えは、大したもんじゃねえのかもな」

大久屋は、稲荷へ無駄金を使っているのではないか。

「そう考えると、罪作りな稲荷だよなぁ」

途端、木戸番が堀端の、子供らの後ろで声を荒らげた。

「お、俺があの稲荷の噂を、立てた訳じゃないぞ」

木戸番で買った品を、稲荷へ供えるか、子供達へやるかは、大久屋の意向次第だろう。大体菓子を、無理に沢山、買わせた訳でもない。大久屋は願い事の答えを何としても知りたいらしく、ついつい供え物の量が増えてしまっているだけなのだ。

ここで十夜が後ろにいた木戸番の方を向いた。そしてゆっくりと問う。

「おじさん」

「お、おう、なんでえ」

木戸番の顔が赤くなっている。

「噂の稲荷の場所、教えて」

帯の上で蝙蝠の根付けが、羽を少し動かしていた。

「あらここ、出雲屋さんから近かったのね」

こゆりが目を見開いたように、噂の稲荷は、出雲屋から幾らも離れていない所にあった。

大きな二つの土蔵に挟まれた場所で、柿の木の脇に、こぢんまりと建てられている。近くに幾つも長屋はあるものの、通り道でないせいか、不思議と人の姿は無かった。出雲屋の側には別の稲荷があったから、十夜はこの小さな稲荷に、お参りに来たことはない。出雲屋に住んでいるも同然の市助とこゆりも、この稲荷の事は知らなかった様子だ。

「うわぁ、本当にあれこれ供えられておる。食べたいな」

袖内からの言葉は本当で、稲荷でよく見る揚げの他に、菓子や団子、握り飯など、とりどりの供え物があった。空の皿も何枚かある。芋や金は見かけなかった。

「こんな小さなお稲荷さんが、お参りに来た人の問いに、全部答えてるの？　本当かなぁ」

十夜が首を傾げつつ、ひょいと握り飯を手に取る。するとその時、路地の手前から近づいてくる足音が聞こえた。

「わっ、お供え泥棒みたいに見えるかな」

三人は急ぎ土蔵横、植え込みの陰へ隠れる。そこに現れたのは、商家のおかみさんのように思える、綺麗なお人だった。

おかみは、持参した団子や菓子、それに凧や、めんがたと呼ばれる泥めんこなどを供える。

「あの、お供えはこういうものが、良いと聞いたんです。本当によろしいのでしょうか」

おかみは、少し戸惑い気味に言ってから、しばし熱心に祈った。

「お稲荷様、お稲荷様。先にあたしから、金を騙し取った賊の居場所を教えてくださいまして、ありがとうございます」

おかげでお上へ訴え出ることができたが、賊は僅《わず》かの差で逃げてしまった。

「金が戻らねば、商売を止めねばなりません。どうぞもう一度、賊の手がかりをお教えください」

すると驚いた事に、微《かす》かな声がしたのだ。

『戸の……中』

それは子供達にも聞こえた。おかみが思わずといった感じで稲荷へ寄ると、正面、賽銭箱の奥にある小さな戸から、更に声が続いた。

『暫く待て』

おかみは頷くと、稲荷へ大きく頭を下げ、帰っていった。十夜達は土蔵脇から出ると、顔を見合わせ、こゆりが首を傾げる。

「今、変な声が聞こえたよね?」

「お稲荷様の内から、聞こえて来たぞ」

五位の声がして、十夜が稲荷へ近づくと、戸を開けてみる。しかし。

「誰もいないや」

ならばならば。

「われ達も、お祈りしてみようか」

もっとも菓子一つ持って来てないから、お供えが出来ない。袖の内から付喪神達が、勝手な事を言い出した。

「本物の神なら、子供らの願い事を聞くのに、代価を取ったりはすまい。一度、祈ってみればよいのだ」

「月夜見か。うん……じゃあ、じゃあお稲荷様、独楽の付喪神達が、どうやって新しい独楽を手に入れたのか、教えて下さい」

十夜がそう言い、三人は揃って稲荷へ、ぺこりと頭を下げた。熱心に、暫くお祈りもしてみた。

だが、しかし。

「何にもご返事、ないのね」

こゆりが眉尻《まゆじり》を下げ、十夜と市助が顔を見合わせ黙る。連れてきた付喪神達が、あれこれ話し始めた。

「妙だの、どうも妙だのぉ」

「あら月夜見、何が妙だって言うんですか」

「お姫、御身も付喪神故、生まれてより、歳月は重ねておるだろ。賊が隠した金子《きんす》のことを、あれこれ町人に教える神など、今までおったか？」

「初耳です。確かに変ですね」

今しがた聞こえた声の主は誰なんだと、わいわい話が重なってゆく。そしてその内、一つの声と共に、話はぴたりと止まった。

「あたし、さっき稲荷から聞こえてきた声、前に聞いた事があると思う」

子供達が、市助の袖を見つめた。

「その声、そう六だよね。どこで聞いたの？　誰だと思うの？」

市助が話し掛けたその時、また、稲荷へお参りに来た人がいたので、三人は慌ててその場を離れた。付喪神達との話を聞かれては、拙いのだ。

それから歩きつつ、十夜が急ぎそう六へ問う。

「で、誰なの？　さっきの声の主って、誰？」

そう六の小さな声が、暮れてきた夜の路地に流れる。それから出雲屋へ帰るまで、三人と付喪神達は、歩きながら考え込む事になった。

5

「今日は、色々頑張らなきゃいけない日だな」

翌日のこと。十夜、市助、こゆりの三人と付喪神達は、引き締まった表情で、出雲屋の二階に集まった。双六の次のますへと進む為、双六の付喪神達と独楽勝負をする、約束の日が来たのだ。

独楽の付喪神に勝たねば、先へは進めない。三人とも鉢巻きをし、たすきを掛けて着物の袖を上げ、姿は勇ましい。そして背後には仲間の付喪神達が、いつでも助っ人になろうと、こちらも身支度を済ませていた。

すると板間に広げた双六の中から、戦う相手方が現れる。古風な着物を着た、独楽の付喪神達だ。その中から進み出てきたのは、戦いの恰好をした三人の独楽達であった。

「そちらが三人故、こちらの付喪神も、みたり出る事にした。独楽勝負をして二人勝った方が勝ちとするが、いいな？」

付喪神達が持っている独楽は青く、傷一つ無い。先だって、出雲屋の付喪神達を負かして泣かせた、あの鉛入りの強力な独楽より、更に新しい品を持って来たらしい。

皆は部屋の真ん中に独楽を回す場を決め、その周りをそれぞれの味方が、半円を描いて取り囲んだ。

「いざ、尋常に勝負！」

ところが。

気合いを入れたのは独楽達だけで、子供達三人は腕組みをして、渋い顔で独楽達を見ており、動かない。すぐに独楽達から文句が出た。

「何をしてるんだ？　勝負の時だぞ！」

すると市助が怖い顔で、独楽達を見たのだ。

「あのさ、独楽勝負をする前に、おれ達に言う事が、あるんじゃないか？」

「言う事？」

「例えば、稲荷神社での事とか」

昨日、あそこで何をしてたんだと問われ、独楽達は飛び上がって驚いたのだ。顔色を変えた者、手の中の独楽を後ろに隠した者など、妖らは寸の間、おろおろと動き回る。

　だが。ここで独楽の大将が、ぐっと足を踏ん張って、言い返してきた。

「何の事か分からんな。稲荷？　知らん。第一、独楽勝負とは関係なかろう」

「それが返事なの？　でも、あの時稲荷で聞いた声は……」

　十夜がここで、そう六をちらりと見たものだから、独楽達は疑われた訳を知ったらしい。恨めしげな眼差《まなざ》しを、双六仲間のそう六へ向けたのだ。しかしそれでも、ここは独楽勝負をする場の筈だと言い、譲らない。

「もし……もしわれらに何か聞きたくば、この勝負に勝ったらどうだ？」

　つまり、だ。もし子供らが、この独楽勝負に勝てば、問いを受け付ける。負けたなら、もう稲荷の事について、あれこれ言うなと言ってきた訳だ。

　独楽の付喪神達はここで、最近勝利を呼んでいる強い独楽を、大事そうに握りしめた。とにかく己らは独楽の妖故、実力で子供らを負かす事が出来ると、踏んだのだろう。勝って、事を誤魔化そうというつもりらしい。

「うーん、そうきたか」

　子供達三人と、出雲屋の付喪神達は顔を寄せると、溜息をついた。双六を上がる為だけでなく、真実を知る為に、この勝負、何としても勝たねばならなくなったらしい。

「しょうがない、正面突破だ！」

市助がそう宣言し、皆が首を縦に振る。こうして勝負は、やっと始まる事になった。

子供らが改めて身構えると、ここで五位が皆に、注意をしてくる。

「独楽の付喪神が持っている新品には、きっと今回も鉛が入ってるぞ。はじき飛ばされた独楽に当たると、そりゃ痛い。三人とも、怪我をするなよ」

「分かってる」

こちらからは、最も独楽の上手い市助が、先鋒《せんぽう》として出る。今日は市助も、手に新しい独楽を持っていた。

「おんや？　随分大きな独楽だな」

それが考えの外であったようで、独楽の付喪神達は、目を丸くしている。その様子を見て、市助が舌を出した。

「おれは人だから、体が大きい。だから独楽も大きいのさ」

相手方の三人の内、一番弱い奴が先鋒だと分かり、市助が口元を歪めた。

「鉛入りの独楽を持ってるから、おれに勝てると思ったのかな」

まあ、こゆりと十夜を潰《つぶ》せば、独楽の付喪神達の勝ちとなる。だから真っ当な戦法だが、市助は、大いに面白くなかった。

「大将の代わりに、のこのこ出て来たのか。後悔させてやるから」

「へん、われは独楽の付喪神だぞ。そいつを分かってて、勝つって言ってるのか？」

二人が睨み合う。双六の付喪神の総代として、そう六が行司役となり場を仕切った。

「では勝負を始める。先鋒、出ませいっ」

いつもよりぐっと重い独楽に、市助は朱の紐《ひも》をきりりと巻き付け、三本の指で握ると、人差し指と親指で独楽を挟んだ。相手は独楽の紐も青い。双方が気合いを入れ、睨み合った。

「やれー、いけっ」

周りから付喪神達の声が上がる。戦う二人が、身をかがめた。そして。

「始めっ」

その声と共に、両者が利き腕を振り上げ、独楽を板間へ繰り出す。赤と青の独楽が勢いよく回って、板の上を走った。

「やっつけろー」

期待を込めた声が、双方から飛ぶ。二つの独楽は、互いに引き寄せられるように近づいていった。

そして。

がっ、という短い音と共に、片方がはじき飛ばされたのだ。

「ぎゃっ」

すっ飛んだ独楽が、見物の真ん中に飛び込んだものだから、付喪神が悲鳴を上げる。

「うわーん」

泣き声が上がって、板間に這《は》いつくばったのは、独楽の付喪神であった。

「い、痛いよう」

市助がさっと、まだ回っている己の独楽を拾い、その横から十夜が、泣いている独楽の付喪神を拾いにゆく。今日は十夜も蛤に入った薬を、ちゃんと持って来ていた。十夜は付喪神を膝に乗せ、瘤《こぶ》にぺたぺた薬を塗ると、そう六へ目を向けた。

「行司は、勝ちを告げなきゃ」

「あ、ああ。先鋒勝負は、市助の勝ちぃ」

わっと出雲屋の付喪神達が歓声を上げ、独楽の付喪神達は厳しい表情を浮かべる。そして市助の独楽へ、恨めしそうな目を向けた。

「あんな大きな独楽を持ってくるなんて、卑怯《ひきよう》だ」

「何を言うか。お前さん達が先に、鉛入りの独楽を、持ち出してきたんじゃないか!」

野鉄が言い返し、双方の付喪神達が睨み合う。

「次は、こゆりだよ。そっちは誰が出るんだ」

市助に問われると、独楽達はここで何故だか、相談を始めた。そして大きな独楽の付喪神が、次に立ったのだ。

「おや、大将が出るのか」

多分次は、中堅を出すつもりだった筈だ。しかし、こゆりも女の子にしては、大きな独楽を手にしていた。ここでもし負けたら、十夜に回る事なく勝負がついてしまう。それを避けたかったに違いない。

出雲屋の付喪神達が、気炎を上げた。

「やれー、こゆり。一気に片を付けちまえ」

直ぐに、独楽達も言い返してくる。

「大将、頑張って！　おなごなぞに、負けちゃ駄目ですよ」

「もちろんだ」

こゆりと大将の勝負は、接戦となった。最初に放たれた独楽は、触れた途端、双方同時に吹っ飛んだのだ。

「ぎょえっ」「ひっ」

独楽はまた、付喪神達の見物へ飛び込んだので、十夜が、当たって泣きべそをかいた者を、順番に手当していく。その横で、こゆりと大将の二投目が、繰り出された。

「わわっ……どうなった？」

今回も両方の独楽が飛び、猫神と独楽の付喪神が悲鳴を上げる。部屋の中程で、そう六は一瞬首を傾げたが、はっきり勝者を決めた。

「大きく飛ばされたのは、こゆりの独楽。よって、大将の勝ちぃ」

「おお、一対一だ」

付喪神達は接戦に沸き立つ。次に立ち上がった十夜は、市助に負けない、大きな赤い独楽を手に取った。

「絶対に勝つ！　そして双六のますを進める。それから独楽の付喪神達に、ちょいと質問をするんだ」

双六の中にいる付喪神達が、一体どうして次々と、新しい独楽を手に入れられたのか。十夜は是非、その訳を知りたいと思っているのだ。

「おい、この勝負は双六のますを、進めるためのものだろうが。何で勝手に妙な事を、付け加えてきたんだ」

独楽達が喚《わめ》くと、十夜は顔つきをぐっと険しくして、付喪神らを睨み付けた。

「われ達は、この新しい独楽を手に入れる為に、持っていた玩具を全部売った。おとっつぁんの古道具屋に、買ってもらったんだ」

沢山売ったので、新しい強い独楽を注文出来た訳だ。

だが、大久屋からこんなに玩具を貰っていたのかと、清次にそれはしっかり叱られもした。そんな思いをして手に入れた独楽だ。出来る限り、役立てねばならない。

「こっちが勝ったら約束通り、お前さん達には知ってること、全部白状してもらうからな。言わなきゃ、後でこの独楽ぶつけるぞ！」

十夜の腕前がどんなものか、今からの勝負で確かめろと言うと、見物の付喪神達が一歩下がる。中堅はそれでも踏みとどまると、十夜へ決死の表情を向けてきた。

「人の子に、生意気な事など言わせるもんか。俺は独楽の付喪神だぞ。やっつける」

そう六が、始めるとも言わぬ内から、十夜と二番手が構えを取った。

そう六の手が、さっと振り下ろされた途端、双方の独楽が板間へ飛んでいった。

そして。

「あ、ぎゃーっ」

悲鳴があがる。

見物の付喪神が、また吹っ飛んだ。

顔を引きつらせた妖がいる。

十夜がゆっくり、市助とこゆりを見た。

その手が、まだ回っている独楽を止める。

青い独楽、独楽の付喪神が放った独楽が、はね飛ばされていた。

つまり。

「決まった。われらの勝ちだ！」

十夜達が、独楽の付喪神達の前に、三人で並ぶ。これで子供達は、また双六を進める事が出来る。そして。

「独楽の付喪神達には、色々話を聞くよ」

どうして新しい独楽を、手に入れられたのか。

あの稲荷で聞こえた声は、独楽達のものなのか。

一体、稲荷で何があったのか。

すると独楽達は、揃って床の方へ顔を向け、しばし黙り込んでいた。しかし。

「付喪神ともあろう者が、卑怯な事はするなよ！」

月夜見がそう言うと、渋々口を開く。すると。

じきに十夜達は、話など聞かなければ良かったという表情を浮かべた。

6

二日後のこと。問いに答えてくれると噂の、出雲屋近くの小さな稲荷に、人が集まってきた。

まずは日も暮れてきたというのに、三人の子供らが現れた。

「あらま、今日もお供え物、多いねえ」

「腹が減った。団子の一つくらい、食わせてくれ」

十夜の袖内から月夜見の声がしたが、市助はきっぱりと断る。

「お稲荷様のものを、食べちゃ駄目だよ」

「やっぱり……そうなるのか」

「独楽の付喪神達も、これからはここの頂き物に、手を出さないでね」

三人は、連れてきた妖らへそう言ってから、稲荷にお参りをすると、社の近くの物陰へ姿を隠した。そして小さく溜息をつく。

「こんな話になるとは、なぁ」

十夜達は独楽勝負の後、独楽の付喪神を問いただした。

「多分、妖らが適当なお告げをし、稲荷のお供え物を貰っているんだと、思ってたんだ」

新しい独楽も、お供え物の一つだと、そう見当を付けた訳だ。

「そんな適当な話は、止めさせなくてはならないもの」

市助は、独楽達を叱って止め、それで事を終わらせる気だったのだ。

すると。

「ごめんなさい」

「もうしません。……多分」

確かに独楽の付喪神達は、稲荷神に成り代わって知ってる事や適当な事を、あれこれ話していた。ただ最初は別の目的があって、稲荷へ行ったのだという。

「われらは他の付喪神達がいない場所で、独楽の練習をしたかったんです」

二つの土蔵に挟まれたあの稲荷は、出雲屋から近い。その上、近くの長屋への通り道でないせいか、不思議と人の姿が少なかった。

出雲屋の付喪神達は、三人の子供らの仲間だ。出雲屋で独楽の練習をして、技など見られたら、すぐに子供らへ話が伝わってしまうに違いないと思ったらしい。

「それで、稲荷へ行くようになりまして」

あの場所で独楽を回していると、たまには稲荷へお参りに来る人もいた。そういうとき、独楽達は隠れていたのだが、ある日、出雲屋からも近い稲荷へ、大久屋が来たのだ。

「おやま」

その日大久屋は、新たな雛人形《ひなにんぎょう》の行方が分からぬかと聞いてきた。いつも菓子をくれるお大尽だったから、付喪神は隠れていた影の内から、知っている事を気楽に話した。

「たまたま、新たな雛が近くの蔵にいると、承知していたもので」

すると、大久屋へのお告げが当たったものだから、事は評判になったのだ。他にもあれこれ問われるようになった。数多《あまた》のお供え物が稲荷へ届く。ちょいと、こういう品が欲しいなどというと、さっと望みの一品が現れるようになったのだ。

「先に、独楽の付喪神達の声を聞き分けたそう六の耳は、確かだった訳だ」

市助が溜息をつく。

「つまり、皆がありがたがるお稲荷様の正体は、独楽の付喪神達だったんだ。何しろ付喪神達は、長く生きていて、あれこれ見て来てるからなぁ。知ってる事も多いよね」

妖らは、知らない事は、適当に答えたらしい。それでも結構当たっていたので、評判が評判を呼んだわけだ。

「団子とか、沢山のお供え物を食べる事が出来たんで、止められなくなったんでしょ？」

十夜が怖い顔を作る。大久屋はことに沢山のお供えを置くようになり、独楽達は喜んで適当な話を続けた訳だ。

大久屋は益々《ますます》稲荷のお告げに夢中になり、三人の子供らへ渡す筈だった特注品の独楽まで、稲荷へ供えてしまったらしい。暮れてきた稲荷の脇で、三人の子は顔を顰めていた。

「独楽の出所が、大久屋さんだったなんて」

「市助、十夜、びっくりしたよね」

囁《ささや》きは、薄闇に紛れて消えて行く。

するとその時、子供達の声が途切れた。

「誰か来たよ」

皆が一層身を低くして、陰に紛れる。

そこへ現れたのは、岡っ引き九本橋を手下に持つ同心の北村であった。稲荷に手を合わせた後、一つ首を傾げる。

「お稲荷様は今まで、お参りの時、あれこれ話を聞かせて下さった。大変助かったが……お稲荷様の方から、文《ふみ》があるとは」

驚いておりますと言いつつ、いや疑っているのではござらんと言い、同心は稲荷へ深々と頭を下げる。それから北村は、稲荷に礼の言葉を言った後、薄闇の中へ消えた。

微かな声がする。市助だ。

「今来た北村同心は、お供え物の増えたこの稲荷へ最初、見回りの為に来てたんだよね？」

だが稲荷の声が、お勤めの役に立つと信じ始めた。今はそのお告げから、それは多くの耳寄りな話を拾っているわけだ。

「にゃん、南谷様も同じなんですね」

「あー、それで最近北村様と南谷様は、事情通になっていったんだ」

やがて二人は手柄を競い始めたのだから、九本橋の親分にしてみれば、大迷惑な話であった。子供らは顔を顰める。

次に、北村と競う相手の南谷が、やはり稲荷へお参りをしにきた。そして、日頃様々な話を聞かせて貰っている感謝を、社へ向け口にする。

「それにしても、今日は驚き申した。お稲荷様から文が来たとあらば、勿論こちらへ参りますが……よく、それがしの居場所が、お分かりになったもので」

いや、神ゆえ分かるのかと首を傾げた後、南谷も稲荷の前から去った。

「われ達も、出来たらこのまま、夕餉《ゆうげ》を食べに帰りたかったよなぁ」

「……でも、そうはいかないというか」

闇に声が溶ける。

驚いた事に妖らは、勝手にお告げを言ったあげく、とんでもない事に関わってしまっていたのだ。独楽の付喪神は、独楽勝負の日、子供らが頭を抱える事を白状していた。

「あのぉ、お告げはもう止めます。独楽勝負にも負けてしまったし。もう新しい独楽も要りませんから」

だが、しかし。後何度か、この稲荷へ来てもいいかと、そう問うてきたのだ。

「われらはお参りに来た何人かに、賊のことを話したんです。気になっておりまして」

「ぞ、賊のこと？」

何だか嫌ぁな気持ちがしてきて、市助と十夜が、出雲屋二階の板間で、顔を見合わせる。

「騙し屋と言われてる、賊のことです」

お告げを始めてから、暫く後のこと。稲荷へのお供え物を勝手に、しかもごっそりと持って行く者が現れたので、付喪神達は怒った。それで影に紛れ、どこの誰なのか跡を付けてみたのだ。

「突き止めた家には、沢山の男らがおりました」

そして、人を騙し金を巻き上げた話を、自慢げに口にしていたという。

「その話、お参りに来た人に教えたんですが、その後、あのお人の店がどうなったか、気になってるんです」

一度人へ教えた時は、その人がお上へ届け出たらしく、隠れ家へ同心達が踏み込んだ。しかし賊は逃れてしまったと聞いた。その後も、賊は変わらず稲荷へ来ているので、離れた場所へ移った事を、独楽の付喪神達は知っている。

「金を盗られたというおかみは、困っております。で、賊が移った先の隠れ家のことも、教えてあげたいのです」

「わあ、それ放っておいたら、拙いかも」

そんな賊と稲荷が……つまり、出雲屋の付喪神達が関わっていたとは知らなかった。

「困った。どうしよう」

　子供達三人が、顔を見合わせる。

「こりゃ、大人には話せないや。付喪神達はまとめて捨てられちゃうよ！」

　三人の子と付喪神一同は、二階で必死に考えた。稲荷で勝手にお告げをした事や、そのせいで賊と繋《つな》がった事を親に知られたら……付喪神全員が危うい。だが、当の付喪神らは、それを分かっていないのか、のんびりしている。それが一番怖かった。

（このままじゃ、どうなることか……）

　しかし子供達三人で、賊を相手に戦い勝って、一件を終わらせる事は出来ない。

「われ達に、何が出来るのかな」

　とにかく、何としても手を打ち、出雲屋の付喪神達と全く関係のない形で、賊の話を終わらせねばならないのだ。

「出来ないじゃ、済まない話だ」

「そうだ、菓子がかかっておるからな」

「五位……お前までそんな、お気楽な」

　三人は悩んで悩んで頭を抱えた末、一つの結論を出した。

　そして子らは文を書くと、付喪神に頼んで二通出し、今日この稲荷へ皆と一緒に来た訳だ。

7

薄暗くなった稲荷には、その後今度は猫が来たが、直ぐにどこかへ行ってしまった。そしてぐっと暗さが増した頃、路地に頰被《ほおかむ》りをした男が二人、姿を見せた。

「おやおや、今日もたっぷり、お供えがあるぞ。皆、信心深くて嬉しいことだ」

二人は真っ直ぐ稲荷へ来て、笑うように言う。それから大禍時《おおまがとき》の薄闇の中、風呂敷を社の前に広げ、供えてあるものを、ひょいひょいと集めだしたのだ。そして、お気楽に話し始めた。

「この稲荷は、いやぁ助かるこった。飯を都合するのに、銭を出す必要がねえ。店に行く必要もねえ」

今日は稲荷寿司《ずし》に団子が結構あると、片割れが言う。甘い菓子もあった。

「何しろ前に隠れてた家は、同心らに急に踏み込まれたからなぁ。どこから隠れ家が知れたのか」

賊達は逃れたものの、埋めておいた金は持ち出せなかったのだ。

雨風を凌《しの》ぐだけなら、馴染みの女の家へでも行く。だが大勢の大人の飯まで、女に都合させる事が出来なかった。金が足りないのだ。

「このお供え物は、お稲荷様からのお恵みだ。何とかなるもんだな」

「その内ほとぼりが冷めたら、親分は残してきた金を掘り出し、上方《かみがた》を目指すのかね」

「品川《しながわ》へは、舟で抜けたいねえ」

大方のお供え物をまとめると、二人は更に、賽銭にまで手を伸ばす。

するとと。じわじわと夜の闇に紛れて行く稲荷から、突然声が聞こえた。

『供え物を、神からかすめてはいけない』

賽銭に伸びていた手が、寸の間止まる。二人の目が、稲荷へ注がれた。

「おい今、噂通り、神様とやらが喋ったみたいだな」

「おお、確かに聞いた」

二人は恐れる様子もなく、にやりと笑うと、猫のように静かに動きだした。誰か人がいると思ったのか、片方が稲荷の奥へ回り込む。しかし。

「おや？　誰もいやしねえ」

残った片割れが、直ぐに稲荷の戸を開いたが、小さな社の中に人がいる筈もなく、乱暴に閉める。

途端、また声が聞こえてきた。

『お前さん達、騙し屋だろう。お供え物を取ったりする奴だから、盗人なぞに落ちてしまうんだよ』

そんな考え故、岡っ引き、九本橋の住まいもほど近い色町で、おなごの家に隠れるのも平気なのだと、声は続ける。男らの肩に力が入った。

「こいつは参った。誰が喋ってるか分からねえが、要らぬ事を知ってるようだな」

片方の男が辺りを窺《うかが》い、棒のようなものを手に、顔を見せなと口にする。もう一方は、何か忍ばせているのか、懐へ手をやった。

「そんな事を知られちゃ、拙いよなぁ」

出てこい、と、語気が強まる。その時。

稲荷の脇で何かが動き、頬被りの男二人はお供え物を置くと、目を陰へ向けた。小声は続く。

『やっぱりこの男達、騙し屋だよ』

『お参りに来た店のおかみさんを、騙した人だね』

『みんなから、お金を巻き上げた人達だわ』

頬被りの男が、そろそろと声の方へ近づく。闇は濃くなり、その表情を見せない。土蔵脇の話し声は続いていた。

そして。

「そこかっ」

突然の大声と共に、男らが土蔵の脇へ、手にしたものを振り下ろした。

だが、しかし。その腕は、がっちりと捕らえられたのだ。

「へっ？　あ、あんたは……」

男らが驚いて、立ち尽くしたその時。緩んだその一瞬を狙うように、正面から十手が振り下ろされる。

「がっ……」

「騙し屋の一味の者だな。神妙にしろっ」

まさか突然、同心が現れるとは思っていなかったのだろう。男は一撃で打ち倒され、稲荷の前へ這いつくばる。

しかし、もう一人はその間に後ろも見ず、暗がりを駆けだしてしまった。そちらにまで手が回らず、北村が「ちっ」と、短い声を出す。走る賊は、一寸《ちょっと》振り返りにっと笑った。

だが次の瞬間、突然首元を押さえられ、こちらも崩れ落ちる。

「逃がしゃしねえよ」

暗がりに十手が鈍く光る。賊を押さえ込んだのは、南谷であった。北村が、呆然とした表情を浮かべ、良く知った顔を見つめた。

「おや、こんなところで会うのかい」

賊を縛り上げていた北村が、驚いた様子で競い相手へ声を掛ける。

だが、おかげで賊を逃がさずに済んだのだ。二人は苦笑を浮かべつつ、まずは賊をきっちり縛り上げた。それから北村は、賊が集めたものが何なのか確かめる気なのだろう、お供えの包みを手に取り、南谷と連れだって、近くの自身番へ賊二人を引っ立てていった。

そして稲荷の前は、しばしの静寂に包まれたのだ。

だが。

しばしの後、突然ほっと息を吐き出し、立ち上がった姿があった。

「あー、とにかく何とかなった。独楽の付喪神達。もう絶対、稲荷神様の代わりをしちゃ駄目だよ」

十夜の声が、暗い中で聞こえる。

「今、怖かったよね。付喪神達は影へ逃げられるから、大丈夫だって分かってても、賊に襲われるのを見てるのは怖かった」

あの賊達をこの場へ引き寄せたのは、世に広まった稲荷の噂だ。独楽の付喪神達の話だ。気軽に喋った事が、沢山の食べ物や新しい独楽、それに刃物を手にした賊を、稲荷へ引き寄せた訳だ。

三人の子供達に怖い顔をされ、眉尻を下げた独楽達が、揃って謝る。

「ごめんなさい。あれこれ話したら、みんなが喜んでるみたいで、止められなくて」

そう言ってから、大将の独楽が頭を掻《か》いた。

「いや本当は、菓子や新しい独楽を貰ったから、止めるのが嫌だったのかな」

独楽の付喪神達はいつも、双六の中にいる。たまに外出をしたら、沢山の物を貰ったので、舞い上がってしまったのだ。

「でも稲荷神様のまねごとは、今日で止めます」

すると市助が、おれ達の独楽をやるからと言ったものだから、独楽の大将はうんと頷いて、嬉しそうな顔をした。それからみんなで、お供え物が消えた稲荷の前から、出雲屋へ向け帰って行った。


拙い事に、夕餉に間に合わなかったので、三人は清次とお紅《こう》から、それはしっかり叱られた。付喪神達は皆、影の内へ逃げ出してしまった。

しかし三人は、いつも飯を食べる板間で大人しくして、言い訳はしなかったのだ。遊んでいて遅くなったと思われている方が、まだ良かった。付喪神に頼み、同心を稲荷へ呼び出す文を出した事が分かったら、何倍叱られるか分かったものではない。

ましてや賊が夕闇に紛れて来る事を付喪神達から聞いて、わざわざ逢魔《おうま》が時に出かけたなどとは、決して言えない。その賊が怖かったとか、刃物を持っていた事などが親に知れてしまったら、当分遊びに出してもらえないだろう。

(本当に、大事になってしまったもの。自分達じゃ、解決出来そうにない事に)

賊に、子供三人では立ち向かえないのだ。だから大人に何とかしてもらえるよう、三人は付喪神達と共に、お膳立《ぜんだ》てをした。

「上手い具合に同心の旦那お二人が、まめに稲荷へ見回りに来てて、助かったね。そして賊も、毎日お供えをかすめ取りに来てたし」

ならばならば。何とか旦那達と賊を、鉢合わせさせる事が出来ないものか。そうすれば、捕り物になる。きっと同心達が、悪い奴らをひっ捕らえてくれる筈だと、皆は話し合ったのだ。

そして出雲屋の付喪神達が、同心二人へ、文使いをする事になった。

「間抜けな同心でも、逃がさず賊を捕まえられるだろう。我らがお膳立てするのだから」

(とにかく、賊は本当に捕まったし。お金がみんなへ戻ると、いいね)

北村と南谷は今宵《こよい》、協力して賊を捕まえた。この先親友とはならずとも、もっと仲良くなるかもと、十夜は思ったりしている。

何故なら、同じくらい強い相手と競うのは、楽しいからだ。独楽勝負と同じであった。

（九本橋の親分さんは、そうなったらきっと、ほっとするよね）

とにかく今回の事が、このまま露《あら》わにならなければ、子供達三人も付喪神達も、大いに安心する。

（でも……ああ、お腹空いた）

清次の説教は続いているが、いつものように、泣き言を言う訳にはいかない。親にはきっちり言ってもらい、今夜で事を収めねばならないからだ。

「なんだ、今日は随分と皆、大人しいじゃないか」

清次が首を傾げた途端、十夜の腹が、きゅううと鳴る。釣られたように、市助も腹を鳴らす。清次が思わず苦笑を浮かべ、言葉を切った時、お紅が膳を手に現れ、助け船を出してくれた。

「あんた、続きは夕餉を食べた後にしちゃ、くれませんか。片づきゃしませんよ」

「ああ、そうだな。ちょいと遅くなった」

ほっと息をつくと、味噌汁《みそしる》の匂いが気になって、三人の首が膳の方へ伸びる。それを見た親達が、笑い出した。

「八杯豆腐がある。煮豆もある」

十夜が嬉しそうな声を上げると、お紅が飯を山盛りにして、皆へ差し出してくれた。

つくもがみ、家出します

1

にゃおーん。

酷《ひど》いよう、悔しいよう。

うわーんっ、涙が出てくるぞ。

ああ、そこな御身《おんみ》、どうしたんだと聞いてくれるのかい？　優しいね。うん、ありがとうな。

それがな、ふにゃーっ、とんでもないことになったんだ。負けた。出雲屋《いずもや》にいる十《と》夜《お》達三人の子供らに、双六《すごろく》遊びで負けたんだっ。

双六のますに出てくる、子とろ子とろという遊びをしたのだが、全く歯が立たなんだのだ。

われは猫神《ねこがみ》なのに、こんな事が起こって、よいものなのか。にゃおーん、悲しいよう。

うん？　御身、猫神とは聞かぬ名だというのか？　残念だな、知らぬのか。だが、せっかく知り合ったのだ、ならばここで、われの名を覚えてくれ。

われはな、並の者ではない。器物が百年の時を経て妖《あやかし》となった身、根付けの付喪神《つくもがみ》なのだ。ほれ、これがわれの本体だ。昔は煙草入れに下げられていたこの身を、見ておくれ。ころりとかわいく、綺麗《きれい》な猫の根付けであろう？

この出雲屋には他にも、色々な付喪神がおる。煙管《キセル》の五位《ごい》や櫛《くし》のうさぎ、掛け軸の月夜見《つくよみ》、人形のお姫、帯留めの黄君《おうくん》、蝙蝠《こうもり》の根付け野鉄《のてつ》、金唐革の財布唐草《からくさ》、守袋の青海波《せいがいは》、双六のそう六などだ。共に子とろ子とろを戦った仲間は、偉くて凄《すご》くて恰好《かっこう》が良い、素敵で立派な付喪神達なのだ。

われらの大方は、今の出雲屋の主《あるじ》、清次《せいじ》とお紅《こう》夫婦が継ぐ前から、この古道具屋兼損料屋出雲屋におってな。客に貸しだされ、この店の稼ぎを長く助けてやってきた。実にありがたい者達だ。

なのに……何でその店の子供らに、やっつけられねばならんのだ？　どうして負けねばならぬ？　みゃあ、悔しい。溜息《ためいき》が出るぞ。

おや御身、われを慰めてくださるのか。それは、嬉《うれ》しいことだ。ならば頼みがある。耳の後ろを、ちょいと掻《か》いてはくれぬか。そこを掻かれるのが、大好きなのだ。

……みゃあ、気持ちいい。上手《うま》いな。もう一回……うふふふ。

うん？　御身は、そんなに嘆く事はないと、言われるのか？　たかが遊びだし、一回負けた事くらい気にせず楽しめばよいと、考えているのだな。

いやいや、それがな、そう気軽に構える事も出来ぬのだよ。

今回、子とろ子とろをやる事になったのは、双六遊びをしていた故だ。子供の遊びが描かれたその絵双六は、他の品とは違う。われらの仲間の一人、そう六と言う名の付喪神なのだ。

双六の各ますには、独楽《こま》や相撲の絵などが描かれていて、その者達も付喪神となっている。にゃん、つまりそう六という双六には、沢山の付喪神達が集まっておるのだ。

そう六は妖だから、双六の遊び方は、並の品とはちょいと違う。賽子《さいころ》を振って進んだら、子供らは行き着いたますに描かれている遊びで、そこにいる付喪神と勝負をしなければならない。勝ったらやっと、先へと進める訳だ。

そしてこの双六、途中で負けて進めなくなる者が多いそうで。だからそう六は子供らに、是非最後までやり遂げ、ちゃんと上がって欲しいと願っている。途中で投げ出されてばかりなものだから、そう六の双六はつまらないと、付喪神仲間から言われているらしい。

それを知っておるから、子供らは投げ出しもせず、頑張って毎回、ますにいる付喪神達と戦ってる。そして今のところ全て勝ち、双六を進んでいるのだ。そして今回の勝負が、子とろ子とろだった。

しかしなぁ、双六遊びとはいえ、こうも毎回負けると、そう六も考え込んでしまった。そろそろ一度くらい、付喪神の方が勝ちたい。子らの足を止めたいと、われらはそう六達に言われていたんだ。なのに……われらは子とろ子とろでも、またしても負けてしまったのだ。

にゃん？

おやま、子とろ子とろとは何かと、御身は聞くのか。驚いた。何と御身、あの遊びを知らぬのか。あれ、それでは遊び方も分からんだろうな。

子とろ子とろというのは、お江戸の子供らが大勢で、よく外でやっている遊びだ。まずは鬼と親を一人ずつ決める。余った者は子となる。子は親の後ろに列を作り、前の者の着物を握る。そして鬼は、列の一番後ろにいる子を、捕まえにかかる訳だ。だがこの時、親は両手を広げて、鬼を防ぎ子を守る。それでも捕まっちまったら、その子が負けで、鬼になる決まりなのだ。早く仲間全員負けとなった方が、敗者となる。

ところが、だ。今回は間の悪い事に、双六の子とろ子とろのますに、間殿《あいだ》とぬき殿という二人の付喪神しかおらなんだ。

なんでも最近この近所では、子供に声を掛ける、妙な者がいるんだとか。それ故、双六の内にいる付喪神の多くは、幼い子を守る為、外へ行っているのだ。うんと小さいと妖が分かる子もいるし、その子と仲良くなる妖も結構いてな。

それ故、十夜達と子とろ子とろをするには、付喪神の数が足りぬ。それでは困るから、今回は特別にそう六とわれらが、双六の付喪神達の加勢に回る事になったのだ。

われらは張り切って、子とろ子とろをやった。何しろわれら付喪神は、数が多い。対して子供らは十夜、市助《いちすけ》、こゆりの三人しかおらぬ。つまり、直ぐ捕まえる事が出来る、きっと勝てると信じておった。

ところが、だ。

にゃあ……負けてしまった！　こちらは慣れぬから、上手く力を合わせられなんだ。おまけに子供らときたら、守る時は、一番大きな市助が親となり、大きく手を開いてわれらを蹴散《けち》らした。市助の後ろでは、こゆりを前に庇《かば》いつつ、尻尾《しっぽ》の子となった十夜が素早く逃げ回った。

付喪神の間殿ときたら、鬼であるのに子供の手で吹っ飛ばされ、頭に瘤《こぶ》を作ってしまったのだ。

子らに鬼の役が回った時も、市助が一番に出て来て、容赦なく体当たりをし、われらを捕まえにかかった。仲間は大勢いたのに、皆、あっという間に捕まってしまった。

余りの不甲斐《ふがい》なさに、外に行っておる仲間へ顔向けが出来ぬと、間殿とぬき殿が酷く泣いてしまって、いや参ったわ。同じ双六にいる付喪神故、そう六までしょげてしまった。

それでわれらは子供らに、こっそり頼んだのだ。勝ったのは、運が良かっただけだと言って欲しいと。ものは言いようと、いうではないか。

ところが、子供らはうんと言わなんだ。嘘は良くないと言いおった。

みぎゃあ、いつも芋を共に食べるこの猫神も、五位と一緒に、手を合わせて頼んだのだぞ。泣いている者を慰める為だ。ちっとくらい、気を遣っても良い筈《はず》ではないか。

市助も十夜もこゆりも子供故、世渡りの仕方を知らなすぎる。つまり、子らとわれら付喪神一同は、喧嘩《けんか》になったわけだ！

そこでだ。聞いてくれ。われらは家出をする事にした。

出雲屋を出ていくぞ。何としても出る。

われらは傷ついておる。腹を立ててもおる。

だから、姿を消す事にした。

子供達を心配させてやる。

ごめんなさいと、言わせてみせるつもりだ。

なんだい？　付喪神が消えると、子らが本当に心配するのかと、御身は聞くのか？

勿論《もちろん》するとも。われらは子らの友だからな。三人は大いに驚き、心を痛めるであろう。

いや子供らだけではない。出雲屋の主、清次もお紅も気を揉《も》む筈だ。われらは出雲屋から日々貸しだされてやっている、立派な品なのだからな。稼ぎが酷く落ち込むに違いない故、慌てて子供らと共に捜しに出る筈だ。

出雲屋には他にも、沢山の品が店にあるのではないかって？　あっても……われらの方が大切な筈だ。そうだとも。

にゃん、家出は良い方法だ。ああ、これから、直ぐに店を出なくては。

おや、掛け軸の付喪神である月夜見が、後ろから、ちょいと待てと言っておる。われらが姿を消したのは家出した為だと、書き置きしておかねばいけないと言うのか。なるほど揃って仕事に出ていると子供らが勘違いしたら、拙《まず》いな。それでは困る。そうだな。ならば〝付喪神一同は、家出します〟と、書いておこう。

何かな、お姫。仲直りの方法も書いておくべきだと、そう思うのか。ははぁ、お姫はまず、ごめんなさいと言って欲しい。それから、金平糖《こんぺいとう》など甘い物を少しばかり、食べさせて貰《もら》いたいんだな。甘やかして欲しいという訳か。

われは茶饅頭《ちゃまんじゅう》の方が良いな。いや、焼き芋を忘れては困るという話が出たぞ。芋も美味《うま》いな。

うん、われらに機嫌を直して欲しくば、謝って、この三つの菓子を用意してくれと、書き置きに記しておこう。芋は多めに頼みます、と。ええとそれから、お腹が空《す》くから、早く捜しに来て下さい、だな。

さて、これだけ書いておけば良かろう。心配りは大切だな。子供らへの手本だ。

さあみんな、これからどこへ家出しようか。ああ御身。影の内に入れるなら、御身も一緒に来るか？

行くぞ、みんなで家出だ。

2

「みにゃっふっふ。良き家出先を、思いついたものだ」

大きな行李《こうり》の中で、猫神が満足そうに話していた。そしてその言葉に、一緒に家出をした付喪神の面々、月夜見、五位、野鉄、お姫、青海波、うさぎ、黄君、唐草、そう六が、大きく頷《うなず》く。お姫が笑った。

「丁度良い時に、札差大久屋《おおひさや》のお店《たな》の人を見かけて、良かったですね」

少し前のこと。

出雲屋二階で、付喪神一同は家出を決めた。しかしまだ日中で、小さな付喪神が、道を歩いて家出するのは拙かった。となると皆は、影の内にでも紛れ、外へ出なくてはならない。これに月夜見が愚痴をこぼした。

「遠出は無理だな。さて、家出とは難しいものだ」

しかし二階に留《とど》まっていては、どこへもいけない。皆はとことこ階段を下り、まずは出雲屋一階へ向かったのだ。

すると何段も下りぬ内に、一階の店表《たなおもて》に、どこかで見たような顔の客がいるのが目に入った。畳の間の端、一段高くなった土間脇に座っている男を見て、煙管の付喪神、五位が小さく手を打った。

「おや。ありゃ札差大久屋の手代、捨吉《すてきち》さんじゃなかったっけ」

切れ長の目をした手代は、横に、あれこれ物を入れた、大きな行李を置いていた。出雲屋は物を貸しだす損料屋だ。捨吉は、何かを借りに来たのかもしれなかった。つまり、この後、大久屋へ帰る筈と思えた。

「こいつは都合がいい。あれだけ物が入ってりゃ、われらが加わっても、重さで怪しまれる事もないだろう。おい、皆であの行李に忍び込んで、大久屋へ行かないか？」

月夜見の言葉を聞いた付喪神達が、一瞬顔を見合わせた後、大きく頷く。大久屋はこの世に付喪神達がいる事をちゃんと心得ている。その上、金に不自由していないお大尽だ。

付喪神達が顔を見せれば、餅や芋などをご馳走《ちそう》してくれるかもしれない。

「野鉄は、腹が減った。よし、行こう！」

皆で影の内に潜み、そっと行李へ近づくと、内に紛れ込む。じき、何も知らぬ捨吉が蓋《ふた》を閉めると、付喪神達は揃ってにやりと笑い、事を成し遂げた誇りに胸を大きく反らした。

それぞれ他所《よそ》へ貸しだされた事はあるものの、付喪神が揃っての他出は酷く珍しい。中には皆と出かけるのは初めてという者もいた。

「何だか、わくわくしますねえ」

嬉しげに囁《ささや》いたのは、櫛の付喪神うさぎだ。行李は浮き上がると、そのままゆさゆさと揺れつつ、運ばれてゆく。

「こっそり何かするのって、面白いですね。悪戯《いたずら》、好きです」

そう六が押し殺した声で言い、付喪神達は笑いを浮かべた。しかし、直ぐには行き着かないから暇だし、ゆらゆらとした揺れは気持ちよい。それでその内皆、眠ってしまったのだ。

そして。

どれ程時が経ったのか、しかとは分からない。とにかく、どんっという音と共に、世界が大きく揺さぶられた。

「おにゃっ、着いたのか?」

猫神が、寝ぼけたような声を出す。皆も揃って目を覚ましたらしく、側からいくつもの声がした。

「やれやれ、家出とは簡単なものであった」

月夜見が荷の中から身を現し、大きく伸びをした。

「さて早く主と会って、お八つを貰いたいのぉ」

明るい声で言う。だがここで野鉄が、用心用心と口にした。

「確かに大久屋は、われらの事を心得ておる。だが、他の奉公人はそうではないからな」

　つまり大久屋の内でも、店主以外の者に姿を見られるのは拙いのだ。

「よってまだしばし、隠れていた方がいい。きっと、損料屋から持ち帰った荷を店へ出す為、ここへ奉公人が現れるぞ」

「ああ、借りた品が入っている筈ですものね。のんびりするのは、少しおあずけかな」

青海波の言葉に笑みを浮かべた後、付喪神達は己らの知恵を自ら褒めつつ、荷の奥へと潜った。ところが。

「あれ？　どうして誰も、荷をあらために来ぬのだろう」

随分と待った後のこと。皆が首を傾げ、眉《まゆ》を顰《ひそ》めた。その内じれてしまい、付喪神の内、体の大きなお姫と猫神、そして飛べる野鉄が荷の上を這《は》ってゆく。そして行李の上蓋の端を、えいこらせと持ち上げ始めた。

「お、重いのぉ」

野鉄が蝙蝠の姿となり、作った隙間からすいと外へ飛び出る。

「おい、静かにやれよ。人に見つかったら、どうするんだ」

後に残っていた付喪神達は、はらはらした顔で、一瞬身を強《こわ》ばらせた。だが直ぐに行李の外から、何とものんびりとした声がした。

「おい、皆も出てこいや。心配は要らぬ。誰もおらぬぞ」

「お、おお」

猫神とお姫が手を突っ張り、更に大きく行李の蓋を開けると、そこから付喪神達がもそもそと出る。見れば外は、様々な荷が積み重なっている、納戸のような場所であった。

行李に残った二人の内、お姫が先に出たところ、半分落ちた蓋に猫神が挟まれ、「ふにゃんおうっ」と泣き声を上げる。皆が慌てて、大きな体を行李から引きずり出すと、猫神はぽてんと下へ落ち、また情けない声を上げた。

「にゃううん、家出とは力のいるものだな。早く大久屋の部屋へ行き着き、のんびりしたいわ」

尻尾をさすりつつ猫神がこぼす。だが思いの外の事は、重い蓋だけではなかった。横で月夜見が、大きく眉尻《まゆじり》を下げていた。

「うーん、これが天下の札差の家かのぉ。この部屋には、ろくな品がないぞ。百年経

って も、ここからは付喪神など生まれまいよ」

だが、五位は元気なものであった。

「きっと店で使う品物を、まとめて置いてある部屋なのだ。奉公人には、贅沢《ぜいたく》はさせておらんのだろう」

さて、主に会いにゆこうと五位は言い、さっさと部屋を仕切る板戸の方へと向かう。だが。ここでも難儀が一同を待っていた。立て付けが悪いのか、付喪神達には戸が大きすぎる為か、引いても押しても板戸が開かないのだ。

「行李の蓋より、ずっと重いです。これは猫神殿の力を借りても、無理です」

どうしようと、お姫がしゃがみ込んで声を震わせる。すると野鉄が、ずいと前へ出た。

「情けない声を出すな、お姫。われらは妖。影の内へ潜れば、戸の向こうへ出られるではないか」

「あ、ああ。そうでした」

「野鉄、今回もちょいと先に行って、大久屋の部屋がどこか、見てきてくれぬか。そうすれば、皆で素早く動ける」

月夜見に頼まれ、飛べる野鉄は一瞬、誇らしげな顔になった後、すいと影の内へと入り部屋から消えた。お姫がほっとした表情を浮かべる。

「やっと、大久屋さんの部屋へ行けますね。月夜見さん、双六でいう上がりです」

「容易《たやす》い事であったわ。うん、われらは付喪神だからな。家出くらい簡単にこなすのだ」

ところが。月夜見が威張ってから、幾らも経たぬ内のこと。野鉄は眉間《みけん》に皺《しわ》を寄せ、皆のもとへと帰ってきたのだ。

「どうした？　大久屋が、他出でもしていたのか？」

五位に問われ、野鉄は渋い表情のまま話しだす。

「手近な部屋から回ってみたのだが……驚くなよ、この家には今、男が一人おるのみなのだ。他には誰もおらん、大久屋もおらん」

「は？」

野鉄はまず、主がいるに違いない家の奥を見ようと、裏庭沿いを回ったらしい。

「だがな、どうも様子がおかしい」

結構部屋数のある家なのに、庭で男が掃除をしていただけで、他に人の姿を見かけない。犬、猫の鳴き声はするが、人の話し声が聞こえてこないのだ。つまりこの屋からは、商いをしている賑《にぎ》わいが感じられなかった。

「ここは天下の大金持ち、札差大久屋なのだよな？　その筈だよな？」

なのに何故かくも寂《さみ》しいのかと、野鉄は戸惑っていた。月夜見が目を半眼にする。

「肝心の大久屋の姿がないとは、面妖《めんよう》な」

　札差に何かあったのだろうか。ここで月夜見が、決断をした。

「ええい、納戸の中で話をしていても、答えは分からん。一度皆で、この屋の中を見て回るぞ」

　とにかく皆は影に入ると、戸の外へと出てみた。芋とお菓子、茶が欲しければ、大久屋を捜さねばならないのだ。

「あれ？」

　戸の外は小さな裏庭に面した、縁側のような場所であった。左右へ目を向け真っ先に首を傾げたのは、帯留めの黄君だ。

「……あの、何ともぼろいですね、この家」

　元はそれなりに、しっかりした建物であったのが、手入れを怠り、みすぼらしくなった感じがすると黄君はつぶやく。猫神も、家を見て尻尾を下げた。

「月夜見さん、札差の店って、お金が廊下に転がっている筈では？　ついでに、お菓子の入った木鉢が、部屋ごとに置いてあるんじゃないんですか？」

「廊下にお金があったら、躓《つまず》いて歩きにくいじゃないか」

　五位は横からそう言ったものの、破れたままの障子へ、渋い表情を向ける。月夜見も溜息をつき、なんとも妙だと言った。

「大久屋は、実は商売が左前で、店にお金がなかったのかのぉ。ならば以前、沢山の芋を買って貰ったのは、申し訳ない事であった」

とにかく主に会おうということで、皆で身を隠しつつ、廊下を進んだ。古い家はそこそこ広く、何度縁側の角を回っても、現れるのは庭で、土間のある店表へ行き着かない。大戸も暖簾《のれん》も見かけなかった。

「店はどこだ？　何で土間が現れないんだ？」

帳場がないじゃないかと言い、猫神が顔を顰《しか》める。月夜見は腕を組み、雑草が生えている庭へ厳しい目を向けた。

「この古い家……どうも、商家のようには見えぬなぁ」

月夜見は掛け軸であるから、根岸《ねぎし》の寮で開かれる趣のある会などへ、よく貸しだされるのだ。そんな時に訪れる家に、この屋の形は似ていると言い出した。

「おまけに何故だかここは、手入れが行き届いていないようだ。札差らしくもない」

「だって……その言い方じゃ、この家の主は、大久屋ではないみたいに聞こえますよ」

そう六が、半分べそをかきつつ言う。月夜見が諦《あきら》めたかのように頷いた。

「多分、違うのだ」

行李は、別の家へ届ける荷であったのだ。

「ならばここは、どこなんだい？」

「われらは、いずこへ来てしまったのだ？」

お姫や五位、猫神など、問う声は様々に上がるが、答える者がいない。月夜見が口元を、への字にした。

「家出をして、迷子になったか」

付喪神達は顔を見合わせ、しばし黙り込んでしまった。

3

「おとっつぁん、こんな書き置きが、二階に置いてあったの。付喪神達、店表か古道具屋の方へ来てない？」

子供達が寺子屋から出雲屋へ、戻ってきた時のこと。わざとらしく二階に置かれていた書き付けを見つけて、十夜達三人が、損料屋出雲屋の帳場に座る清次へ声をかけた。

清次はその紙へ目をやると、ひょいと片眉を上げる。

「お前達、妖らと喧嘩でもしたのか。ありゃ、腹が立ったから芋と菓子をくれって……

…やれやれ」

付喪神達は、すっかりお八つの味を覚えてしまったと苦笑した後、店の方へは来ていないと、清次は首を横に振る。市助が、眉根を寄せた。

「あれ、じゃあ、どこへ行ったんだろ。おじさんがこっちにいるのに、古道具屋へは行っちゃいないだろうし」

つまり妖達の家出先は、出雲屋の中ではないと見当をつけ、子供達は唇を尖《とが》らせた。

「付喪神達って、われ達より長生きしてるって、いつも自慢してる。でもその割には、子供みたいに直ぐ拗《す》ねるんだから」

すると、何をしたのかと清次が問う。こゆりが、子とろ子とろをして子供達が勝ったことを告げると、笑い出した。

「付喪神達も大人げない。遊びで負けることも許せないのか。なら、勝ち負けのある遊びなど、しなければいいものを」

しかし、それにしても付喪神達が勝手に外へ出て行ったのは、大いに拙い事であった。

「あの妖達は何度も貸しだされているから、出雲屋の品だと知っている人も多い。それが突然歩き出したら、どういうことなのかと問われかねないな」

さて、どこへ行ったかなと清次が考え込み、今度は十夜が口を開く。

「もし本当に、出雲屋の外へ出たんなら……きっと近くにあって、店の事を心得てるすおう屋さんか鶴屋《つるや》さんだと思う」

家出先に付喪神達のことを心得ている者がいなくては、お喋《しゃべ》り一つ出来なくて、つまらないに違いない。

「付喪神達、お客さんのお料理を食べなきゃいいけど」

こゆりが心配げに言うと、清次が立ち上がり、騒ぎにならぬ内に、妖達を拾いにゆくと口にした。

「あいつらときたら何度も叱られているのに、また、こんな騒ぎを起こして」

そして、もし今日、出た先で大きな騒ぎを起こしていたら、もう目は瞑《つむ》れぬと清次が言い出した。

「最悪、全部をまとめて、売り払う事になるかもな」

そう言う顔は厳しくて、市助と十夜が顔を強ばらせる。

「あの、おとっつぁん、妖達はわれ達が迎えに行ってくるから」

二軒の店ならば、そう遠くない。子供達が清次より先に出かけようと履き物を出していると、そこへ表の通りから岡っ引きの手下、馴染《なじ》みの三吉《さんきち》が姿を現した。

「ちょいとごめんよ。おや、今日は子供達が揃ってるね」

表へ出かけようとしている三人を見ると、ちょいと話をしたいと言い、三吉は他出を止めてきた。それから清次へ顔を向け、妙な噂があることを伝えたのだ。

「最近この近所で、子供達へ一文菓子をやると言って、あれこれ話しかけてくる奴がいるらしい。妙な事なんで、心配する親が出て来た。で、親分が子供のいる家へ、知らせをやっているんだ」

だから、いつも三人の子が集っている出雲屋にも来たと知り、清次が急ぎ小さな金《きん》子《す》のおひねりを作って、礼の言葉と共に三吉の袖《そで》へ入れる。

三吉はにこりとして頷くと、十夜達へ真面目な顔を向けた。

「外へ出たときは、知らない大人に気をつけるんだぞ。菓子に釣られて、どこかへ付いて行っちゃ駄目だからな」

「あの、お菓子をくれる大人って、大久屋さんじゃないの？　あのおじさん自分の子を捜してるんで、子供とよく話すんだ」

「大久屋さん？　蔵前《くらまえ》の札差大久屋さんか？　いやぁ、特別裕福なお大尽なら、姿でそうと分かったと思うが。そんな話は聞いてないな」

「そうなんだ」

十夜は少し、肩を下げた。もし大久屋の姿を見つけたら、付喪神達は勇んで、その袖内に入って家出をするかもしれない。そう思って聞いてみたのだが、外れであった。

だが驚いた事に、ここで清次が大久屋の事を口にした。

「十夜、大久屋さんはここ何日か、深川《ふかがわ》には来ないよ。蔵前の料理屋へ行ってるからね」

跡取りをどうするかという事で、親戚《しんせき》が押しかけて来ているらしいと、清次は苦笑を浮かべた。確かに大久屋には子がおらず、まだ跡取りが誰かは決まっていない。

親戚達が、大久屋と沙耶《さや》の子の話を承知しているかどうかは分からない。しかし大久屋は清次と似た年頃で、これから後添いを迎えて子が生まれても不思議ではなかった。

「なのに、うるさい親戚がいたもんだ」

するとここで、こゆりが首を傾げる。

「清次おじさん、どうして大久屋のおじさん、蔵前の料理屋へ行ったの？」

どうせならば、料理屋鶴屋へ来てくれればいいのにと、こゆりはちょっと口を尖らせる。深川へ来てくれれば、自分達とも会えるのだ。清次は、訳は知らないと笑った。大久屋の手代が出雲屋の品を返しにきたおり、話を聞いただけなのだ。

「あれ、大久屋さんの手代さんが、出雲屋へ来てたんだ」

市助が何時頃のことかと問い、清次は答えようとして……「あっ」とつぶやく。

「そういえばあの手代、大きな行李を持ってたな」

出雲屋だけでなく、あちこちへ使いにゆくとかで、荷を運んでいたのだ。

「ありゃ、その行李に入れれば……」

言いかけた十夜が、まだ横に立っている三吉へ目を向け、慌てて言葉を切る。ここで清次が落ち着いて、改めて三吉へ礼を言うと、岡っ引きの手下は長っ尻《ちり》になったと言い、一つ頭を下げ店表から消えた。

十夜がその背を見送りつつ、言葉の先を続けた。

「付喪神達は、手代さんが持ってた行李に潜り込んだのかも。大久屋さんの店へゆく気で」

清次が顔を顰めた。

「あの阿呆《あほう》ども！　蔵前まで、迎えに行かせる気だったのか」

一旦《いったん》そんな遠方へ行ったら、あの小さな道具達が、己達の力で出雲屋まで帰ってこられる筈もない。清次は算盤《そろばん》を脇にどけると、うんざりした顔で帳場から立ち上がった。

「やれ、仕方がない。あいつらを受け取りに、大久屋さんへ行った方が良さそうだな。本当に付喪神達を売り払いたくなってきたぞ」

清次が小僧を使いに出し、近くの堀川まで舟を呼んだので、心配になった子供らは、一緒に行きたいと口々に言った。しかし。

「お前さん達はすおう屋と鶴屋へ行って、付喪神達が行ってないか、確かめておけ」

ひょっとしたら近いからと、どちらかへ行っているかもしれないと言い、清次は溜息をつく。確かに、どこで騒ぎを起こされても出雲屋は困るのだ。

「本当に、面倒をかける奴らだ」

店をしばし任せる為、清次はお紅の名を呼んだ。

4

「ひっ、ふにゃあっ、ひいいいいーっ」

「たっ、助けてくださいっ」

「わあ、食われる。こっ、怖いようっ」

ぽてぽて、カタカタ、ぱたぱたぱた。

小さな足音が縁側を逃げ惑う。その音の後を追うように、ハッ、ハッという息づかいと、身軽な爪の音が続いた。

付喪神達は、見知らぬ家の中を遁走《とんそう》していた。そして十夜達に会いたい、いや酷く叱られる羽目になってもいいから、清次が現れて欲しいと切に願っていた。何しろ、とんでもない危機に見舞われていたのだ。

「こいつっ、どこから現れたんだ？」

つい先程の話。付喪神達は、人気《ひとけ》のない家の廊下を歩いていて、角を曲がった途端、庭先にいた大きな犬に出会ってしまったのだ。

犬は付喪神達を見つけると、「きゅわんっ」と嬉しげに鳴き、ひょい、ひょいと駆け近寄ってきた。

「くうっ、お、大きいな、こいつ」

五位の見るところ、薄茶に白い腹掛けをした毛並みの犬は、熊のごとき大きさで、総身から獰猛《どうもう》さを振りまいていた。

「ひえええっ、拙いっ。追いつかれるぞ」

付喪神達は食われるやもしれぬと、部屋内へ駆け込み、影の内へ逃げ込んだ。ところが、だ。犬の素晴らしい鼻で分かるのか、影から出ると、その部屋へ追いかけてくる。止める者がいないものだから、犬は畳に上がりこんで、付喪神達に迫った。

「て、天井だ。影から天井へ逃げろ！」

いち早く飛び上がった野鉄が、皆へ声をかけた。

「あ、そうか。上なら犬は追って来ないっ」

気がついた皆は、部屋の隅に出来ていた、小さな影へ順に飛び込む。すると犬がその部屋にも入ってきて、順番を待っていた付喪神の上へ、ひとっ飛びでのしかかったのだ。

「きゃあああっ」

倒され、べろんと嬉しげになめられたお姫が、絶叫を上げる。身が大きいので、やはり残っていた猫神が、横で両の足を踏ん張った。

「みぎゃーっ、止めろっ。嫌がっているではないか。なめるのを止めろっ」

何しろ猫神は猫だからして、犬が怖い。身は大きくても、多分付喪神一、怖かった。しかし、だ。ここでお姫を置き去りにし影の内へ逃げてしまったら、二度と子供らへ、付喪神だからと威張れない。よって猫神は、死にものぐるいで頑張った。

「止めろと言っておるだろうがっ」

猫族の必殺技、鼠をもやっつける前足の一撃を繰り出し、犬の鼻先を打ったのだ！

「きゃうううんっ」

途端、甲高い声がして、犬がさっとお姫を放す。猫神が咄嗟《とっさ》にその身を抱え上げ、影の内で待っている仲間へ、投げるように渡した。

「ほれ猫神、お前さんも急げっ」

前足の一発では遠くへ追い払えず、犬はまだ側にいるのだ。皆は猫神に手を伸ばす。恐ろしき犬は、今度は猫神へ顔を向けてきた。また近寄ってくる。

怖いっ。

「にゃわーんっ」

猫神の着物を、犬の口が間一髪かすめた。しかし猫神は何とか影の内へ飛び込み、付喪神達はやっと全員、天井へと逃れたのだ。

疲れた付喪神達は、百を三回数える程の間、天井裏でひっくり返っていた。

だがその内、まずは月夜見が、ぼそぼそと話し始める。

「なあ五位、天井裏に逃れたのは、思いの外、幸運だったのではないか。天井裏は繋《つな》がっておる。われらは素早く、各部屋を回れるぞ」

「本当だねえ。おまけにここなら、犬にも人にも見つかる心配がない」

二人の言葉でほっとした付喪神達は、何とか起き上がり、またとことこと歩き出した。すると皆は、直ぐに気がついた。下の間を確かめるのに、下りる必要は無かった。天井板の隙間や節穴から、下が結構良く見えたのだ。黄君や青海波は、物珍しげに節穴を見て回った。

「ありゃ、この部屋、畳が毛羽立ってるぞ。しかも誰もおらん」

「こっちは三畳間だ。使用人の部屋ですかね。でも使っている様子は、ないですね」

そうして覗《のぞ》きつつ、南側の部屋へ行き着いた時のことであった。付喪神達が、いっせいに天井裏で身を硬くし、動きを止める。人の少ない家に、客が訪ねてきたからだ。

「ご免、在宅か？」

表へ開いた戸の前で大きな声がすると、先刻の犬が真っ先に返答をし、その後、庭掃除をしていた男が、客への応対に出る。客を庭に面した部屋へ連れてゆくと、驚いた事にその男は、己も部屋に座ってしまった。

「おやま、どういう事だろうか」

下男ではなかったのかと猫神が小声でつぶやき、皆も首を斜めにして下を覗き込む。するとと客は、男へ親しげに話しかけた。

「孫四郎《まごしろう》、その後叔父御《おじご》、大久屋の意向は摑《つか》めたか？」

「それがとんと。ああ他の親戚が、叔父御へ妾《めかけ》の話を持ち込んだ件。叔父御、あれは断るそうだが」

「お、大久屋？　叔父？　やっぱりここは、大久屋なのか？」

しかし皆でぐるりと家を巡っても、店はなかった。付喪神達は眉を顰め、天井裏から二人を見つめる。孫四郎とやらは、客を高国《たかくに》と呼んだ。着流し姿のその男は、孫四郎の従兄弟《いとこ》らしいが、どうやら武家のようであった。

（なになに？　大久屋が以前、親戚の高国に、御家人の株を買ったとな？　どういうことだろう。分からん）

猫神が首を傾げる。下の部屋では、孫四郎の愚痴が続いた。

「こんな事ならば、私も堅く、御家人株を買って貰えば良かった」

その後、長い愚痴と言い訳の山が聞こえてくる。暫《しばら》く話を聞き続け、要らぬ所を頭の内で蹴飛ばすと、孫四郎達の立場が付喪神にも見えてきた。

(要するにこの二人は従兄弟同士で、大久屋の妻の甥《おい》だ。で、お金持ちの叔父御に、身が立つよう大分払って貰ったのだな)

高国は武家に憧《あこが》れたのか、大枚の禄《ろく》など貰えぬことを覚悟で、御家人となる事を選んだようだ。対して孫四郎は、商売を始める元手を大久屋に出してもらい……あっさり失敗して金と店を失った。今は親が残した古屋へ、引っ込んでいる訳だ。

「つまりここは、大久屋の親戚の家なのか」

付喪神達は小さな声で確かめあう。今の孫四郎には、親も金もない。つまりそういう訳で、家には他に人の姿がないのだ。大久屋も、叔父の金をせっせと減らした甥に、これ以上贅沢をさせる気はないのだろう。

ところが孫四郎は叔父の扱いが不満らしく、愚痴が止まらない。

「叔父御は冷たい。商いに失敗することなど、よくある話ではないか」

なのに、今度は己の力で頑張ってみろと言ったきり、大久屋は孫四郎を支えてもくれない。今日のように、たまに着物や小遣いを、手代に届けさせるのみだ。それでも、叔母は亡くなったし跡取りもいないしで、いずれ己が大久屋へ入れる筈と思っていたら、叔父に子がいるらしいという話が耳に入ったという。

「昔、おなごに産ませた子だって？　冗談ではないぞ」

（あっ、この話、前に耳にした事があるな）

付喪神達が天井で頷く。以前出会った雛道具《ひなどうぐ》の付喪神達。あのお雛様の持ち主だったお人が、その子の母である筈であった。

だが階下の二人は、その子が邪魔らしい。例えば高国が、少ない禄でも構わぬと武士になったのは、この後も叔父御の懐を当てに出来ると思えばこそのようであった。

この時二人は人気の無い家の中で、ことさら声を潜め、顔を近づけて語り出す。

「なぁ、叔父御はここずっと、深川へまめに通っているそうだ。やはり例の子供らの内に、叔父御の子がいるからかのぅ」

既に、武家言葉が板に付いている高国が、そう従兄弟へ話す。

「一度叔父御に、三人の子供のことを尋ねたら、首を突っ込むことならんと、大層怖い顔で言われたわ」

（三人の子？　深川？）

付喪神達は天井に貼り付くようにして、耳を澄ませた。孫四郎が口を尖らせる。

「おれは菓子を配り、叔父御贔屓《びいき》の三人の内、誰が貰いっ子なのか、深川の子供らに聞いて回ったんだ。どうやら一人、拾われた子がいるな。でも、叔父御の子かどうかは分からん」

きっとまだ叔父にも分からぬのだろうと、孫四郎は言い添えた。本当に何も、子細が耳に入って来ないからだ。

(拾われっ子！　深川の三人って……大久屋がまめに会っている子って)

下からの声を漏れ聞いた、付喪神達の顔が強ばる。

「なあ孫四郎。大久屋には、今更小さな子など要らぬよ。やはりお前が養子に入ればいいと、おれは思う」

「自分も、そうなればいいと思っていた」

しかし、高国と孫四郎が何と思おうと、大久屋がその気にならなくては、どうにもならない。ここで孫四郎の声が一段低くなった。

「私が店へ入れないのは、余分な子供のせいだな」

己の店を潰《つぶ》した事を、孫四郎は都合良く忘れる事にしたらしい。そして本当にさらりと、恐ろしい事を言い出したのだ。

「なあ、厄介な子供はちょいと捕まえて、上方《かみがた》へでも、売り飛ばしてしまえばいいと思わないか」

なに己は優しいから、水へ沈めるだの首を絞めるだの、物騒な事は言わないと、嫌な声が聞こえてくる。子を捕まえ、親から引き離しうんと遠くへ売り払ってしまえば、江戸へ帰ってこられないというのだ。

（おいおいおい）

付喪神達が顔を見合わせ、総身を強ばらせる。すると高国は孫四郎を止めず、剣呑《けんのん》な話を進めていった。

「しかし三人の内、誰を捕まえりゃいいんだ？」

「高国、子供を一人に絞ろうとするから、事が進まないのだ」

つまり三人全員を捕まえ、上方へやってしまえばいいのだと、孫四郎は言いだした。そうすれば大久屋も気落ちして、早々に親戚内から養子を取ろうとするだろう。

「おお、なるほど！」

「実はな、じれた故、子を三人ともかっさらえと、既に人をやとってある。一度に消えれば、まとめて堀にでも落ちたと思ってくれるやもしれん」

下からの声は更に続いたが、付喪神達は天井で、顔を引きつらせた。

「その三人は……十夜、市助、こゆりのことであろうな。なぜかな、拾われた子がいると言っていたぞ」

付喪神達は友へ、思わぬ厄災が降りかかるのを知ってしまったのだ。

「大変だ！」

「あいつらを、守ってやらねば」

「われらは立派な、付喪神なのだ。ここは何としても友である子供らを、守らねば」

下にいる嫌な男どもの、意のままにされるのは、ご免であった。だが……しかし。

「急ぎ出雲屋へ帰らねばならん。だけど……ここはどこだ？」

帰り方など、とんと分からなかった。

5

「あー、やっぱり付喪神達、鶴屋には来てなかったね」

こゆりが、鶴屋を出た先の道で眉尻を下げると、隣で市助も溜息をつく。通りは明るく、振り売りや荷を載せた大八車が行き交い賑やかだ。鶴屋では美味《おい》しいお八つを食べさせてもらったし、皆はお腹一杯であったが、表情は冴《さ》えなかった。

「付喪神、すおう屋にも、一人もいなかった」

ついでにすおう屋では、三人は付喪神達の事で叱られてしまった。やってはいけないことを、妖へきちんと話しておかないと、友を失う。市助の父佐太郎《さたろう》から、そう言われてしまったのだ。

「つまり付喪神達が家を出て向かったのは、大久屋なんだよなぁ」

清次は既に怒っているし、今回は間違いなく、お仕置き無しでは済みそうもない。

「本当に付喪神達、売られちゃうと思う？」

こゆりが泣きそうな表情になると、十夜と市助がそんな事はさせないと、二人して請け合う。相手が親であっても、二人は付喪神達を守り通す気であった。

ただ。

「暫くおれ達は、お八つ抜きかもな」

市助の言葉に、十夜も口をへの字にして頷く。それでも妖らは守らねばならない。それが、友というものであった。

その時、お八つ抜きと聞き、一瞬しゅんとしたこゆりの近くから笑い声がした。こゆりが声の方を見上げると、そこには棒に付いた飴《あめ》を沢山藁束《わらたば》に挿し、手ぬぐいで恰好良く頬被《ほおかむ》りをした、飴売りの若い男がいた。

「おや、嬢ちゃん達は、親に叱られたところかな。暫くはうちの飴も、お預けかい？」

優しげに言われて、こゆりがじっと飴を見つめる。すると飴売りは、また大層優しげに笑うと、藁束の先へ手をやり、半分に欠けた飴をひょいと引き抜いた。白と濃い茶、二色の飴で美味しそうだ。

「こいつはご覧の通りの品で、売り物になりゃしねえ。いいさ、お嬢ちゃんに上げるよ」

「ほんとう？」

　こゆりが手を出し、半分の飴を受け取る。するとこの時、十夜が急いで小さな巾《きん》着《ちゃく》を懐から取りだし、さっと一文を出した。

「おとっつぁんが、ただより高いものはないから、ものを貰っちゃ駄目だっていうんだ。だからおじさん、受け取って」

「おじさんて……ぼうずぅ、兄さんは若いんだぜ」

　苦笑を浮かべた飴売りは、寸の間十夜を見つめた後、下手な遠慮などせず一文を受け取った。こゆりは一寸《ちょっと》、驚いて飴の棒を握りしめたが、市助がお食べと言うと嬉しげになめ始めた。

「お兄さん、ありがと」

　三人は礼を言うと、さほど遠くもない出雲屋を目指し、人が行き交う道を歩いてゆく。その後ろ姿を、沢山の飴を持った飴売りがじっと見つめていた。そして。

　男は直ぐに、三人の跡を追い始めた。


　付喪神達は、天井裏で腕組みをして考えこんでいた。

「ここはどこなんだ？　家を出てどっちへ行ったら、深川の出雲屋へ行き着くんだ？」

野鉄が焦った口調で言う。早く、とにかく早く帰らねばならない。だが焦る程、どうして良いかが分からなくなる。

孫四郎と高国はつい今しがた、部屋から出て行った。剣呑な話は終わり、二人はこれから舟で、吉原《よしわら》なる所へ遊びにゆくらしい。

「表へ出やすくなりましたね。でも、帰り道が分かりません」

お姫が俯《うつむ》いて、天井板の節穴を見つめる。

するとここで猫神が、ひょいと影の内へ入り、猫の姿で下の間へ顔を出した。それから狭い庭を突っ切ると板塀へ登り、辺りを見回したのだ。途端、大きく首を傾げた。

「おんや……ここは多分、深川じゃないな」

猫神は尻尾を振ると、野鉄に声をかけ、ちょいと空の上から、辺りを見てくれぬかと言う。蝙蝠が一匹、すいと飛び立ち、くるくると家の周りを飛ぶと、じき、猫神と共に天井裏へ戻った。

「深川よりずっと、ごみごみと家が詰まって建っておる所であった。潮風の匂いもないし、材木屋に置いてある、木の良い香りもせん」

ただ割と近くに川があったと、野鉄が言う。

「それから大分先に、ずらずらと大きな蔵が並んでいるのが見えたぞ。どうして蔵ばかり、あんなに並んでおるのだろう」

お姫が首を横に振る。付喪神達は他所へ貸しだされはするが、運ばれてゆく間は行李の中に入っている。他所の土地に、詳しい者はいないのだ。

「行李の中で揺られ、皆で寝ている間に、随分と出雲屋から離れてしまったのだな」

ここで猫神が、言葉を足した。

「そうだ、日が出ていたので、東西南北だけは大体分かった」

今、下に見えている部屋は、南に面している。遠くに見える蔵の列は、塀を大分右へ回った先、北東の方角にあった。

すると月夜見が、大層頭の良いところを見せた。

「おい、蔵が一つあるのは、商家じゃ珍しくない。だが大きな蔵が、ずらりと並んでいる家は知らぬぞ。そういうのは大概、川沿いにある荷を納める蔵なのではないか？」

そして、遠目にも目立つ程、幾つも幾つも大きな蔵が並んでいるとなれば、面している川も、大きいに違いなかった。

「ならばその川は、一に大きい隅田《すみだ》川《がわ》かもしれん」

「おお、そういえば」

「われは、あの大きな川に架かる、永代橋《えいたいばし》なら知っておる。海近くの橋だ。覚えておるのだ」

そしてあの橋からなら、出雲屋への帰り方は分かると、月夜見が言うものだから、皆の顔が明るくなった。すると今度は野鉄が、隅田川にかかる橋なら、両国橋《りょうごくばし》を見た事があると言い出した。

「あの橋は、両側に沢山の葭簀《よしず》張りの小屋が建っているから、直ぐにそれと分かる。両国橋は深川より、隅田川の川上にあると聞いた。だが川なら、永代橋まで下るのは容易いだろうよ」

もし両国橋か永代橋へ行き着く事が出来たら、深川の店へ戻れる。月夜見が薄暗い天井裏で、皆の顔を覗き込んだ。

「あの蔵が、本当に隅田川沿いに建っているかどうか、ここからでは分からん。しかも結構遠くにあるようだ」

いつもであれば、ゆくか待つか迷うところだ。しかし今は、子供達が危ない。

「早くに動かねばならぬ」

その言葉を、五位が切った。

「皆まで言うな、月夜見。直ぐにあの蔵目指し、この屋を出よう。いいな？　皆」

小さな道具が、いっせいに頷く。歩いていると人の目につくから、影から影へ伝い、こっそりと移ってゆくのだ。大変だが……やらねばならない。

犬の息や足音がしないのを確かめてから、皆は影の内からそっと階下へと下りた。

その後、猫神が見た隣家の塀沿いに、日を見失わぬようにして、北東へ真っ直ぐ移って行けば良いのだ。

「さあ、犬が来ぬうちに行こう」

猫神は今回もお姫を守りつつ、南向きの部屋を横切ってゆく。そして。

何かの気配を感じ、ひょいと振り返った途端、尻尾も総身の毛も、一瞬にしてばっと、束子《たわし》のように立ってしまった。

「こんな所にっ、虎がっ……」

いや、いやいや。よく見ればそれは、虎とそっくりな、もの凄く強そうな虎縞《とらじま》の猫であった。その猫は、音も無く付喪神達の前に湧き出て、皆の歩を止めたのだ。

「ふにゃあ、そういえば最初の頃、犬と一緒に、猫の声もしていたっけ」

その後色々、驚くような話を聞いたものだから、付喪神達はその事をすっかり忘れていたのだ。

ここで月夜見が、どうすると皆へ問うた。

「また天井に逃げれば、猫からは逃れられる。でも三人の子供らは、それじゃ助けられない」

その返答をする代わりに、猫神やお姫、五位までが猫に正面から向き合った。そして皆、これから戦うべく身構えたのだ。

6

十夜達は先程から、跡を付けられていた。

最後に回った鶴屋から、寝泊まりしている出雲屋までは、子供の足でもそう遠くはない。だがその僅《わず》かの間に、嫌な気配は子供らへまとわりついてきた。

「こゆり、少し急ぐよ。けど直ぐに出雲屋だから、付いて来られるよな？」

市助が、後ろには十夜もいてくれるし、怖くはないよと言う。ただ、いつものようにのんびりと、道を歩む訳にはいかなくなった。市助は勘が良い。急ぎ逃げるということは、後ろから来る誰かは、剣呑な者であった。

「怖いね」

十夜があっさり言うと、三人はこゆりを挟んで、縦一列で道をゆく。本当に、あと少しで帰れるのだが、後ろにいる怖い誰かも、その事を心得ているようであった。店はもう近いのに、大丈夫だという気がしてこない。

（拙いな）

しんがりの十夜は、後ろの気配を濃く感じていた。いざとなったら、市助はこゆりの手を引き、駆け出さねばならない。もし己が一番前にいたら、そうするに決まっていた。そして。

(今は自分がしんがりだ。後ろにいる誰かを、止められるかしら。きっと大人だよね)

任せておけとは、どう考えても言えなかった。いや十夜は、実は酷く怖かった。

(おとっつぁん、おっかさん)

こういうとき、その名前が真っ先に出る。

(付喪神の誰かが、一緒にいれば良かった)

もしいたら影の内から出雲屋へ、急を知らせて貰えただろう。いつも一緒に遊んでいたのに、本当に、こういう時だけ側にいない。

(ああ、誰かが近寄ってくる)

何だか怖くて、腕や顔がぴりぴりする。それでも今は、市助達二人が一緒だったから、十夜は足を止めずに先へ歩む事が出来た。

「みゃうううぅ」

猫神が低い威嚇の声を出すと、眼前の猫も似た声を返してくる。

これが、町でよくある猫の集まりであったなら、これから一対一の勝負が行われ、猫同士の力関係が決まるところだ。

しかし。猫神は猫でなく付喪神であったし、そして妖達は今、急ぎ出雲屋へ帰らねばならなかった。

「こら、虎猫！　さっさとどこかへ行きなさい。私達は今おまえと、遊んじゃいられないのよ！」

お姫が身構えつつ、強そうな虎猫をしかりつける。しかし猫には猫の、都合や考えがあるらしく、つまりさっぱり言うことを聞いてくれなかった。付喪神達のことを、手頃な大きさの獲物に見ているのかもしれない。猫神が口を尖らせた。

「われらは付喪神、妖ぞ。ただの猫は、道を譲らねばならぬ！」

すると、その言葉が大いに気に入らなかったのか、それともお腹が空いていたのか、

「みゃうっ」と鳴いた虎猫が、飛びかかってきたのだ。猫神はさっと猫の突進をかわし、横から五位がその尻尾を掴む。思い切り引っ張った。

「ぎゃっ」

鳴き声が上がった所へ、他の付喪神達がその背に飛びかかる。青海波や黄君、うさぎがまたがり、押さえつけようとしたのだが、猫は身を反らして五位の手をほどいてしまった。振り落とされそうになり、付喪神達は猫の背にしがみつく。

「ぎゃーっ、怖いっ」

「うわあっ」

するとその耳の側での大声に驚いたのか、虎猫が飛び上がる。そして背に付喪神達を乗せたまま、凄い勢いで部屋から走り出たのだ。

「わあっ、虎猫、どこへゆく。そちらは北だ。われらがゆくつもりなのは、北東だっ」

月夜見が慌てて声をかけたが、猫は止まるものではない。青海波や黄君、うさぎを背に、庭に出ると塀に飛び移り、外へ下りてしまう。驚いた付喪神達は、仲間を取り戻すべく、必死に跡を追う羽目になった。

「北へ行ったら、どうなるんだろう?」

疑問と焦りを道連れに、皆は迷い込んだ家を離れる。猫の背では、必死に体勢を立て直した黄君が、猫の首玉を摑んだ。

「止まれ。怖いではないか。止まって下さい」

だが猫は首が苦しくなったのか、大きく身をよじり、その内、人の行き来も多い道へ出てしまう。付喪神達はいっせいに身を伏せた。

「ま、拙い。まっ昼間だぞ」

するとじき、前から水の匂いがしてくる。うさぎが顔を少し上げると、眼前に堀川が見えた。

「あれ? 深川に戻ってきたのかな?」

青海波が一瞬、嬉しげな声を上げたが、周りを見て首を横に振る事になる。猫は川の方へと突進し、水辺近くにもやってあった舟へと、一気に跳び乗ったのだ。

突然の事態に、走って猫を追いかけていた付喪神の面々が、後ろから悲鳴を上げる。

「わああっ、その舟、待てっ。われらがまだ、乗っておらん」

しかしありがたい事に、三艘《そう》もやってあった舟には、船頭が乗っていなかった。付喪神達が追いつくと、猫は舟の中で一瞬動きを止め、皆と向き合う。

「黄君ら、今だ、下りろっ」

猫神の声が響き、猫の背にしがみついていた三人が、決死の覚悟で舟へと飛び降りる。猫は身が軽くなった途端、首を一つ大きく振ってから、隣の舟へとまた大きく跳び、そこから岸へ逃れて行った。

「お、おお、助かった」

黄君が船縁《ふなべり》で座り込み、一同は舟の内で、ほっと息をつく。五位が顔を確かめた。

「全員いるか？　ああ、何とか離ればなれにはならずに済んだな」

皆の顔に、安堵《あんど》が浮かんだ。

だが。ほっとしたのもつかの間、一瞬の後、皆は素早く影の内へ潜り込む事になった。何と船頭達が舟へ戻って来て、さっさと、ともづなを解いたのだ。二人の客が後ろから続いた。

「待たせて悪かったね、船頭さん。ああ、吉原へ行きたいんだ」

何とこの時、とうに遊びに出かけたと思っていた、先の家の主孫四郎と高国が、道から川縁へ下りてきたのだ。

（へっ？　あのその、われらがまだ、舟から下りておらんのだが）

影の内の猫神達が魂消《たまげ》ている間に、孫四郎らは悠々と舟に腰を下ろす。舟は直ぐ岸を離れ、吉原とやらへ進み始めてしまった。

水の上では逃げる事も出来ず、付喪神達は舟の影の内に閉じ込められてしまった。これでは深川へ戻るどころか、また迷子へ逆戻りだ。吉原とやらへ付いていったとて、深川への戻り方など分からない。

（ああ、どうしたらいいのだ？）

ここで、船縁に座っている孫四郎の懐に、紙入れが突っ込んであるのを猫神が見つけた。小声で、それを隠したらどうかと言うと、五位が頷く。五位と猫神は、するりと動いた。

（そうすれば金子を取りに、先刻の岸へ戻るかもしれないからな）

影の内から手を伸ばすと、煙管の五位が雁首《がんくび》で紙入れの端を引っかけ、猫神が五位の身ごと引っ張る。舟が揺れ、その拍子に紙入れが、すぽりと懐から船底へ落ちてしまった。ちゃりんと音がして、金子が散らばる。

「ありゃお客さん。早くに船賃を払いたいのかい？」

船頭が笑い、孫四郎が慌てて金を拾う。その時、口を広げた紙入れの中を見て、近くに座っていた高国が顔を顰めた。

「おい孫四郎。吉原へ誘ってくれたはいいが、その持ち金はなんだ。二人分どころか、一人が登楼するにも足りなそうだが」

すると今度は孫四郎が、ぐぐっと片眉を引き上げたのだ。

「高国は、今の私に金がないことくらい、先刻承知だろうが。花魁《おいらん》を買う金があったら、下女の一人も雇っているわ」

勿論今日の払いは高国持ちだと言うと、高国が孫四郎を睨《にら》み付ける。

「馬鹿を言うな。花魁二人を買う金が、御家人の紙入れにあるものか」

その時、話を聞いていた船頭が口を歪《ゆが》め、船賃くらいはないと、隅田川に叩《たた》き落とすぞと明るく言った。孫四郎と高国は、顔を見合わせてしまう。

（おっ、われらはこれから隅田川へゆくのか）

望外の話を聞き、付喪神は満面の笑みを浮かべる。孫四郎と高国は揃って息を吐いた後、孫四郎が船頭へ、浅草御蔵《おくら》を過ぎた辺りで、舟から下ろしてくれぬかと頼んだ。

「船賃は掻き集めれば足りようさ。その後入り用な金子は……御蔵裏にいる身内に頼んで、どうにかしてもらおう」

なけなしの金子を落としたとでも言えば、苦い顔はしても、金を出してくれるだろう。孫四郎の言葉に、高国も頷いている。

「おや、気前のいい御親類がおいでとは、羨《うらや》ましい」

船頭がまた笑う。そして舟はじきに、それは大きな川へとこぎ出していった。付喪神達が押し殺した声でざわめく。

「いよいよ隅田川へ出たようだ。浅草御蔵とは、あの蔵の連なりかの」

ならば上手くあそこで孫四郎達と離れ、川下へ向から舟へ乗り換えるのだ。子供達を救わねばならない。付喪神達は身構えた。

7

首筋の辺りが、先程から熱い。剣呑な気配に我慢出来なくなった十夜が、道ばたで突然振り返った。

すると十歩ほど後ろに、先刻たまたま出会った笞の飴売りが、素知らぬ顔で歩いていた。

「うっ……」

十夜が首を絞められたような声を出した途端、後ろを見た市助がこゆりの手を握る。

「行けっ」

十夜が短く言い捨て、市助とこゆりが駆けだした。飴売りが驚いた顔で間を詰めてくる。十夜は先だって付喪神達に勝った遊び、子とろ子とろのように、手を大きく横に広げて、後ろの仲間を守りにかかった。

勿論十夜は子供だから、大人が鬼と化し攻めてきたら、二人を守りきれないかもしれない。だけど敵《かな》わぬと思った時でも、子とろ子とろで親になったら、鬼と戦わねばならない。やらなければ、端《はな》から負けが決まってしまう。

(来る……)

殺気を感じ、十夜の総身に緊張が走った。叫び声を上げようか、寸の間迷う。子供が一人で叫んだとて、大人は眉を顰めるだけかもしれない。

(怖いっ)

来る、来る、足がすくむ。すぐ側にいるっ。そこにいるっ。きたっ。

「ひーっ」

前からと思い込んでいたのに、横から伸びてきた手に突然摑まれ、思わず悲鳴が出た。だが大人の腕に引き寄せられ、誰かの着物に顔を押しつけられて、直ぐに声が出なくなる。

暴れたが、がっちりと押さえつけられ、逃れる事が出来ない。子供がただ、親に我が儘《まま》でも言っているように見えるのか、往来の真ん中にいるのに誰も助けてくれなかった。

総身が震えた。怖い、酷く怖い。どうして救いが来ないのかと震えつつ、十夜はそれでも暴れた。

しかし大人の腕は、何としても振りほどけなかった。

付喪神達の目にも、建ち並んだ蔵の連なりが見えるようになってきた。蔵は隅田川に対し、櫛の歯のような形に建ち並んでおり、舟が入り口まで着けられるように、各蔵の前には、短い堀があった。

舟が浅草御蔵の前を通り過ぎようとしたその時、近くを通った舟から、孫四郎達へ声がかかる。知っている顔であったらしく、二人が叔父御は今どこかと聞けば、主は店ではなく、なんと、蔵近くの川沿いに来ている筈だと返答があった。

「先刻、お知り合いがおいでになりました。急ぎ、舟でどこかへお出かけになるとかで」

「それは拙い。われらは今、会いたいのだ」

ここで行き違いになっては、吉原で入り用な軍資の当てが無くなる。二人は船頭に頼み、聞いた辺りへ舟を回して貰う。よって付喪神達も、一緒に御蔵の建つ岸へ近づいていった。すると。

「あ、あれ？　あそこにいるのは大久屋と……清次ではないか」

どういう訳だか分からぬが、出雲屋の主が突然、浅草御蔵に現れたのだ。付喪神達は一瞬、顔を見合わせた。だが月夜見がぽんと手を叩き、真っ先に口を開いた。

「おお、そういえばわれらは出雲屋へ、書き置きを残した。あれに、早く迎えに来てくれと綴《つづ》ったではないか」

つまり清次は、大事な付喪神達を迎えに来たというわけだ。それに違いない。

「これは上々吉。ここで清次に会えるとは」

これで三人の子を守れる。もう、何も心配ないに違いない。付喪神達がほっとしたその時、舟は大久屋のいる岸へと近づいていった。甥二人が、思いがけなく現れたのを見て、大久屋は片眉をぐっと上げた。

「おや、二人で御蔵へ来るとは珍しい。どうしたのだ？」

その問いに、孫四郎が先刻とは違う、何ともしおらしげな声で、実は二人で吉原へと言い頭を掻く。

「でもその、先立つものを、どこぞで落としちまいまして」

それで叔父御の顔を思い出してと言ったものだから、大久屋は苦笑いを浮かべる。

しかし正面からねだられた故か、一つ頷くと紙入れを取りだした。

「それで、如何ほど足りぬのかな？」

「それは叔父御、遊び慣れた叔父御なら……わあっ」

言葉の最後が途切れたので、舟へ目を向け……大久屋は目を見開く事になった。目の前で、どこぞで見た猫が、孫四郎に嚙《か》みついていたのだ。

「この猫、どこから湧いて出やがった」

慌てて打ち払おうとするが、孫四郎は何故だか舟の底に足が引かれ、上手く動けない。

「ね、猫神……」

清次が寸の間呆然《ぼうぜん》としていると、どこからか蝙蝠が飛んできて、その肩に止まった。

「こいつら、悪人だ。深川にいる三人の子らを攫《さら》えと、人に頼んだと言ってた」

「三人の子？」

「大久屋が、贔屓の子供だそうだ。つまり、われらの友に違いないわさ」

その内の一人に札差の財産が、そっくり渡ってしまうのが、嫌だというのだ。だから子を上方へ売ると、話していたのだ。

「子の一人は、何と貫いっ子なんだと。そんな事も言っておったぞ！　何であ奴が、承知しておるのだ？」

よって付喪神達は子らを守る為、必死に深川へ帰ろうと頑張っていたのだ。今ここで、清次や大久屋に会えたのは、天の配剤であろうと野鉄が囁く。清次の顔が強ばり、隣でその話を聞いていた大久屋の眉がつり上がった。

「貰いっ子……」

だが、しかし。清次は直ぐに足を踏ん張ると、大久屋へ顔を向ける。未《いま》だ、猫神と揉めている孫四郎達のことなど、見てもいなかった。

「舟を直ぐに用意出来ませぬか。子供らを救いにゆかねば」

「出雲屋さん、焦るな。もしこの甥達が、良からぬ事を人に頼んだのなら、今から深川へ駆けつけたとて間に合わん」

「大久屋さんっ」

清次が思わず大きな声を出したところへ、やっと猫神を払いのけた二人が、舟から岸へ上がってくる。清次は大久屋から孫四郎達へ目を移すと、さっと近寄る。そして、問答無用で思い切りなぐった。

大人二人が次々と、浅草御蔵前の川へ落ちていった。

苦しい、と思ったその時、不意に息が楽になった。十夜を掴んでいた手が、反対にねじり上げられていたのだ。

「あ、れ？　さっきの飴売りのお兄さん」

目の前に飴を抱えた、いかにも人の好《よ》さそうな顔がある。するとそこへ、他所から別の男が殴りかかってきた。怖い相手は二人であったのだ。

十夜はまた顔を引きつらせたが……飴売りはとても大道商売には思えぬ程、身のこなしが素早かった。さっと拳《こぶし》を避《よ》けると、飴が一杯挿さった箒《ほうき》のような棒で、一気に二人を打ち倒してしまったのだ。

「ありゃあ、これじゃあ商売ものが台無しだ。随分折れちまった」

へらりと笑っている間に、襲ってきた男共は起き上がり、人混みの中へ一散に逃げてゆく。飴売りはそれを追わず、十夜へ手を差し伸べてきた。

「出雲屋へ送って行こう。怖い目にあったし、一人は嫌だろう」

十夜は今更ながらに怖くなって、直ぐにその手を掴む。すると何だか酷くほっとして、その手に縋《すが》るように歩きだした。

「お兄さん、強い。飴売りなのに、何で？」

「さて、何でかな」

その内、訳を教えてくれるお人もいるさと言い、とにかく二人は出雲屋を目指す。子供の足でも遠くない店へ着くと、市助とこゆりが飛び出して来て、十夜にしがみついた。

「無事だった。十夜、無事だった！」

お紅も飛んで来て、十夜を抱きしめた。見ればその後ろに清次がいて、息子の肩に手を掛け、ほっと息をついている。

出雲屋の土間には、何故だか大久屋の顔まであった。そして。

「金平糖」

「茶饅頭」

「芋」

三つの声がしたので、清次とお紅の着物を握りしめていた十夜が、顔を上げる。見れば家出をしていた筈の付喪神達までが、何故だか出雲屋の店表にちょこんと並んでいた。

そして子供ら三人を救ったのは己達なのだと、それはそれは誇らしげに胸を張って言ったのだ。

「えっ……じゃあ、飴売りのお兄さんは、付喪神の仲間なの？」

「へっ？　いや、そやつは人故、われらは知らぬが」

月夜見が一瞬戸惑うと、笑い出したのは大久屋であった。飴売りがびっくりした表情で、付喪神達を見ている。

「この飴売りはね、大久屋の手代の一人なんだよ。捨吉という」

商売屋のお人にしては、それは強かったと十夜が言うと、大久屋が頷いた。

「最近うちの跡取りについて、親戚達の口出しが多くなってきててね。それで子供達の事が、心配になったんだよ」

よって大久屋は、手を打っておいたらしい。大久屋には捨吉など、腕のたつ奉公人達がいる。大久屋は深川へ行かぬ日、彼らに交替で、子供らの事を見守らせていたらしい。子供らを守る為、金も人も動かす。大商人らしい対処をしていたのだ。

「手代として出雲屋へ寄ったり、別の恰好をして、子供達の側にいたんだよ」

札差という商売は、武家を相手にする事が多い。それ故、やっとうを使える奉公人も多いという。

「あ、ありがとうございました」

ここで清次が頭を下げると、こちらが悪いのだからと、大久屋は反対に身を折った。

「この度、悪さをした二人の若い甥だが、武家の高国は養子先へ、暮らしを正すよう、きつくお願いする。孫四郎は上方へ、商いの修業に行かせる事にしよう」

もう二度と子供らへ手は出させぬ故、許して欲しいと再び頭を下げた。清次とお紅が、静かに頷く。

するとここで付喪神達が、目をきらきらさせ、出雲屋夫婦を見つめた。

「それで、それで？　にゃん、われらも褒めておくれ。金平糖や茶饅頭、芋をおくれ」

　猫神が言えば、月夜見も語り出す。

「われら付喪神は、今日はあれこれ、驚きの変事に遭遇したのだ。いやぁ、凄かったぞ」

　今日は特別、芋をくれれば語ってやろうと、付喪神達が言い出す。要するに皆、喋《しゃべ》りたくてたまらないのだ。清次が笑った。

「とにかく一息つきましょう。子供達も、疲れただろうし」

　木戸番小屋で芋を買って、皆で食べながら一休みしようと清次が言うと、では自分が買って来ましょうと、捨吉が腰を上げた。

「おれもいく」

　市助が、芋を持つのを手伝うと言って、後に続く。十夜の顔も表を向いたが、この時ばかりはお紅がその腕を掴み……十夜は大人しく、店表の端に座った。

「お紅、大丈夫だ。われらは友を、ちゃんと守ってやる。もう安心だ」

　店表に並んだ付喪神達が、また威張る。その言葉が、何とも嬉しい。もの凄く頼もしく感じる。十夜は小さな友、月夜見や猫神を膝《ひざ》に乗せると、身をかがめ、ありがとうと泣きそうな声で言った。

つくもがみ、がんばるぞ

1

おや、いらっしゃい。

おいで下さったとは嬉《うれ》しいことだ。

となればまずは、挨拶《あいさつ》が必要だろう。われはな、月夜見《つくよみ》という者だ。

見てのとおり、人ではない。われは器物が百年の時を経て妖《あやかし》と化した、付喪神《つくもがみ》である。この身は、高名な絵師によって描かれた掛け軸にして……。

何だ、五位《ごい》。煙管《キセル》の雁首《がんくび》で、われを突くでない。今、ここで出会った御仁に、われらのことを、色々説明しているところなのだ。付喪神がいかなる者か、知って貰《もら》わねばならぬだろう。素晴らしい妖で、焼いた芋が好き。今は出雲屋《いずもや》にいる子供らと、友になっておると、きちんと話さねば。

あん？

そこなる御仁、前にもお目もじしたお人故に、くどくどしい語りは要らぬとな。なるほど、諸事心得ておいでなのだな。これは失礼した。何しろ、今日はちょいと特別な日故、気持ちが高ぶっておってな。ご容赦めされよ。

うん？　何が特別なのかと、問われるのか？　そのな、実は今日この出雲屋の二階で、大勝負が行われるのだ。友である十夜《とおや》達三人が、子供の遊びを描いた絵双六《すごろく》にて、最後の戦いを行うのだよ。

双六は子供の遊び。その勝負に、大げさな物言いをすると言われるのか。だが出雲屋の双六は、ただの品ではない。大層古い一品で、双六自体が付喪神なのだ。よって子供達は双六を始めた後、各ますに棲《す》んでいる沢山の付喪神達と、勝負をしてきた。その勝負に勝たねば、双六のますを、先へ進んでゆく事が出来なんだのだ。三人は、本当に頑張ってきた。そしていよいよ今日、最後の一ます、上がりにいる付喪神達との戦いに臨む訳だ。

晴れて付喪神達に勝ち勝者となったら、子供ら三人は、われら付喪神に言祝《ことほ》がれる。祝いをせねばな。一席持たねばならないだろう。お茶は既に、親の店である料理屋鶴屋《つるや》から、良き品をこゆりが貰ってきておる。食べ物は、子供らの小遣いで、芋がたんと買えるといいのぉ。

おや御身《おんみ》、子を祝う席で食べる芋を、子供らに買わせるのかと聞くのか？

いや、それは仕方がないのだ。われら付喪神は、諸方の家に貸しだされ、日々せっせと稼いでおる。つまり働き者だ。

だがな、そうやって得た金子《きんす》は、店の品物を貸しだした代金だと言って、十夜の父親にして出雲屋の主《あるじ》、清次《せいじ》ときたら、店の金箱へ入れてしまうのだよ。だから、われらが勝手に使える金は、ないという訳だ。

だが考えてみれば、子供達が貰う小遣いも、われらの稼いだ金から出ておる。よって当然、三人の小遣いは、われらが食べる焼き芋の為にも、使われるべきなのだ。明快な考えだな。

おお、そう六が、己の本体である双六を大きく広げたぞ。そろそろ勝負を始めるのかな。最後のますには、何人もの付喪神がいると聞いておる。その内、最初に子供らと戦う付喪神は、誰かのぉ。

餅《もち》をつく玩具《おもちゃ》のうさぎと、餅つき競争をするのだろうか。それとも水鉄砲で、水を遠くに飛ばす競争か。さあ、まず誰が競う？

さあ、さあ、さあ！　いざ勝負だ。始めようぞ。今こそ……まだか？

おい、まだか？　何で始めないのだ？

おや、子供達も玩具達も、驚いた顔をして、窓の外を見ておる。おや、急に二階の窓を開けるとは、何としたのだ？

お？　誰ぞ外におるのか……？

わあっ！

い、痛いっ。転んだ。何かがぶつかってきた。痛いではないか。ううっ、泣きそうだ。

何があったのだ……と思ったら、ぶつかってきたのは、野鉄《のてつ》ではないか。居ないと思ったら、どこへ行っておったのだ。あげく、いきなり外から二階へ飛び込んで来おった。何たることだ。そんな事をするから、われにぶつかるのだ！

飛びの上手《うま》い、野鉄らしゅうもない。一体何があったのだ。

……は？

何だと？

本当か？

本当にそんな事があったのか？

こ、これは驚いた。見や。子供らも仲間の付喪神達も、御身の言葉に、揃って目を見張っておるわ。これは本当に魂《たまげ》消る話だ。

ああ、この出雲屋の内だけでなく、その内江戸中で、この話が噂されるに違いない。よみうりさえ出るだろうさ。本当に一大事だ。

なんと、子供が見つかったとは。

あの江戸でも裕福で聞こえたお大尽、札差大久屋《おおひさや》の子供が見つかったとは。

大久屋は確かにずっと、居なくなった子を捜しておった。しかしつい先日まで、手がかりすら無かったものを。

何とまあ、突然な話だ。

いや、驚いたわ。

こんなに急に見つかるとは。びっくりして野鉄が飛び損なったのも、むべなるかな、だ。おお、野鉄は貸しだされていた先の、大久屋の店で、その話を聞いたのだな。

うんうん、大久屋が捜していた、沙耶《さや》さんというお人の人別が突然見つかったと。そして生まれた子供は、女の子だと分かったというのか。

おお、おなごであったか。

なになに？　大久屋の知人が、子を養ってくれていた人を見つけた訳だ。滝蔵《たきぞう》という養い親は、子を捜していた札差の気持ちに免じ、その娘を親元に戻したと。

何だそりゃ、あっさりしている親だな。ほう、滝蔵は貧しい上、他にも四人の子がいる訳か。札差と縁が出来れば、母を亡くした他の子を育てていくのも、楽になると。

なるほど、大久屋は礼金を早々に、育ての親へ払ったのだろう。

おやなんだい、五位。大久屋の話は目出度《めでた》いが、何だか、このまま言祝ぎだけで終わるとも思えぬとな。確かになぁ、われら付喪神は長寿故、色々見てきておる。よって、先のことが分かったりするのだ。

きっと、揉《も》め事が湧いて出るぞ。

何しろ大久屋には、金が溢《あふ》れておるでな。そして今回突然現れた子が、その一切合切を手にする事に、なるのだから。

勿論《もちろん》、大久屋と養い親の滝蔵は、喜んでおるだろう。しかし大久屋の親戚《しんせき》連中は、今頃眉間《みけん》に皺《しわ》を寄せているだろうさ。

それにしても、突然沙耶様の人別が分かるとは、不思議な話だのぉ。こりゃ揉め事どころか、大きな騒動が起こるかもしれんな。月夜見の名を賭《か》けてもよい気がしてきた。

うん、きっと色々、怖い話が聞こえてくるに違いないさ。

2

「昨日は、勝負を始められなかったね。大久屋さんの子供の話に、驚いちゃって」

翌日の八つ時、寺子屋から帰ってきた十夜達三人は、お八つの煎餅《せんべい》を貰うとすぐ二階へ上がった。そして待っていた付喪神達とお八つを分け、のんびり話し始める。十夜の母、お紅《こう》は付喪神達の事を心得ており、最近は皆の分もお八つを渡してくれるので、皆に行き渡って嬉しい。

「野鉄ときたら興味津々、今日も子供の噂を聞きに行ってるんですよ」

それで先程から窓を、少し開けているのだと、お姫が子供らへ説明をする。窓を開け っ放しとは不用心だが、出雲屋二階の窓は、外に格子がずらりと嵌《は》められていて、蝙蝠姿の野鉄でもなければ、出入りは出来ない。

窓は余り大きくもないから、二階の部屋は下より暗めであった。しかし、二階の天井は外から見るよりずっと高く、太い梁《はり》が何本も屋根の間を渡っていて、恰好《かっこう》がいい。付喪神達が潜むのに都合の良い影もあちこちにあり、遊ぶにも寝るにも心地よい部屋だった。

そして三人と付喪神は、ぽりぽりぱりぱりお八つを食べてから、今日こそ双六勝負の決着をつける事にしていた。既に双六は部屋に、大きく広げられている。

「やれ、やっと、双六遊びの勝敗を決められますする」

そう六が煎餅を嚙《かじ》りつつ、嬉しげに言う。そう六の棲んでいる双六の遊びは、賽《さい》を振って行き着いたますの、付喪神を倒さねば進めない決まりであった。それぞれのますにいる付喪神達は強いので、最後まで行き着くのは、なかなか難しい。

双六で遊び始めたものの、途中で遊びを放り出す子も多く、最後のますにいるそう六などは、なかなか勝負をする相手と出会えないでいたのだ。

「もっとも子供に遊ばれると、破かれたりしかねません。だから遊ぶのは、怖くもありました」

遊んでもらいたいのに、大人しく木箱の中で休んでいたくもある。そう六はずっと、悩んでいたのだ。双六を破かれ、付喪神で無くなるのが怖かった。

「しかし今回は、普通に遊んで貰えました。しかも、あたしも勝負出来ます。本当に嬉しいです」

今日は互いに頑張ろうと、そう六が子供達に言う。十夜、市助《いちすけ》、こゆりが頷《うなず》いた。

「でも双六の最後のますには、十人の手遊びの付喪神がいるんでしょう？　なら、五勝五敗になることもあるよね。そう六、その時は勝敗を、どうやって決めるの？」

「お姫さん、皆で、もう一勝負することになります。何をするかは、まだ決まっていませんが」

するとお姫が、その最終戦をもしやることになったら、今回現れた大久屋の子について、当てっこをするのはどうかと言い出す。

「当てっこですか？　何を問うんです？」

「そう六さん、例えばその子供とわれらが、いつ会えるかを当てるんですよ」

名前とか、どこに居たのかを考えてもいい。何しろ大久屋の子について、皆はまだ何も知らないのだ。

「大久屋さんの子が見つかった話、まだよみうりも出てないみたいですね」

自分達が一番に話を摑《つか》んだのだと、お姫は嬉しげにいう。

「娘さんの名前を当てるというのも、いいですねえ」

するると、だ。この時思わぬ方から、この問いに返答があった。

「名は、はっきりしてるわ」

「えっ？」

皆が一斉に、声がした方を向く。見れば階段の上がり端《はな》に、贅沢《ぜいたく》な振り袖《そで》を着た小さな女の子が現れていた。付喪神達が、慌てて影の内へ逃げる。

「大久屋の子供は、お兼《かね》っていう名なの」

落ち着いて話す子に、こゆりは、少し強《こわ》ばった声を出した。

「へえ、そうだったの。……それで、あなたは誰？」

何しろ出雲屋の二階は、子供らが付喪神達と寝起きし遊ぶ場所だ。付喪神達は知らぬ者を嫌がるから、普段は二親以外、誰も上がってはこなかった。それ故付喪神達も安心して姿を現し、楽しく遊んでいるのだ。

それが突然、見知らぬ人に見られてしまった訳で、逃げ遅れた何人かの妖達は、立ちすくんでしまっている。

この時十夜が、残った付喪神達と女の子の間に、割って入った。

「誰だか知らないけど、この二階はわれの部屋なんだ。勝手に入って来ないで」

すると女の子が口元を引き結ぶ。

「あらあたし、ちゃんと名を言ったわ。お兼だって」

「えっ、じゃあ……」

あんたが大久屋の子供なのかと、市助が後ろから問う。お兼が頷いた。

「おとっつぁんはこの出雲屋さんに、あたしの事で、色々相談にのって貰ってたんですって」

よってお兼と巡り合えたからには、一度出雲屋に挨拶しておきたいと、大久屋は言ったらしい。それで今日、お兼を伴い店へきたのだ。ここで市助が、にかっと笑った。

「お兼ちゃん、かわいいじゃないか。大久屋さんと似なくて、良かったね」

大久屋は無骨な面立ちで、男らしくはあるが、女の子が似たい顔ではない。だがお兼は、顔をつんと上げ市助を睨《にら》んだ。

「かわいいって言ってくれて、どうも。でもあたし、おとっつぁんに似てるわ。絶対似てる」

「あ、ごめん……」

「おとっつぁんは、出雲屋の子らと、お友達になれたらいいと話してた。でも」

ここでお兼は、残っていた付喪神へ目を向ける。先程、小さな姿が喋《しゃべ》っているのを見ただろうに、さほど驚いていなかった。

「おとっつぁんから、色々聞いてるけど……こんな奇妙なものと、仲良くなれるのかしら」

「き、奇妙って」

市助の声が低くなる。するとお兼は、階段から部屋へ入って、付喪神達へ言葉をかけてきた。

「ねえ、喋るんでしょ？　あたしは、お八つをくれた大久屋の娘よ。挨拶なさいな」

すると、誇り高き付喪神の猫神《ねこがみ》が、低いうなり声を出した。姫様人形の付喪神お姫は、並の人形のように動かなくなったきり、そっぽを向いている。

つまり、誰も挨拶などしなかったものだから、その内お兼は泣きそうな顔になった。だがぐっとこらえると、いきなり近づき、お姫の手を掴んだのだ。

「この妙な人形、おとっつぁんに買って貰うわ。話さないなんて生意気だから、うちに連れて帰って、叱ってやるの！」

「馬鹿言うな。それは売り物じゃないっ」

慌てて十夜がお姫に飛びつき、お兼と二人で人形を引き合う事になる。だが強く引っ張ると、お姫の体が千切れそうで、十夜は強引に取り戻せなかった。

「放せよ。大久屋さんの娘なら、この人形にこだわる事はないだろ？」

大久屋は、娘にねだられれば高い値のものを、二つでも三つでも買うに違いないのだ。しかしお兼は引かなかった。

「古道具屋にあるんだから、これも売り物よ。あたし、絶対にこの人形がいい」

お姫は喋るし動くらしいから、己の小間使いにすると、お兼は言い出したのだ。猫神が総毛を逆立て、部屋の影の内から怒りの声が湧いて出る。

「このおなご、気にくわぬぞ。とんでもないことを言う」

「われらを使用人とするだと？　こやつ、付喪神を馬鹿にしておるようだ」

「付喪神達、無茶をしちゃ駄目だよ」

十夜が眉間に皺を刻みつつ妖達を止めた時、階下の店表《たなおもて》から母の声が聞こえた。

「十夜、大きな声がしたけど、どうしたの？」

「おっかさん、なんでもないよ」

返答をした後、十夜はお兼に向き合い、いつになく怖い顔を作った。

「お兼ちゃん、大概にしなっ。お姫は売り物じゃないんだ」

そう言うと突然、拳《こぶし》を振り上げたものだから、お兼がびくりと身をすくませる。その時を逃がさず、十夜がお姫を取り戻した。

「あっ、駄目」

お兼が声を上げた時には、十夜は後ろにいたこゆりへお姫を渡し、影の内へ逃がしてしまった。お兼が十夜を睨んでくる。

「あたし、さっきの人形が口をきくのを見てるのよ。売ってくれなきゃ、他所《よそ》でその話をしちゃうから」

「勝手に話せよ。大久屋に来たお嬢さんは、変わった子だって噂されなきゃいいな」

言い返され、お兼は何故だかまた涙目になった。それから悔しそうに、十夜の方を見た。

「十夜……そう言えばあんたが、十夜なのね。この出雲屋の一人っ子は、あんたなんだ。だからきっと……」

「何、その言い方」

何故、名を確かめてきたのか分からず、十夜が首を傾げる。すると階下からまた、声が聞こえた。今度は父の清次だ。

「十夜、上で何かあったのかい？」

大久屋の声が続く。

「今、お兼の声がしたような。お兼、厠《かわや》へ行ったんじゃなかったのか？　まさか、一人で二階へ上がっちゃいないだろうね？」

するとと階下から、足音が近づいてきた。

「えっ、おとっつぁん達、上へ来るの？」

揉めている所を見られてしまうと、十夜が困った顔を階段へ向ける。するとその時、お兼が言葉を吐き出した。十夜を睨んだまま、投げ出すような口調で言ったのだ。

「分かった。十夜、あんたがあたしに意地悪をするのは、あたしが大久屋の子だからでしょう」

「はあ？　何の話だい？」

「あんた、自分こそ大久屋へ、入るつもりだったんだ。だって、あんたは捨て子で、おとっつぁんがかわいがってたから」

だから、お大尽の娘となったお兼が羨《うらや》ましくて、今、意地悪をしたのだ。

「は？　われには親、いるよ」

突然の言葉に、十夜はただ驚いてしまった。どう言い返したら良いのかも分からない。

だがこの時、十夜は突然顔を強ばらせた。ちょうど、二階へ上がってきていた大久屋が、お兼の言葉を耳にした途端、顔を引きつらせたのだ。そして、ものも言わずにお兼へ駆け寄ると、抱え上げ、階下へ連れていってしまった。

（えっ……）

どんな嫌みなお兼の言葉より、大久屋の引きつった表情が目に焼き付いた。その行いに驚いた十夜は、そのまま二階で立ちすくんで動けなくなったのだ。

「われは……捨て子？　えっ……？」

暫《しばら》くの間、二階では誰も、一言も口をきかなかった。

3

その後を仕切ったのは、出雲屋のおかみ、お紅であった。

十夜が二階でぼうっと立っていると、下で押し殺した声がした。言い訳をし謝る大久屋の声に、今日は一旦《いったん》帰って下さいという、お紅の声が被《かぶ》る。今は、頭を抱えた大久屋を気遣う余裕など、お紅にも無かったに違いない。

その後足音が幾つかして、損料屋の方は店じまいするという、清次の声が聞こえた。表の大戸を閉めたのか、大きな音がしたと思ったら、古道具屋を手代に頼んでいるのが分かった。

女中に、古道具屋にある台所で夕餉《ゆうげ》を作るよう言いつける声が続き、人払いをすると、両親は損料屋の二階へと上がってきたのだ。

それから……二親は板間に並んで座った。そしてお兼が思わぬ事を言った故、一度きちんと、十夜と話がしたいと言い出した。

「あ、市助とこゆりも、二階にいたんだわね。二人とも、今日は帰って……」

「おばさん、おれ、ここにいる。十夜とは兄弟より、もっと近いと思ってるから」

市助は十夜との間で、秘密を持つ事などあり得なかった。しかし十夜はこの話、後で自分の口から、あれこれ言いたくはないだろう。

「だからおれも、ここで一緒に聞く。十夜が嫌でなきゃ、だけど」

「あの、あたしも」

こゆりの声が続き、二親が、部屋の真ん中で、まだ立ちすくんでいる十夜の方を向いた。一寸《ちよつと》の間の後、十夜は友に向かって頷くと、やっと座った。

清次達が小さく溜息《ためいき》をつき、十夜と向き合う。すると、影の内に隠れていた付喪神達が、二階の隅に顔を見せてきた。


お紅は、優しい眼差《まなざ》しを十夜へ向けた。そして話は、まず昔語りから始まった。

「あたし達夫婦には、十夜の上に、二人の子がいたの。だけど二人とも小さい時、亡くなった。その話はもう、十夜にしたわよね？」

兄や姉は、三つになる前疱瘡《とうそう》に罹《かか》り、命を落としたのだ。そしてお紅はその後、子に恵まれなかった。

「それで出雲屋の近くにある神社に、毎日お参りしていたの。子供をお授け下さいって。お揚げとか、お団子とかお供えして」

それでもなかなか授からなかったが、お紅は諦《あきら》める事が出来なかった。すると。

「ある寒い日の、夜明け前の事だった。いつものように稲荷《いなり》神社へお参りに行ったら、朱《あか》い鳥居の下に籠《かご》が置かれてたの」

　中には着物の塊が、入っていた。

「不思議に思って、何が入ってるか、中を探ってみたの。そうしたら小さな手が、あたしの手を握ったのよ」

　それが、十夜だったという訳だ。

「神様が、子をあたしに下さったんだと思った。だから急いで籠ごと、連れて帰ったの」

　いきなり赤子が現れ、大慌てに慌てたのは清次だ。清次はとにかく町役人へ届け、赤子の親を捜した。しかしさっぱり見つからず、稲荷神に託された赤子は、清次とお紅に引き取られた。二人の子供として、出雲屋で育つ事になったのだ。

「茶枳尼天《だきにてん》様がややこを下さったの。毎日お参りしてたんで、下さったの」

　だから自分が十夜の親なのだと、お紅がきっぱり話を結んだ。

　江戸では、珍しい話ではない。捨てられる子も養い親も多く、子を拾った場合どうするか、きちんと定められているのだ。十夜は頷き……そして少し困ったような顔をした。

「じゃあわれは、本当に拾われた子なんだ」

だが……十夜は酷《ひど》く困ってしまった。

「でも、おっかさんはおっかさんで、おとっつぁんも一人なんだけど」

十夜は他に、親なんて知らない。しかし何というか……何か、奇妙な感じがしてきていた。

急に、どこかにいる他の親が、恋しくなった訳ではない。ただ、自分がここにいるのが、間違っているのではと、心許《こころもと》ないような気持ちに包まれてきた。はっきり言葉にしづらく、少し冷たいような感じだ。

「その、われは……われは……」

親に上手く話せない。すると今度は清次が十夜の両の肩を摑み、向き合ってきた。それから、にこりと笑う。

「あのな、十夜。実は私も、亡くなったおとっつぁんに引き取られた子だ。先代出雲屋の、実の子じゃなかった」

「えっ？　本当？」

十夜が思わず清次の目を見つめる。すると側にいた付喪神達が、うんうんと頷いた。

「ああ、そういえばそうでしたね」

黄君《おうくん》が言えば、五位も頷く。

「確か清次は知り合いの子を、出雲屋の先代が引き取ったんだったな」

「猫神、知っておるか。そのせいかこの清次は、昔お紅のことを、姉さんなどと呼んでおったのだぞ」

以前、二人がまだ夫婦になる前の話だと言い、月夜見がにやにやとする。その横で野鉄が、大きく笑った。

「お紅は、他の男に言い寄られる事も多くて、清次はよく焼き餅をやいてたな。飯田《いいだ》屋《や》の跡取り息子なぞ、出雲屋へやって来ては、お紅を調子良く褒めていた」

するとここで野鉄が、ぽんと膝《ひざ》を打つ。

「おっ、思い出した。あの口の上手い男は、今のすおう屋の主、佐太郎《さたろう》ではないか。市助の父親だわ」

「へっ？」

己の親の話が出てくるとは、思いもしなかったのだろう。市助がびっくり仰天している。

「佐太郎ときたら、お紅へ甘い言葉を、あれこれ囁《ささや》いておったな。すおう屋という屋号も、昔の……」

「えへんっ、ごほんっ、まあ、それはいいとして」

何故だか突然咳《せ》き込んだ清次が、急いで付喪神達の言葉を切る。そして息子へ、また優しげな顔を向けた。

「私は寺子屋へ行くようになった後で、子のいなかった親父の養子になった。だから実の親じゃないことは、端から承知していたが」

しかし、だ。清次と父親は、ちゃんと親子として暮らしていたという。清次は父に、古道具屋兼損料屋として、品物を見極める力を付けてもらった。そして親は、跡取りを鍛えることを楽しんでいたのだ。

「だがな、親父とは結構、喧嘩《けんか》もしたよ」

それを覚えていたから、十夜を引き取ると決めた時、先々色々、揉める事もあろうと思った。ただ清次は、本当の親子であろうとなかろうと、そういうことはある、一緒に暮らしていれば山程喧嘩もするものだと、腹をくくったのだ。

「とにかく一番近くにいれば、良い事も鬱陶《うっとう》しい事もある。そいつは実の子だろうが養子だろうが、変わらんと思うぞ」

私はそうだったと言われて、十夜は頷いた。貰われた子である父がそう言うなら、正しいんだと思う。

だが……何でなのか、ふわふわと浮いているような、痛いような心持ちは、治まってくれない。だから下の方を向いたままでいたら、清次が何だか困ったように眉尻《まゆじり》を下げた。

「誰が何と言おうと、私とお紅が十夜の二親なんだよ。ただなぁ、十夜にこんな形で昔の事を知らせようとは、私も思っちゃいなかったが」

　この時横から月夜見が、口を挟んでくる。

「おい清次。あのお兼ってとんでもない子が、十夜に貰いっ子だと言わなかったら、どうするつもりだったんだ？」

　話す必要など無い事として、ずっと黙っている気であったのかと、野鉄も聞いてくる。十夜が思わず清次の顔を覗《のぞ》き込むと、あっさり答えが返ってきた。

「もう少し大きくなったら、きちんと言う気でいた。いつ話すか、お紅と決めてあったよ」

「ほお、いつだ？」

　興味津々、月夜見や五位達が十夜の膝に乗ってきて、答えを待つ。清次は頷いた。

「十夜がうちの跡を取ると決めて、店で働き始めたら言うつもりだった」

　小僧として商家へ奉公に出たり、職人の親方の下へ弟子入りしたりすると、子供だからといって甘やかしては貰えなくなる。己の足で立つ時が来たと、当人も周りも承知するのだ。親元から離れる子も多い。

「ああ、じゃあ十夜はじきに、話して貰う事になってたんですね」

　お姫が頷いた。お兼の言葉は、少しその日を早めたに過ぎなかったのだ。清次が眉尻を下げる。

「大久屋さんが謝っていた。あのお人、十夜が拾われた話を、噂で聞いていたんだそうな」

今回、お兼を見つけた嬉しさに舞い上がり、うっかり十夜の話を、お兼に言ってしまったのだ。するとここで五位が、十夜の顔を覗き込み、思わぬ事を問うてきた。

「なぁ十夜。お前さん、われら付喪神に、実の親を捜して欲しいか？」

「えっ？」

突然の話に、十夜の声が裏返る。

「捜せぬとも限らんぞ。何しろ付喪神というのは、長生きだ。たんと仲間を持っておる。誰ぞが影の内から、稲荷神社に籠を持って現れた者のことを、見ていたやもしれんし」

「でも、あの……」

自分でも驚いた事に、十夜は実の親に会いたいかどうか、分からなかったのだ。

(なら何で、いつもと違って、ふわふわして落ち着かないんだろう)

どうしても上手く気持ちが摑めず、言葉は口から出てこない。黙ったままでいると、五位が首を横に振り、お姫が影の内から出て来て、心配そうに十夜の膝に手を掛けた。

「そういえば付喪神達は、われが拾われっ子だって、ずっと知ってた筈《はず》だよね」

なのに今まで誰も、そんな事は言わなかった。清次やお紅の若い頃の話を、ちゃんと覚えているのだから、揃って十夜のことを、忘れていたわけではないだろう。

(気を遣ってくれてたのかな)

とにかく十夜は五位に、親捜しは要らないと言ってみた。何しろ二親は目の前にいる。ここに別の誰かが現れても、困ってしまう気がしたのだ。清次が安堵《あんど》の顔を見せ、お紅が少し落ち着いたように見えた。

ただ……ここで十夜は付喪神達に一つ、ごめんと頭を下げたのだ。

「そう六、悪いけど今回の双六勝負、今日で終わりにしてくれないかな。われの負けということで、いいから」

今、十夜には、勝負事をする気力が湧いてこないのだ。

「市助とこゆりにも、悪いんだけど」

二人は気にしないでと返す。双六の付喪神達は、こんな時だからと、諦め顔になった。

ただそう六は一人、顔を強ばらせる。今回は、きちんと遊んでもらい、久々に最後のますまで、遊び手が来た双六勝負であった。だからそう六にとって、とても大事な勝負だったのだ。

「ま、負けでいいんですか？　双六勝負、せっかく今まで頑張ってきたのに？」

哀しそうな声を出した途端、横から猫神に着物を引っ張られ、そう六は渋々、分かりましたと口にした。

「全くあのお兼という子、どうして要らぬ事を十夜へ言ったのやら」

「本当に、何故だろうな」

付喪神達が愚痴り、清次夫婦も困ったように互いの顔を見ている。

それからいつもと同じように、店ではまた仕事が始まり、夕餉の刻限になった。だが十夜は、何だか喉《のど》がつっかえて、余りご飯を食べることが出来なかった。

4

翌日の事。

いつもより、布団をくっつけて寝た市助とこゆりが、朝、十夜を寺子屋へ連れて行った。市助は赤い目をした十夜に、出雲屋にいない方がいいと言い、手を摑んで外へ連れ出したのだ。

「今日はきっと大久屋のおじさんが、お詫《わ》びの品でも持って、改めて出雲屋へ来るよ。十夜、大久屋さんに困りきった顔で、頭を下げられるなんて嫌だろ？」

「……うん」

それで寺子屋へ行ってはみたものの、一日ぼうっとしていたら、十夜は井上《いのうえ》師匠にがつんと叱られた。手習いをしている部屋から出され、隣の小さな間で座っている羽目になったのだ。

するとじき、何故だか市助やこゆりまで、横に来て座り始める。なんで叱られたのか分からないが、十夜は一人じゃないのが嬉しくて、少し笑みを浮かべた。すると。

「おお十夜、ちょいと笑えるようになったか。良きことだな」

驚いた事に、寺子屋内で馴染《なじ》みの声が聞こえてきたのだ。

「あれ？　この声、月夜見だよね？」

こゆりが首を傾げ、辺りへ目をやる。すると月夜見だけでなく、いつもの付喪神の面々が、そろそろと影の内から姿を現してきたのだ。昼間だが近所故、妖らは何とか、影を伝ってやってきたに違いない。

「おや、寺子屋へ来るなんて初めてだよね。他の子達に見つかったら、大変だぞ」

市助が呆《あき》れる。怖がられればまだましで、多分珍しい玩具代わりにされ、思い切りつつき回されるに違いない。

それを聞いた付喪神達は、揃って首をすくめ、では早く一緒に出雲屋へ帰ってくれぬかと、三人へ頼んできたのだ。

「実は、折り入って話があるのだ。あん？　市助、今日は大久屋が出雲屋へ来そうだから、市助の家、すおう屋へ行こうと言うのか。いや、いつもであれば構わぬのだがだが、今日はそれでは困ると月夜見が言う。

「確かに大久屋は来ておる。だが出雲屋には、雛《ひな》の付喪神達も待っておるのだ」

雛達は大久屋の荷に紛れ、出雲屋へやってきたらしい。最近付喪神達は行李《こうり》に入り込んで、遠くの家から家へ、行き来するようになっていた。雛達は一際小さい故、影内に紛れ他所へゆくのは大変なのだ。

「雛達だがな、われらにある相談をしに来たのだ。三人も関わりの事故《ゆえ》、聞いてくれぬか」

「あ、うん」

そうは言ったものの、十夜は、大久屋が来ていると聞き少し怯《ひる》んだ。そして、その事に驚きもした。

（あれ、結構平気だと思ってたのに。われはやっぱり……昨日のこと、凄《すご》く気にしているんだ）

そう思うと顔が引きつってくる。十夜は歯をくいしばってすっくと立ち上がると、じゃあ今すぐ帰ろうと、付喪神へ言った。市助がその顔を見上げる。

「罰を食らってる最中、勝手に帰ったら、親が師匠から呼び出されるぞ。十夜、分かってるか？」

「なら師匠に、罰は今、受けるって言ってくる」

「えっ？」

市助が止める間もなく、十夜は寺子屋の一番前に座っている、師匠の所へ行ってしまった。そして今から、十夜達三人は勝手に帰る事、お仕置きは自分一人が全部受ける事を、きっぱり話したのだ。

「ほお、お前さんは今から馬鹿をすると、わざわざ言いに来たのか。おまけに、その罰を直ぐに受けたいとな」

「市助達は、われに巻き込まれただけだから、罰は無しで願えませんか」

「おお十夜、ちょいと元気が出たようだな。しかし、どうしようかな。だって市助達も一緒に、寺子屋を怠けるのだろう？」

師匠はわははと笑ったものの、武家ゆえか、こういうとき、ただ許してくれるお人ではない。それを承知している部屋内の子供らは、二人の話を耳にし、寸の間静まりかえった。すると師匠は、ここで十夜の手を取ると、物差しを取り出した。

「へっ？」

十夜が口元を引きつらせた時、ぴしりと腕を打つ音が二回、部屋に響く。手習いに来ていた子供達が首をすくめ……後ろにいた市助が、一瞬天井へ目を向けてから言った。

「あの、おれもこれから逃げます。罰、受けます」

「おや、こちらも罰の先払いをお望みか。出て行って、何をする気なのやら」

師匠は首を傾げつつ、市助の腕にも遠慮なく、物差しを振り下ろす。市助と十夜は、その後こゆりの手を引っ張り、付喪神らを袖内《そでうち》に放り込むと、三人で逃げ出してしまった。

「やれ、二人はこゆりを守るか。まあ、正しいやり方だな」

師匠はその姿を追って来もせず……要するに見逃してくれた。こゆりの分は、明日二人にお仕置きすると、師匠の声が後ろでする。あのお仕置きを見た寺子屋の仲間達は、今日は真面目に手習いをするに違いなかった。

「痛いなぁ。また明日も、あの物差しを食らうのか」

「十夜、明日の事は、明日心配すればいいさ」

袖の内から野鉄が明るく言ったので、市助がその尻を指で思い切り弾《はじ》くと、悲鳴を上げて飛んで逃げる。三人と付喪神達は、寺子屋のある長屋から出ると、急ぎ出雲屋へとって返した。

「寺子屋から抜けたので、師に叱られたのですか。それは申し訳ない事をしました。

われらは荷に紛れて蔵前《くらまえ》から来たもので。大久屋が帰る前に、荷へ戻らねばならぬのです」

十夜達三人が、親に見つからぬよう出雲屋の二階へ戻ると、そこに小さな付喪神、雛道具が十人ほども待っていて、謝ってきた。以前、一緒に危ない目に遭った仲間であるから、三人はいいよと言って、付喪神らと輪になり座る。市助が首を傾げた。

「それで、わざわざ蔵前から相談事を抱えて来るなんて、何があったんだ？」

雛道具達は、ずっと元の持ち主、沙耶の子を捜していた。そのお兼が、見つかったのだ。今、雛達は喜んでいるとばかり思っていたと、市助は言う。すると雛達は一寸、言いづらそうに顔を下に向けた。

「その、われらの相談事というのはですね。実は、そのお兼殿の事なのです」

三人が目を見合わせた向かいで、雛はぼそぼそと話を続けた。

「確かにわれらは、沙耶様のお子が見つかったと聞いた時は、大層嬉しかったんです」

雛道具達が揃って頷く。だが、しかし。

「大久屋へ引き取られてきたお兼殿を見て、われらは困ってしまったのですよ」

「あら、何でなの？」

こゆりの問いに、雛の官女が答える。

「ああ言いにくいこと。その……お兼殿は、沙耶様に似ておらぬのです。本当に、全く」

目鼻立ちのはっきりしたお兼は、そもそも、大久屋とは似ていなかった。ならば、沙耶と似ていても良さそうなものだが、面立ちが見事に違うのだ。

「お兼殿が現れて何日か経つと、雛の皆が、同じ事を思っていたと分かったのです」

しかし主の大久屋は、お兼に会えた事を大層喜んでいるから、妙な話は出来ない。雛達が悩んでいたとき、大久屋が突然出雲屋へお礼をしに行くと言って、菓子や反物などの荷を用意させた。ならば出雲屋の付喪神達に、一度話を聞いてもらおうと、雛達は荷が入った行李へ潜り込んだのだ。

「お、親に似てないと言ったって、親戚の誰かに、似たのかもしれないよ」

ここで言葉を挟んだのは、十夜だ。今は親という言葉が、妙に強く耳に残る。すると五位が、まあこの後の話も聞けと優しく声をかけてきた。

「われら出雲屋の付喪神は頭が良いからな。雛達がどうして顔のことで思い悩むのか、聞いてみたのだ。実は、雛達も気がついていない訳が、他にあるかもしれぬ故」

するとやはり、雛道具達が戸惑う理由は他にもあった。幾つか疑問が重なり、頭を悩ませていたのだ。

「この五位が素晴らしい問いをした故、まず雛道具の官女が、あることを思い出した」

亡くなった母の沙耶には、いずれ子に付けたい名があったのだ。男の子ならば、父から一字貰って昌太郎《しょうたろう》。そして女の子であったら、お雪にしたいと言っていたらしい。

「お雪さん？　お兼さんじゃなくて？」

「こゆり、沙耶殿は、雪が大層好きだったそうな。たまに降った日は喜んで、飽きずに眺めていたらしい」

官女はその事を覚えていた。故に、お兼が沙耶に似ていない事が、余計引っかかったのだ。

「でも沙耶さんが、たまたま別の名を、付けたくなったのかもしれないし」

もしかしたら母親は、名付ける前に亡くなったのかもしれない。

「十夜、勿論その通りだ。思慮深いわれらはそういう事もあろうと、皆で話した」

何しろ大久屋には、たんと芋や菓子を馳走《ちそう》になっている。せっかく子が見つかって喜んでいるのだ。その子が、ちょいとくらい似ていなくても、名が違っていても、いらぬ事を言わず黙っていれば良いのかもしれない。

ただ。

「な、なに？　五位、まだ何かあるの？」

三人の子らは、付喪神達の方へ身を乗り出すようにして問うた。何故だか、子供達や付喪神らで作った輪は、段々と狭くなっていく。話し声は密《ひそ》やかになり、二階の窓から「豆腐ーぃ、豆腐ーぃ……」という振り売りの声や、「えー、塩えーい」という声が、よく聞こえるようになっていた。

ここで煙管の付喪神である五位が、雁首からぷかりと煙を出しつつ、十夜達の顔を見た。

「無理に納得しようとしたからかな、われらはまた別の事に、引っかかってしまったのだ」

「また何か、不思議な事があったの？」

「これ以上聞くか？　それとも、そろそろ黙るか？　なあ、黙るのもまた、一つの考えだぞ」

言われて、十夜が顔をゆがめた。ここまで聞いて、では止めてくれとは言えるはずもなく、情けない声を出す事になる。

「そんな事をしたら、明日の朝まで眠れなくなるよ、きっと」

気になって気になって、眠けが吹っ飛ぶに違いない。

「で、新しい疑問て何なの？」

市助が、十夜と五位へ目を向ける。煙管の付喪神はぷかりと新しい煙を吐いてから、口を開いた。

5

お兼が、突然行方知れずになった。

大久屋が一人、出雲屋へ謝りにきた日の事。十夜達や付喪神らを連れ、大久屋が蔵前の店へ帰ると、お兼が突然部屋から消えていたのだ。

寺子屋から抜け出した日、十夜達は付喪神達と、お兼の不思議な点について話し合った。そして雛道具達の不安も分かる故、事を確かめようと蔵前の大久屋へ行きたいという事になった。店の者達から、話を聞きたいのだ。

「うん、お兼ちゃんの事を調べるんなら、大久屋へ行くのが一番だと思う。でもおれ達、どうやったら蔵前へ行けるかな。今、下に大久屋さんはいるけど」

市助が眉を八の字にする。深川《ふかがわ》から蔵前までは、結構遠い。用があるわけでもないのに、子供三人と付喪神を入れた荷を、蔵前まで同道させてもらえる訳もなかった。第一これから行ったら、帰りは随分と遅くなる。下手をすれば泊まる事になるから、親が許すとも思えなかった。

するとそこで十夜が立ち上がったのだ。

「なら……われが頼むよ。お兼ちゃんにもう一度会って、仲直りしたいって言えば、大丈夫だと思う」

ついでに、昨日お兼と揉めた付喪神達も連れて行き、皆で仲良くしたいと言えば、行李だって運んでくれるに違いない。大久屋は今、引き取ったばかりのお兼の事で、心を砕いているところなのだから。

「おお、それは良い考えだ」

付喪神達は明るい顔で頷き、市助が心配そうに十夜を見た。

「でもそれだと蔵前へ着いたとき、お兼ちゃんと仲直りしなきゃいけないよ。十夜、大丈夫か？」

「それは……多分」

捨て子と言われた十夜は、呆然としてしまって、お兼の事を怒る余裕もなかった。それに、そもそも十夜の生まれに、お兼は関係ない。癇癪《かんしゃく》をぶつけたいが、それは正しくない。……多分。

「うん、きっと話、出来るよ」

事が決まって、まだ寺子屋にいる筈の刻限、皆で出雲屋の二階から下りていったものだから、大久屋と二親を、酷く驚かせてしまった。それでも何とか、お兼と仲直りしたいと話を持って行くと、大久屋はとても喜んでくれた。

「実はお兼も昨日、深川からの帰り、泣きそうな顔をしていたんだよ。うん、仲直り出来たら、おじさんは嬉しいよ。ありがとうな」

今から子供らが、蔵前へ行って帰るのは大変だろうから、良ければ泊まっていってくれと、大久屋が話すと、それで十夜が落ち着くのならと、清次達の許しも出る。雛の付喪神達が共に来ていた事に驚きつつ、大久屋は詫びの品を入れてきた行李へ付喪神を入れ、蔵前行きの舟へ運んでくれた。

(大久屋さんはお兼ちゃんのこと、とても心配してるんだな)

大久屋で色々調べるにしろ、十夜はまずお兼と話そうと、舟の中で決めた。

ところが。いざ三人と付喪神達が蔵前の店に着いてみたら、当のお兼が姿を消していたのだ。


「お兼ちゃん、一体どうしちまったんでしょう」

こゆりが温かいお茶を飲みつつ、首を傾げる。大久屋はお兼を捜して騒動の最中であったから、子供達と付喪神はひとまず、主の住まいがある店奥の、奥庭に面した一間に通されていた。

家の中は出雲屋よりぐっと立派で、これがお金持ちの家なんだぞと、貸し出されて来たことのある野鉄が、したり顔をしている。何やら高そうな饅頭《まんじゅう》と茶が出たので、皆で一休みしていると、大久屋に残っていた雛の付喪神達がぞろぞろと現れて、出雲屋まで話しに行った雛達を迎えた。

「これは出雲屋の付喪神方、お子方も、おいでなさいまし」

小さな雛道具達が律儀に頭を下げたので、十夜達も挨拶を返してから、たんと出してもらった菓子を雛達にも差し出した。

「それにしても、お兼ちゃんが行方知れずになったと聞き驚きました。どうしたんですか」

やっと子に会えたと、親馬鹿ぶりを見せていた大久屋は、呆然《ぼうぜん》としていた。

「お兼、どこへ消えたんだ、お兼っ」

大の男がうろたえる姿を見て、その日、蔵前へ行った付喪神や子供達は落ち着かなくなっていた。

すると付喪神達は、小さく割った饅頭を食べつつ、委細を語り出す。

「われらにもとんと、訳が分からぬのです。お兼ちゃんは、主が出雲屋に出かけた時、ちゃんと店におられました」

お兼は表の道まで、大久屋を見送りに出たのだ。

「居残り組の雛が、大久屋の二階からその様子を見ておりました。店はその後、いつもと変わりありませんでした」

だが昼を幾らか過ぎた頃、下の店がざわつき始めた。

「札差は金に困ったお武家を、相手にすることも多い商いです。だから、たまに騒ぎが起こる事もございます」

よって今日も侍が騒いだのかと、笛の雛人形が店へ見に行った。すると。

「お兼ちゃんの姿が見えなくなり、皆が慌てて捜していたのです。お兼ちゃんは、どこへ行っちまったんです？　まだ大久屋に引きとられて間もない。この辺りの町は、詳しくないだろうに」

雛達は首を傾げるばかりであった。

「何だか、妙な事が重なってゆくね」

十夜がそう口にすると、重なるとは何かと、残っていた雛が聞いてくる。五位がぷかりと煙の輪を浮かべ、先ほど出雲屋の二階で、皆と語った疑問を口にした。

「まず、お兼殿が沙耶様と似ておらぬ事。子の名が〝雪〟でないこと」

そして付喪神達は、もう一つ気になっていた。

「それは？」

問われた五位が勿体《もったい》ぶって、返答に間を置く。すると黙って聞いていられなくなった猫神が、横から喋ってしまった。

「にゃん。お兼ちゃんは、急に見つかったって聞いたよ。なのによく親戚と揉めず、あっさり大久屋へ入る事が出来たねって、われたちは驚いたんだ」

「あーっ、われのとっておきの一言を、勝手に言うたな。許せんっ」

五位がぷかぷか煙を吐き出し、猫神が尻尾《しっぽ》を膨らませ、喧嘩が始まる。横で十夜が皆へ話した。

「このままだと、ある日突然現れたお兼ちゃんが、大久屋の財産を全て受け継ぐ事になる。なのに欲深いという親戚達が、今回は黙っているみたいだ。かなり妙だよね？」

それが付喪神達の、大きな疑問だったのだ。

「それは、そうですねえ」

雛達は頷いたものの、訳を思いついた者はいない。すると、未《いま》だ騒いでいる五位達を尻目に、月夜見が偉そうに言った。

「われらは縁者達の真意を確かめる為、わざわざ蔵前にまで、やってきたのだ」

「出雲屋の方達。どうやってそいつを確かめるんです？」

「それは……十夜、市助、どうするつもりなのだ？」

月夜見から威張って聞かれ、十夜が苦笑を浮かべる。それから一つ首を傾げた後、付喪神達に頼み事をした。皆で台所や裏庭へゆき、大久屋の裏方で働いている下働きの者達へ、こっそり親戚達とお兼の関係を、問うて欲しいと言ったのだ。

「何か見聞きしているなら、店表にいる奉公人じゃなくて、その人達だと思うんだ。誰か通りかかった人に聞かれたみたいに、上手く影の内から聞けるかな？　出来る？」

「それはお任せあれ。われらは付喪神だ。利口だし、器用だ。何しろ長年生きてきておるゆえな。そもそも……」

「そりゃ、ありがたい。では直ぐに行ってくれ！」

野鉄が長々と話し始めたので、市助が横から声をかけ、皆を影の内へとせかした。

「誰が一番に、話を摑んでくるのかしら」

こゆりが楽しそうに言うと、喋り足りない顔の野鉄まで、勇んで姿を消した。

6

付喪神達は、それは急いで事を探ったらしい。皆、思いもかけない程早く、話を持ち帰ってきたのだ。

「驚いたぞ。お兼殿の事、親戚の方々は気に入ってるみたいなのだ。正直、気味悪かったよ」

台所の女中頭《がしら》に聞いたと、野鉄が言う。

「お兼殿は、気丈な子らしい。急に親が替わったのに、直ぐに旦那《だんな》様の事をおとっつぁんと呼んで、嬉しそうだったとか」

下男の一人はそう言ったそうだ。だが一番若い女中は、お兼が調子の良い娘に思えたと言った。会ったばかりの親戚達や、出入りの医者と、親しげだったというのだ。

「でもこっそり、元の父親と、会っていたりしてました。滝蔵さんでしたっけ」

そう言ったのは、奉公したばかりの小僧で、店の外を掃除していた時見かけたという。お兼が、おとっつぁんと呼んでいたので、滝蔵が誰だか分かったのだ。

「おとっつぁんが二人か？」

「お兼ちゃんは、本当に周りから気に入られていたようです。大久屋の叔母《おば》達や、その娘なども、色々話しかけていたようで」

「うさぎさん、叔母の娘さんですが、お医者の先生の、弟の奥さんみたいですよ」

「あら女雛《めびな》さん、それって、どういう関係と言ったらいいんでしょう。従姉妹《いとこ》かしら」

「親戚と言えば、いいんじゃないかと」

「高徳《たかとく》先生もお兼さんと、よく話していたそうです」

年かさの女中に聞いたと、黄君が胸を張る。月夜見は、唇を尖《とが》らせた。

「早々に医者と馴染むなど、お兼は病がちだったのか？　深川へ来た時は、元気そうに見えたがのぉ」

ここで市助が、大いに首を傾げる。

「お兼ちゃんは調子の良い子だと、皆は思ってるみたいだ。でもあの子、出雲屋じゃ、付喪神達と上手く話す事も出来なかったよ」

皆に食ってかかったし、いけないと父親に言われていた事を、十夜へ喋ってしまった。人付き合いが得意には見えなかったのだ。

「変よね。何でそんなに感じが変わるんだろ」

こゆりが首をひねる。

「親や親戚の前では、猫を被っていたんじゃないですか？」

お姫が言うと、そこへ遅れてひょこりと猫神が現れ、得意げに報告をしてきた。

「われはきいたぞ。にゃん、お兼と医者の高徳は親しい」

「その話はもう、出ましたよ」

何人かの雛達がそう言うと、猫神はふにゃんと一つ、鼻息を吐いた。そして二人が親しい訳も、付け足したのだ。

「にゃん、皆は家の者達にばかり聞いて、出入りの振り売りへ目を向けることなど、しなかったであろう。われは立派な付喪神ゆえ、そういう所へも目を配りだな……」

「猫神、すごいね。二人はどうして仲がいいの？」

十夜がおだてるように問うと、猫神が嬉しげに目を細めた。そして、こう言ったのだ。

「医者の高徳が、お兼ちゃんを見つけ出した人だからだよ。何でも患者の一人に、沙耶様を知っていた御仁がいたとかで。みにゃーっ、どうだ、お兼ちゃんは、そりゃ高徳先生と親しい筈だな」

「へえ、そうなんだ……けど」

ここで寸の間、十夜と市助が黙り込む。二人は顔を見合わせると、急ぎ皆が集めた話を整理し始めた。

「ええと、お兼ちゃんはびっくりすることに、親戚達皆に歓迎されているみたいだね」

「そうだな、十夜、そして大久屋へあの娘を連れてきたのは、高徳先生だ」

「あれ？　月夜見、高徳先生は大久屋の遠縁だったよね？」

市助や月夜見に続き、雛達も喋る。

「親戚にとって、お兼ちゃんが現れるのは嫌な事の筈です。なのにその親戚自らが、お兼ちゃんを見つけてきたとは」

「……何だか、妙ですねぇ」

どうして、そんなことをしたのだろうか。皆が言葉に詰まった。

だがしばしの後、十夜は真剣な眼差しで、総身をわずかに震わせた。それから立ち上がると、仲間達へ顔を向けた。

「皆、答えはもう出ているじゃないか。お兼ちゃんはいなくなった」

「えっ……だから？」

「大久屋さんは、お兼ちゃんを我が子だと信じてる。その子供がいなくなったら……お兼ちゃんを捜す事はあっても、もう他の子を捜す事はしないよね」

つまり。皆が目を見開いた。

「つまり……お兼ちゃんは、偽の子なのか？　親戚達はそれと承知で、どこからか連れてきた訳か！」

大久屋に、これ以上本物の子を捜させない為に。

「もしかしたら、お兼ちゃんと親も、芝居と承知で大久屋さんを騙《だま》してたのかな」

市助が眉間に皺を寄せる。お兼の父、滝蔵は子が多く、暮らしは苦しかったろう。お兼達親子には、金子が必要だったのだ。

だが、月夜見は顔をしかめた。

「でもな、親戚達は、本当に大久屋を騙すことなんて、出来ると思ったのかな？」

一時、成り代わる事が上手くいっても、その内、実の子ではない事は知れてしまうのではないか。

「お兼ちゃんを産んだ母親の知り人や、産婆だとて、お江戸のどこかにいるだろうに」

雛の付喪神達など、早々にお兼を疑っていたではないか。大久屋の跡取り娘について、詳しい事が書かれたよみうりなどが出れば、誰かから偽者と言われかねない。十夜が頷いた。

「だからお兼ちゃんは早々に、店から出されたんじゃないかな」

事を仕組んだ親戚達によって。大久屋へ移ってからも、時々父親と会っていたというから、実の親と一緒に、どこかへ行ったのだろう。もう大久屋と会わない場所へ。そうなれば、お兼が財産を受け継ぐ事もない。

「やれ、そういう結末か」

付喪神達が息を吐き出し、顔をしかめる。

「納得だ。多分、十夜の推測に間違いはないな」

だがこんな話では、いささか大久屋へ言いにくいと、鳴達が嘆く。大久屋は、お兼が我が子では無かったと知ったら、がっくりするに違いないのだ。

「だがこれで、鳴達の悩みには答えが出たではないか。主には、少し落ち着いてから言うといいさ」

付喪神達は、これで事は終わったとばかりに、お喋りを始める。

「お兼と父親は、幾ら貰ったんでしょうねぇ」

「親戚達も、大枚をかけた筈だな」

「札差の店に、凄い執着があるんですね。ああ、そりゃあ凄い金持ちでしょうからね」

菓子片手に、楽しげな声が続く。お姫が首を傾げた。

「この後、誰が跡取りに決まるんでしょうかねえ。大久屋さん、直ぐに親戚を店にいれるんでしょうか」

すると、この時。その話を聞いた十夜が、思い切り顔をしかめて立ち上がったのだ。そして、これは拙《まず》いと言い出した。

「はて、どうしたのです？」

少し戸惑うように、男雛《おびな》が問うてくる。十夜は表情を硬くしたまま、早口に言った。先程十夜が考えた推測には、間違っていた所もある気がしてきたと。

「もし親戚達が、お兼ちゃんを遠くへやったんだったら、きっと大久屋さんはこれから長ーい間、お兼ちゃんを捜し続ける」

つまり実の子の方は、見つからない事になる。親戚達は喜ぶ。先程十夜は、そこまでは考えた。

しかし、だ。

「捜している間大久屋さんは、やっぱり身内から、跡取りを選ばないと思うんだ」

なぜならお兼は行方が知れないだけで、どこかにいるのだから。

「そうですね。だから？」

付喪神達は、きょとんとした顔をしてる。だがこの時、横で市助が唇を噛《か》んだ。十夜の言葉の意味が分かったのだ。

「でも例えば……お兼ちゃんが亡くなったら、大久屋さんは子供捜しをあきらめる。多分すごく力を落として、じきに身内が薦める跡取りを、受け入れるんじゃないかな」

お兼のことを、実の娘だと思っているから。部屋にいる付喪神達から、声にならないざわめきが立った。五位がつぶやく。

「つまり親戚達は……偽の子供を連れてきて、行方知れずにするだけじゃ、満足なんかしない、端からその子を殺してしまう気だったって、そう言うのか?」

大久屋に、きっぱり子供をあきらめさせる為に。つまり、つまり。

「お兼ちゃんが危ないの?」

お姫が顔を赤くする。

札差の持つ身代は、並の者では、夢に見る事も出来ないほど大きいのだ。そして札差は、簡単には、始められない商いだ。札差になるには株を持つことが必要だが、その数は限られている。跡取り以外の者には、余程の運がなければ手に入らない。

「でも、だからって、人を殺しますかね」

「われの思い違いだったらいいけど。でもお兼ちゃんが無事か、確かめておかなきゃ落ち着かない。皆で捜そう」

十夜が焦った口調でそう言う。

ところが。驚いた事に、部屋内の付喪神達から、文句が山と返ってきた。

「えーっ、あの生意気な娘の為に、これから皆で動くんですか？」

雛達までも言う。

「われらの悩みは、解決しました。あのお兼殿は、大久屋の娘ではありません。沙耶様の子は別にいます。良かったです」

そしてお姫をいじめ、十夜へとんでもないことを言った悪い娘は、大久屋を去った。

「無事を祈るくらいはしましょう。ですが、居場所を捜しに行くのは反対です。だって、どうやって、どこを捜すんですか？」

「そ、それはその……」

十夜も市助もこゆりも言葉を失い、黙り込んでしまう。向かった先も分からない者の安否など、いかにして知ればいいのか、確かに分からない。

「十夜、だからこの話は、これで終わりです。お兼ちゃんは本物じゃないと、大久屋さんに言います。沙耶様の子は、これからも捜してもらえますよ」

「で、でも……じゃあ、お兼ちゃんは？」

お兼一家はどうなるのだろうか。

しかし助ける手立てなど思いつかず、十夜はどうしたらいいのか分からない。

すると月夜見が、横から怖い事を言った。

「十夜、運はな、鏡と共にあることが多いのだ。われらは長生き故、よく知っておる」

「鏡？」

「己の為《な》した事が、鏡に跳ね返って己の身に戻ってくる。そういうことだ」

つまり、十夜や付喪神達に辛《つら》い思いをさせたお兼は、己も辛い運を引き寄せてしまうというのだ。

「そんな……」

市助が眉間に皺を寄せる。しかし、どうしたらいいのか分からないのは、十夜と同じであった。すると。

ここで双六の付喪神そう六が、部屋の真ん中で立ち上がった。そして思わぬ事を言い出したのだ。

「十夜達へ、一つ案を出します。あの、どちらがお兼ちゃんを助けられるか、それを双六の、最後の勝負としませんか？」

「えっ？」

そう六が、まだ双六勝負を諦めていなかったと知り、十夜が目を見開く。

「あたしと双六の付喪神は、その勝負の為だったら働きます。皆でお兼殿を捜しますよ」

そうすればそう六も、やっと双六勝負の決着をつける事が出来る。たとえ生意気なお兼の為であっても、がんばってみようと思えるのだ。

「そうか。うん、それもいいかもな」

何と市助が、直ぐに承知と言ったものだから、十夜は寸の間呆然とする。

「あのね、お兼ちゃん達の命が、かかってるかもしれない事だよ。なのに、双六の勝負にしてしまって、いいんだろうか」

すると横から、市助が顔を寄せてきた。

「引っかかるのは分かる。けど出雲屋の付喪神達は、お大尽の跡目騒動に、興味がないんだもの」

つまり双六の勝敗でもかかっていなければ、付喪神達の力は貸してもらえないのだ。

「もし、お兼ちゃんを本気で助けたいんなら、おれたち三人だけじゃ無理だ。付喪神達の力が必要だよ！」

市助にはっきり言われ、十夜は頭を抱え……じきに、両の手を握りしめた。

「分かった。この勝負、受けるよ」

とにかく、お兼を捜してもらう事こそ、大切なのに違いない。

「おお、やりましたっ」

そう六が喜び、他の付喪神達からも、わっと声が上がる。面白そうだから手を貸すと、大勢が言い出した。

そう六が、勝負を仕切った。

「双六の中にいる付喪神対、子供達の戦いです。われらは数が多い故、それ以外の付喪神達は、子供側の味方とします。先にお兼殿を見つけ、守った方が勝ちとなります」

勝った者は、最後の一戦の勝者、つまり双六勝負の勝者となるのだ。気がつけば、とっくに終わった筈の戦いが、また始まっていた。

「捜せるんだろうか。間に合うだろうか」

十夜と市助は、急ぎ仲間の付喪神達と、これからどう動くか相談を始めた。

7

子供五人と父親一人が、小さく瀟洒《しょうしゃ》な一軒家で、荷をまとめていた。一家が住んでいた長屋とは大違いの家で、午後も遅い刻限の庭には、鷺《さぎ》やひよどりの姿が見える。

数日前、お兼は急に大久屋を出る事になった。そして迎えの舟に乗って家族と共に隅田川《すみだがわ》をさかのぼると、一旦この家に身を隠したのだ。迎えに来てくれたのはお医者様で、お兼達にこう説明をした。

「お兼ちゃんには一時、大久屋さんの行方知れずの娘さんの代わりとして、娘のふりをして貰いました。主はとても慰められたし、親御さんも大枚の金子を手にできて、いや、お互いに良かった」

だが子のない大久屋が、酷くお兼を気に入ってしまったのだ。このままだと、親元へ帰して貰えなくなる。直ぐに店を出ろと言われ、お兼は大久屋に挨拶もせずに、店を離れてしまった。おかげでお兼は、ずっと溜息をついているのだ。

「何だかちょいと、礼儀知らずだった気がするの。もう遅いけど」

元の長屋へ戻ると、大久屋が訪ねて行くかもしれないというので、一家は他所の土地へ行き、小さな店をやる事になった。医者はその世話も、してくれるのだ。

「明日近くの川へ、迎えの舟が来るのよね？」

お兼が問うと、父の滝蔵が嬉しそうに頷く。皆で一緒に川を海まで下り、そのまま下総《しもうさ》の国の湊《みなと》まで行くのだそうだ。そこに、街道沿いへ滝蔵が小さな店を出す為の、世話人が待っているという。

「借金を返すことが出来た。先々の仕事のめどもついた。これで兄弟誰も貰いっ子に出さず、一緒に暮らしていける。お兼のおかげだ」

「おとっつぁん、黙って大久屋を出てきちゃったけど。じゃあこれで良かったのよね？」

「ああ、助かったぞ、お兼」

親からそう言われ、弟の分の荷を包んだお兼は、ほっと息を吐いた。

「大久屋さん、あたしを本当の娘みたいに、とてもかわいがってくれた」

一時、本気でそう思っているようにすら見えた。

「店にいる間、あたしの事を娘だと言い切っていたし、あれこれ買ってくれたの」

この後、本物の子供が見つかったら、ああいう贅沢な毎日を過ごすのかと思うと……

…大分、羨ましかった。

「だからかな。あたし、出雲屋にいた十夜という男の子に、ちょいと意地悪をしちまった」

「おや、何をしたんだい？」

このとき背の方から声がかかる。お兼は次に妹の荷をまとめながら、眉尻を下げた。

「三太《さんた》かい？　あのね、馬鹿な事を言ったの。十夜は拾われた子だって」

そして、十夜を大久屋が大層かわいがっていたので、実の子ではないかと、女中頭や下男、それに親戚の人も噂していたのだ。つまりお兼が味わった、とんでもなく裕福な暮らしを、その内十夜が味わうかもしれないのだ。

その上大久屋によると、十夜という子には、何やら不思議な仲間がいるらしい。耳にしたお兼は我慢できなくなり、出雲屋へ行った時、二階を覗いてみた。すると本当に、ものすごく面白そうな小さな姿が一杯、一緒にいた。

「無茶苦茶羨ましかった。あたしも一緒に遊びたかった」

ところが、お兼が二階へ上がった途端、不思議な姿はほとんど、消えてしまったのだ。

「あの十夜って子達じゃなきゃ、遊んでもらえないんだ」

ずるい、と思った。

お大尽の子かもしれなくて。しかも、わくわくするような特別なお友達がいて。今、十夜が暮らしている出雲屋だって、お兼が住んでいたような長屋ではない。借金に苦しんでいるようには、全く見えなかった。

しゃくに障り、試しに大久屋の娘として威張ってみた。だが皆、ちっとも言うことを聞いてはくれない。人形も貰えなかった。多分、何日かしたら店から出て行く偽者だと、知っていたのだろう。

「捨て子なのにって言ったら、皆十夜ばかり庇《かば》った。おまけにあたし、初めて大久屋さんに叱られた」

やっぱり、あの十夜が大久屋の子なのかなと、お兼が口にする。

「そうかな。沙耶の子は、人別におなごだと書いてあったんだろう？　ならば十夜じゃない」

「あら三太、人別なんて言葉を、よく知ってたね」

いつ覚えたのと、お兼は弟の方へ振り返る。すると驚いた事に、弟達は厠へでも行ったのか、姿が見えなかった。

「あれ？」

気がつけば父の姿もなく、小さな妹と弟がいるばかりだ。住み慣れない立派な家にいるせいか、何だか心許ない気持ちになっていると、庭の方で足音がした。

目を向けると、そこに男が二人立っていた。

「おや、お前さんがお兼ちゃんかな。医者の高徳先生から、舟を回すように言われて来た者だよ」

「えっ？　明日の事だと思ってたんですけど」

お兼達は、この後下総の国までゆくのだ。もう日も陰ってきたのに、これから川へ出て、大丈夫なものだろうか。すると男らは大きな溜息をついて、面倒な事を言ってくれるなと、お兼に怖い顔を見せてきた。

「あんた達、もう随分と大久屋さんのお身内に、世話になってるんだろ？　この家で暮らすんだって、ただじゃ無理だ。長引かせないでくれな」

「あの、すみません。おとっつぁんを捜してきます」

お兼は急ぎ、父親を捜しにゆく。だが大して広くもない家なのに、滝蔵が見当たらない。困って家の外へ目を向けると、低い生け垣の向こうに、顔をしかめた父親がいて、何やら書き付けを読んでいた。

近よっていくと、お兼の姿を見て、ほっとしたような表情を浮かべ、妙な文《ふみ》を貰ったと話し出す。

「誰かが怖い事を書いてきたぞ。親切な顔をした男達に用心しろ。ついて行ったら、命がないというんだ」

「命が、ない？」

お兼が目を見開く。一体誰が、どうしてそんな文を寄越《よこ》したのだろうか。立ちすくんでしまうと、先ほどの男達が、お兼達の方へと歩いてきた。

「ああ、こっちにいたのか。早くしてくれな。あんた達だって、暮れてからこの家を出るのは嫌だろうに」

「家を出る？　これからですか？」

今、妙な文を貰った所であった。よって出るのは明日にしてくれと滝蔵が頼むと、男達はまた顔をしかめて文句を言う。それでも滝蔵が承知しないでいると、二人は明らかにじれてきた。

そしてなんと、先にお兼だけを連れて行くと言い、捕まえにかかったのだ。

「来たくなきゃ、お前さんはどこへでも行きな。ただしこの娘っこは一緒に来てもらう」

何故ならお兼は、お大尽大久屋の娘を名乗り、金子を巻き上げた悪い者だからだ。

その悪事を、償わなくてはいけない。

「何を突然」

思いもしない事を言われ、滝蔵が怒り出す。

「お医者さんが、一時娘のふりをしてくれって、言ったんじゃないか。お兼は頼まれたから、大久屋さんをおとっつぁんと呼んだのに」

なのに、急に悪人のように言うのは何故か。滝蔵が大きな声を出し、お兼は怖くて、側で身をすくめた。するとそこに、男達の手がのびてくる。

「お兼、逃げろっ」

滝蔵が叫び、お兼は必死に駆けだしたが、どこへ行ったらいいのか分からない。背中の方から男達が、騒ぐ声が聞こえてきて怖い。すると。

「お兼ちゃんだ、いたっ」

生け垣の奥で突然声がしたので、お兼は引かれるようにそちらへ向かった。鷺が一羽、裏庭の木の枝から飛び立つ。そこへさっと手が現れて、お兼の腕を摑んだ。

「こっちだ」

「あ……あんた、十夜だ」

驚いている間に、十夜はお兼の手を引き、大きな木の陰へ隠した。しかしお兼は、十夜へも、怖がっているような顔を向けてくる。十夜は大急ぎで、お兼親子が騙されていること、市助達と助けに来たことを告げた。

「皆で話してて、思いついたんだ。もし大久屋の親戚達が、お兼ちゃん達を連れ出したんなら、別宅のどこかに、かくまったんじゃないかって」

親戚達には、金が無い者も多い。いや、そういう者だから、無茶をしてまで、大久屋の財産に執着した筈であった。ならばお兼を隠す場所も、結局大久屋の持つ家なのではないか。

そこで付喪神の一人、五位鷺の五位に、空から大久屋の持ち家を見て回ってもらった。場所は雛達が承知していた。

「で、お兼ちゃん達がこの家にいると分かったんだ。けどわれ達は、飛んでは来られない。だから先刻危険を知らせる文を、五位に届けてもらったんだ」

「あ……さっき、おとっつぁんが読んでた文のこと？　じゃあ、本当に助けに来てくれたんだ」

しかし親戚方の男が先に、お兼達の所へ現れてしまった。その二人は大人で強そうだから、正面から対峙《たいじ》したのでは、十夜たちはとても勝てそうに思えない。もっと上手く逃がすつもりだったのに、そうはいかないらしい。

「今、猫神達が怖い男達を止めてる。でも小さいから、どれくらいの間足止めできるか、分からない。逃げなくちゃ」

すると話している間に、早くも後ろから男らの声が聞こえ始める。十夜がもう一度、お兼の手を引っぱった。

「急がないとっ」

二人が走り始めると、そこへ木の棒を持った姿が、駆《か》け寄ってきた。

「十夜、舟、頼んできたぞ。でもこの先の船着き場まで、まだ大分離れてるよ」

後ろへ目をやった途端、市助が叫んだ。

「拙い、追いつかれちゃうっ、ああ、来るっ」

三人の、必死の遁走《とんそう》が始まった。お兼の目に、涙があふれてくる。こんな事になった、言い訳を口にしようとした。だが、走って息があがり、蹴躓《けつまず》き、声は切れ切れにしか聞こえてこなかった。

「あたし……親戚方に、騙されてたんだろうか」

良いことをして、お金も貰える。

「そういう話、だって、思ってた」

なのに今、怖い人に、追いかけられている。

「あたし……馬鹿、だ。十夜、ご、めんっ」

医者の先生が、別宅へ行けとお兼親子に言ったのだ。横を走る十夜が、顔をしかめた。

「人目につきにくい家だったね。そこに、怖い男達が来た」

親子を始末する気だったとしか、十夜には思えない。その時横で、市助の声が響く。

「十夜、追いつかれるっ」

男達の姿が背に迫り、十夜は悲鳴をあげ、蹴躓きそうになった。

「駄目だっ」

帯に手が掛かって、しかし何とかふりほどく。でも、二度目は捕まってしまいそうだ。

「もう、駄目っ」

そして……。

ごんっ、と、大きな音がした。すると突然、男らが側に倒れたのだ。

「えっ？……何？」

何が起こったのか。お兼と十夜と市助は、もう走れなくなって、大きく息をつきつつ、道の途中に立ち止まった。すると倒れた男らの側に、蔵前の店で見た事のある、若い男達が立っていた。

そして。

そのずっと後ろに、大久屋の姿があるではないか。見れば、小さな付喪神達までいた。それからその横に、顔色を青くした十夜の親、清次とお紅の姿もあったのだ。

大久屋は男どもを、その地の岡っ引きへ引き渡した。お兼達親子は一旦、親戚達は知らない、ある旅籠《はたご》へ預けられた。それから皆で、蔵前の大久屋の店へ戻った。

奥の間で落ち着くと、十夜達は清次から直ぐ、思い切り拳固《げんこ》を食らった。酷く危ないことを勝手にしたと、怒られたのだ。今日はお紅も、庇ってはくれなかった。

その横で、お気楽にも勝負に勝ったと機嫌良くしていたのは、そう六達と、双六の付喪神だ。勝った、勝ったと言い、それを自慢したくてたまらないらしい。大久屋の部屋で座ると直ぐ、頭を抱えている十夜達へ話し始めた。

「何故突然助かったか、子らは知りたいだろう？　うん、双六勝負の結果がどうなったか、ちゃんと話してやらねばな」

突然大久屋や清次達が現れ、子供達が救われたのは、勿論、当然、立派で素晴らしい双六の付喪神達がいたためなのだ。

「われらそう六の組は、頭が良いでな。よって人の世の内では、金が一番ものを言うと知っておった」

そして付喪神達の知りあいの内、一に裕福なのは、勿論大久屋であった。それ故そう六達は、何一つ隠しもせず、子細を全部ぶちまける事で、大久屋を味方に引き入れる事に成功したのだ。

「お兼が偽の娘であることも、親戚達が企《たくら》んだ良からぬ事も、全部言った。それ故今、大久屋は全てを承知しておる」

大久屋は親戚達に対し、今度こそ怒り心頭に発したそうで、甥《おい》達の時のように優しい対応をする気はないらしい。また、そうでなくては清次達も、今回は承知しないようであった。

とにかくそう六達が話したおかげで、大久屋はお兼の行方を金にものを言わせて捜し、十夜達の危機にも間に合ったのだ。

「ああ、われらは素晴らしいのぉ。それに優しいのぉ。わざわざ大久屋に、真実を教えてやったし」

そう六らがふんぞり返って、言いたいことを話し続けるものだから、口をへの字にした市助に、ぺしりと頭をはたかれる。「何すんだ！」そう六が怒った。

「しかし、お兼殿達の居場所を、十夜達が先に見つけているとは思わなんだ。おかげで危なくなってたし、われらは焦ったわ」

「それは勿論、この五位が十夜の味方であったからさ。わたしは鷺ゆえ、空を飛べる。大きいから、早く調べられたという訳だ」

「先を越すのは良くない。われらが、肝を冷やしたではないか」

そう六がぼやく。

しかし、男達から逃げている子供を見て、必死に救ったのは大久屋達であった。札差の奉公人に、腕の立つ者がいたことが、今回も役に立った。おかげで清次達夫婦も、十夜を抱きしめる事が出来た訳だ。

「われら双六の付喪神が、皆を救った。よって勝ったのは、われらだな」

ところが。そう六の自慢話を聞いていた清次が、ここで妖へ拳固をくれたのだ。

「なんで叩《たた》かれるんだ。われらがいたから、皆、助かったのではないかっ」

「この阿呆《あほう》！　人の生き死にが懸かっている事で、馬鹿な勝負などするな！　さもないと本当に、揃って売り払うぞ」

「皆、これ以上拳固を食らうなよ。本当に、痛いんだから」

十夜は目に涙を浮かべつつ、瘤《こぶ》をさすっている。しかしその内、一つ首を傾げた。

「あれ……何だかふわふわしていない」

気がつけば、お兼の話を聞いてから感じていた冷たいような気持ちが、どこかへ抜け落ちていた。

多分、大方は。

いつもの仲間がいて、怖くて優しい親がいて、だからつまり……他に親はいないのだ。口では承知と言っても、腹の内に落ち着かなかった事が、やっと気持ちと一緒に呑《の》み込めてきたようであった。

「ああ……助かった」

十夜は久々に大きく笑った。

横で大久屋が、お兼達親子には本当に、街道で店を開けるようにすると言っている。それから、三人の子の親達には、本当に見た事がないくらい、大久屋は頭を下げていた。騒動の元は親戚であった。己はそれに乗ってしまった。詫びねばならないと思っているのだろう。十夜はその顔をそっと見た。

(お兼ちゃんのこと、子でないと分かった今でも、かわいいのかな。きっとまだ、子供の事あきらめきれないんだろうな)

清次は、今度は雛の付喪神達に小言を言っていた。

(うふふ、雛達ときたら、すねた顔して)

高い菓子だとて出せるだろうに、大久屋が近くの番小屋から、たんと芋を買って出してくれた。付喪神達は早々にお喋りを止め、嬉しそうに食べ始める。十夜も立ち上がり、市助やこゆりと一緒に芋へ手を伸ばした。清次も大久屋も、ほっと息をついたのだ。

「ああ、またいつもの毎日が戻ってきた」

今日は芋が特に甘く感じて、十夜は何だかとても嬉しかった。そう六と月夜見達が、懲りずにまた、言い合いを始める。

「今日のことは、勿論われら双六達の手柄だ。だから、勝負はわれらの勝ちだ」

「何を言う、お兼殿を男らから庇ったのは、われらの方の付喪神と、十夜達だぞ」

双方引っ込まず、結局、もう一回最後の戦いをしようという話になる。要するにどちらも、また遊びたいのだ。

話しあいが終わると、付喪神達は大いにふんぞり返ったので、何人かが芋と共にころんと床へ転がってしまった。それでも自慢話は続く。

「まあ、付喪神と出会った者は、幸運なのだ。われらはそりゃ、優しくて素晴らしい者だからな。何しろ齢《よわい》百年を超した器物の内、これという立派な者がなるのが、付喪神だからして……」

猫神が市助の膝の上で、大きな芋を抱えつつ、嬉しげに頷いている。早々にお腹が一杯になったのか、小さな雛の付喪神達は、こゆりの膝で眠り始めた。

何だかほっとしてきて、嬉しくて、泣きそうだ。十夜は、己も清次の膝に頭を乗せると、少し照れくさそうに顔を隠した。

終

大久屋《おおひさや》の騒ぎが収まって、出雲屋《いずもや》には静けさが戻ってきた。十夜《とおや》、市助《いちすけ》やこゆり、それに付喪神《つくもがみ》達も、いつもの日々を過ごすようになったのだ。

己が貰《もら》われっ子と言われた時、十夜は魂消《たまげ》た。足の下のお江戸が、吹っ飛んで無くなったのではないかと思う程、驚いたのだ。

そしてお大尽大久屋の、身代を巡る騒ぎに巻き込まれた時は、市助やこゆりと一緒に、もの凄《すご》く怖い思いもした。

けど。

そんな大事も、過ぎてしまうと不思議な程、変わらない毎日の中に埋もれてゆく。十夜達は今日もせっせと寺子屋へ通っているし、皆の親は変わりなく、商売に精を出していた。

(不思議だよなぁ)

とにかく清次《せいじ》とお紅《こう》は、誰が何と言おうと、出雲屋が十夜の家だと言い切った。三人は、親子なのだ。

そしてここには、市助やこゆりも一緒にいるし、だからだから……十夜は皆と、この出雲屋で暮らしてゆくと思う。

(それでいいんだよね)

十夜達三人は、今日も寺子屋から帰ったあと、出雲屋の二階で付喪神達とお八つを食べ、せっせと遊んだ。草臥《くたび》れたので夕餉《ゆうげ》の後、三人は二階に布団を敷き、早くに寝たのだ。

だが……珍しい事に真夜中過ぎ、付喪神達に起こされた。

「ふえ……？　どうしたの？　もう朝？」

それにしては真っ暗だと、寝ぼけた十夜が首を傾げると、隣から市助の、ぼやき声が聞こえてくる。こゆりが、何で起こしたのかと眠たげに問うと、布団に乗った付喪神達が、何時になくおろおろとした声を出した。

「にゃん、今、とんでもない事を聞いたのだ」

総毛を逆立て、興奮した声を出しているのは、猫神《ねこがみ》であった。先刻目を覚ました猫神は、ちょいと外へ出た。そして月下、塀の上を散歩していたらしい。その時、とんでもない事を言われたのだ。

猫神に声を掛けてきたのは、付喪神となっている狐の像で、近くの稲荷《いなり》神社へ奉納されているものであった。狐は酷《ひど》く困っており、顔なじみである出雲屋の付喪神を頼ってきたのだ。

「あのね、それでね、まあ、どうしましょう」

「お姫、それじゃ何を言っておるんだか分からん。あのな、狐は生まれたばかりの子を抱えてしまったと、そう言ってきたのだ！」

五位《ごい》の言葉に、子供達三人は暗い中で、ぴたりと動きを止めた。付喪神は構わず、先を続ける。

「いきなりの事で、狐は狼狽《うろた》えておるとの事だ」

「勿論《もちろん》、そうであろう。だからな、あたしが先に見にゆく。飛べるからな」

そう言いだしたのは野鉄《のてつ》で、何を言う間も無く、蝙蝠《こうもり》の姿になって飛び上がる。だが夜明け前で、二階の窓は閉まっていたものだから、まともに板戸へぶつかり、「ぎゃっ」と短い悲鳴を上げ落ちてしまった。

市助は立ち上がると、急ぎ着替えを始める。

「皆、落ち着きなよ。ええと、ええと、つまり稲荷に、誰かが子を捨て……いや、置いていったって事？」

横で十夜が布団から跳ね起き、こゆりも着物を整える。

「直ぐに稲荷神社へ行こう！」

するると、その方が早くて楽だとばかり、十夜達の袖《そで》の内へ付喪神達が飛び込む。真夜中の事だから親に気がつかれぬよう、皆はそうっと一階へ下り、店脇から横手の路地へと踏み出した。提灯《ちょうちん》など用意出来なかったが、猫神が言っていたように、月が明るく歩くのには困らない。

「稲荷に今、赤子がいるんだ……」

十夜は、何だか胸が苦しいような気持ちになりながら、夜の中足を運ぶ。稲荷は近くにあるのだが、赤子は寝ているのか、泣き声一つ聞こえてこない。皆は小さな祠《ほこら》へ急いだ。

すると。

寸の間の後、十夜も市助もこゆりも、いや、はせ参じた付喪神一同も皆、目を丸くして立ちすくむ事になった。

「えっ……赤子って……」

月下、稲荷の祠の戸は開け放たれており、その前に、すらりとした五寸ばかりの狐が姿を現していた。そして……その腕に何やら、もこもことした塊を抱いていたのだ。

十夜と市助とこゆりが稲荷へ近寄り、小さなもこもこをのぞき込む。

「あの、赤子って……この子なの？」

すると狐が、重々しく頷《うなず》いた。

「この赤子は木彫りの犬で、子供の玩具《おもちゃ》だな。結構良き出来の品だが、玩具が百年大事にされるのは珍しい」

きっと蔵にでもしまわれた後、忘れられて百年近くを経たのだろうと、狐は口にした。

「その後、誰かが見つけたのかのぉ。少し前に、祠へ奉納されたのだ」

稲荷への奉納は珍しくもないから、狐は新しい品が増えても、気にもしなかった。しかし！

「作られて百年を過ぎたに違いない。この子が祠の中で急に、ふえふえ話し始めたのだ」

驚いた狐が、声を上げてはならぬと諫《いさ》めたが、生まれたての付喪神は首を傾げ、今度はきゃんきゃん鳴き出す。

「子犬が黙らぬまま、夜が明けて人の来る刻限になったら、一騒動間違いなしだ」

困った狐は、たまたま稲荷近くへ来ていた猫神へ、泣きついた訳だ。

「赤子というのは……付喪神の赤子なのか！」

「付喪神ならば、何も困る事はないぞ。百年も経てば、品物を作った職人が側にいる筈《はず》もないからな。まあ大概は、一人で生まれるものだ」

皆がまた、狐の腕の中をのぞき込み、それから忍びやかに笑い出す。夜中故、大きな声を立てる訳にはいかないが、十夜は、狼狽えていた己がおかしくて、暫《しばら》く笑いを止められずにいた。気がつけば涙まで出てきた。

そして、笑いつつ言ったのだ。

「その子、出雲屋で引き取るよ」

付喪神達も頷く。

「出雲屋であれば、店主もわれら付喪神のことを承知しておる。鳴き声がしても、心配はいらん」

「清次はわれらを売らぬ。大丈夫だ。その跡を継ぐのは十夜だから、やっぱり大丈夫だ」

つまり付喪神達には、出雲屋という居場所があるから、赤子一人くらい引き取れると、何故だか偉そうに月夜見が言う。お姫が頷いて、狐から鳴いている小さな子犬を受け取った。

「わあ、ちいちゃい」

こゆりが笑いながら、新しい付喪神の仲間へ指を伸ばしている。その様子を、十夜がじっと見つめていた。

（出雲屋には、付喪神達がいる）

ちょいと威張りんぼうで、良い仲間の妖達は、長生きだ。これからもずっとずっと、十夜達と共にいるだろう。

(だから、われはこの出雲屋を、皆の居場所にしておけるよう頑張らなきゃ)

今は妖達に、それは沢山遊んで貰っている。だがいつか、父の清次のように店を支え、妖らをも支える者にならねばと、十夜は初めて思った。

(だって……ここはわれの居る所だ。みんなの居る場所だ)

だからずっと、出雲屋を守ってゆく。

そう思ったとき、何かにふわりと包まれた気がして、十夜は夜の中、ほっと息をついた。手を伸ばし子犬の頭を撫《な》でると、「きゅうん」と小さな声がする。

「名をなんとしようか」

「われが命名する」「いや、私だ」「あたしに良い考えが……」

そこへ市助が、あっさり名を告げた。早くに言った方が、勝ちとなった。

「小石丸《こいしまる》にしよう。きっと良い子になるよ」

「小石……まあ、似合いかのぉ」

楽しそうに囁《ささや》きながら、皆で出雲屋へ帰る。また一人、仲間が増えた。十夜達は小石丸を大事に運びつつ、二階へと戻って行った。

解説　つくもがみ、解説します

大矢《おおや》博子《ひろこ》

『つくもがみ貸します』（角川文庫）に続くシリーズ第二弾である。が、御身《おんみ》、驚いたであろう？　なんせ清次《せいじ》とお紅《こう》が夫婦《めおと》になって、十夜《とおや》という十一歳の息子までいるのだからな！　まあ、齢《よわい》百を超えるわれら付喪神にとっては、十年や十五年の時の流れなど何ということもないが。

前巻に出てきた、すおう屋の佐太郎《さたろう》や鶴屋《つるや》の平助《へいすけ》も元気にしておるぞ。やつらも既に子持ちだ。すおう屋の息子は市助《いちすけ》、鶴屋の娘はこゆり。そして清次・お紅の出雲屋の子が十夜。三家の子どもたちは仲よしの幼なじみで、しかも——うん、これが前巻とのいちばん大きな違いだろうな、この物語の主人公は、その子どもたちの方だ。代替わりしておるのよ。

何、御身、前巻を読んでないから本書は読めぬというのか？　いや待て待て、それは浅慮というものだ。戯作者の畠中恵《はたけなかめぐみ》殿はな、ちゃーんとそこを考えてある。さすが、「しゃばけ」シリーズ（新潮文庫）で吉川英治《よしかわえいじ》文庫賞の栄えある第一回受賞者になった作家だけのことはあるぞ。こちらから読んでもまったく問題ない。むしろ、こちらを読んでから前巻に戻ると、「ほうほう、清次とお紅のなれそめはこうであったか」「なに、この佐太郎はこんなやつであったか。どのツラ下げて子に躾などしておるのか」と知れて、これはこれで実に味わい深いものよ。なので気にせず、本書を買うがいい。買うがいいぞ。何なら三、四冊買って配るがいい。ほれ、買わ……あ、おい、こら、何をする！　痛いではないか！

……こほん、失礼した。解説なんだからちゃんと物語を説明せよと叱られてしまった。何も殴ることはないと思うが。

本書の舞台は深川にある古道具屋兼損料屋の出雲屋《いずもや》だ。損料屋というのは今でいうレンタルショップだな。鍋、釜、布団からふんどしに至るまで、なんでも貸しますってな商売だ。しかしふんどしのレンタルとは、前に誰が使っていたのか気にならぬのかのう。

古道具を扱う店だから、中には作られて百年を超えたものもある。大事に作られ、大事に使われて百年が経った器物はな、神になるのよ。心が宿るんじゃな。それがわれら、付喪神だ。何、ピンと来ない？　ほれ、外国ではランプをこすったら妖《あやかし》が出てくる有名な話があるらしいではないか。我が国でも、昭和の頃には、くしゃみやアクビをしたら妖が壺から出てきたもんだぞ？　あれらはランプや壺の付喪神であろう？違うのか？

まあ、付喪神が何かについては、前巻『つくもがみ貸します』の解説で東雅夫《ひがしまさお》殿が、それはもうわかりやすく詳しく説明してくれておるのでな、そちらを読まれたい。え、な、何を言うか、手抜きなどではないぞ、これは役割分担というのだ！

話を戻す。出雲屋の蔵には、掛け軸だの根付だの煙管《キセル》だの帯留めだの、ぜんぶで十もの付喪神が住んでおる。普段は普通の掛け軸や根付だから、前巻では、事件が起きたら損料屋の商品として貸し出され、そこで情報収集をして清次やお紅を助けたものよ。

だが本書では、貸し出されている暇などない。子らと遊ばねばならんのでな！

話の始まりは、出雲屋に新たな付喪神が仲間入りしたことだ。何かって？　双六じゃよ。そう、正月に遊ぶ、あの双六じゃ。ひとマスごとに子どもの遊びが描かれており、十夜、市助、こゆりの三人は賽を振って止まったマスの遊びの付喪神と勝負をするという、いわば「江戸版・子どもの遊びテーマパーク」の双六なのだ。どうだ、面白そうであろう？

だが、ただ遊ぶだけでは終わらない。どのマスでも、何か厄介ごとが起こるのだ。

相撲のマスでは本来の出番だった金太郎の代わりに羽子板の鬼が出てきて、双六の前の持ち主が元気がないから助けろと言い、雛祭りのマスでは雛人形に頼みを聞いてもらったばかりに子らが悪者にさらわれそうになり、独楽のマスでは新しい独楽の入手競争が過熱するにつれて、なぜかお金持ちの札差・大久屋《おおひさや》さんがお菓子をくれなくなる。え？　いきなり事件のグレードが下がったって？　いやいや、これは全編を貫く〈大久屋さんの子捜し〉事件の大事なパーツなのだ。

子とろ子とろ遊びのマスは（どんな遊びかは中で説明しておるぞ）大久屋さんの生き別れの子を巡る一件に加えて、付喪神たちが子らに反旗を翻し家出するという、「パシフィック・リム」にも負けぬ大スペクタクル冒険&アクション巨編だ。付喪神をたずねて三千里、全米が泣いた……いてっ。はい、ごめんなさい。ちょっと盛りました。とまれ、江戸の子どもの遊びがこれでもかと出てくるわけで、実に楽しい。最近は遊びと言えばゲームばかりだが、羽根つきも面白そうであろう？　独楽回しなど、今のベイブレードで付喪神と戦ったらどうなるか、ワクワクするであろう？

しかも、だ。畠中殿は、羽根つきの項ではあっちへこっちへと翻弄されるものの気持ちを、雛祭りの項では女性の悲しい運命を、独楽遊びの項ではぶつかり合う人間模様を、子とろ子とろ遊びでは「悪から逃げる」という行為を、物語の核に据えておる。ちゃんと呼応させておるのだよ。巧いものではないか。

ここで、江戸の子らは今の子らよりずっと早い年齢で仕事や花嫁修業を始める、ということを知っておいて欲しい。十夜も市助もこゆりも、遠からずその時期が来る。そのために、読み書きやお金の使い道、裁縫や料理など、学ばねばならぬことがたんとある。つまり、遊べるのは今だけなのだ。そして本書を読むと、今だけのこの〈遊び〉が、子らにとっていかに大事なものかがわかるのだよ。

子らは遊びを通して、ルールを守るということを覚える。ものを大事にするということを学ぶ。ひとりでできないことでも、友と一緒ならできるということを知る。勝負に勝つ嬉しさ、負ける悔しさを経験する。知恵を絞る。失敗して、次こそはと工夫をする。弱い子や年下の子を庇《かば》うことも知る。時には人を騙すことや隠しごとも覚え、それを叱られ、悪いことなんだと理解する。

怪しい男に追われたとき、自分が盾になってこゆりと市助を逃した十夜を見よ。十夜にとって辛い話が出たとき、帰るように言われても十夜のそばを離れなかった市助とこゆりを見よ。こんな強さと思いやりを、子らは遊びの中で身につけていくのだ。いや、これらは友だちと遊ぶ中でしか学べないと言っていい。だから子どもは「遊ぶことが仕事」なのだよ。ちゃんと遊んだ子は、ちゃんとした大人になる——と思わないか、御身？

ああ、そうだな、子らに必要なものが、もうひとつあるな。それは親の愛情と、その正しい表し方だ。終盤、親子の絆が試される場面があるが、御身は安心して読めるのではないかな。この親子なら大丈夫だと。

家族が家族であるためにいちばん大切なものは何か。それが本書のもうひとつの主題だ。大久屋の子ども捜しの一件と清次一家の形を対比するように並べて描いておるのは、決して偶然ではないぞ。そんな家族のありようも読みどころだ。

ふむ、前巻が捕物風味の恋愛小説だとするなら、本書は少年冒険活劇であり家族小説であるわけだ。

無心に遊べる短い「今」を、十夜たちは全力で遊んでいる。それを親たちは温かく見守っている。実に幸せな光景ではないか。子どもが元気に遊ぶ姿は、時代を問わず、いいものだ。本書を読めば、きっとそう思うぞ。

何、子の成長と付喪神は関係ないじゃないか、だと？　なな何を言うか、そんな……いや、確かにわれらは神と名乗ってはいるものの、願いを叶えてやったりはできぬし、いばりんぼうだし食い意地は張ってるし空気は読めないし、時には十夜たちよりよっぽど子どもっぽいし、百年も生きているのに芋だの金平糖だのの話しかしておらぬし……あ、あれ？　なんだか目から水が出てきたぞ……。

まあ、実際のところわれらは、神というより「友」なのだ。ほら、御身にも覚えがあるであろう。ぬいぐるみに名前をつけて、どこに行くにも一緒だったこと。子どもの頃に作ったプラモデルを捨てられず、今でも部屋に飾っていること。恋人がくれた指輪を、大事にしていること。友からもらったＬＩＮＥメッセージを何度も何度も読み返したこと。

口はきかぬが、そこにあれば力になる、励まされる、支えになる、大事な品物。百年経たずとも、百年分の思いが込った品物。それが、御身にとっての付喪神であるぞ。御身が辛いとき、そんな「友」たる付喪神がきっと御身を助けてきたはずじゃ。

それにな、読んでくれればわかるが、われらは本書でもけっこう活躍しておるのだ。自ら外に出ていくし、人間と直接会話してやるようにもなったしな。何より、われらは子らの命の恩人なのだぞ。この物語は愛と友情の感動巨編なのだ。全米が泣……いや、だから、ごめんてば！

本書は二〇一三年三月に小社より刊行された単行本を文庫化したものです。

つくもがみ、遊《あそ》ぼうよ

畠中《はたけなか》 恵《めぐみ》

平成28年 4月25日　初版発行
平成30年 5月25日　5版発行

発行者●郡司 聡

発行●株式会社KADOKAWA
〒102-8177　東京都千代田区富士見2-13-3
電話 0570-002-301（カスタマーサポート・ナビダイヤル）
受付時間 11:00～17:00（土日 祝日 年末年始を除く）
http://www.kadokawa.co.jp/

角川文庫 19703

印刷所●株式会社暁印刷　製本所●本間製本株式会社

表紙画●和田三造

ISBN978-4-04-103880-2　C0193

角川文庫発刊に際して

角川源義

第二次世界大戦の敗北は、軍事力の敗北であった以上に、私たちの若い文化力の敗退であった。私たちの文化が戦争に対して如何に無力であり、単なるあだ花に過ぎなかったかを、私たちは身を以て体験し痛感した。西洋近代文化の摂取にとって、明治以後八十年の歳月は決して短かすぎたとは言えない。にもかかわらず、近代文化の伝統を確立し、自由な批判と柔軟な良識に富む文化層として自らを形成することに私たちは失敗して来た。そしてこれは、各層への文化の普及滲透を任務とする出版人の責任でもあった。

一九四五年以来、私たちは再び振出しに戻り、第一歩から踏み出すことを余儀なくされた。これは大きな不幸ではあるが、反面、これまでの混沌・未熟・歪曲の中にあった我が国の文化に秩序と確たる基礎を齎らすためには絶好の機会でもある。角川書店は、このような祖国の文化的危機にあたり、微力をも顧みず再建の礎石たるべき抱負と決意とをもって出発したが、ここに創立以来の念願を果すべく角川文庫を発刊する。これまで刊行されたあらゆる全集叢書文庫類の長所と短所とを検討し、古今東西の不朽の典籍を、良心的編集のもとに、廉価に、そして書架にふさわしい美本として、多くのひとびとに提供しようとする。しかし私たちは徒らに百科全書的な知識のジレッタントを作ることを目的とせず、あくまで祖国の文化に秩序と再建への道を示し、この文庫を角川書店の栄ある事業として、今後永久に継続発展せしめ、学芸と教養との殿堂として大成せんことを期したい。多くの読書子の愛情ある忠言と支持とによって、この希望と抱負とを完遂せしめられんことを願う。

一九四九年五月三日

角川文庫ベストセラー

髪ゆい猫字屋繁盛記
望《もち》の夜《よ》
今井絵美子

佐吉とおきぬの恋、鹿一と家族の和解、おたみに初孫誕生……めぐりゆく季節のなかで、猫字屋の面々にも、それぞれ人生の転機がいくつも訪れて……江戸の市井に息づく情を豊かに謳いあげる書き下ろし第四弾！

雁渡り
照降町自身番書役日誌
今井絵美子

日本橋は照降町で自身番書役を務める喜三次が、理由あって武家を捨て町人として生きることを心に決めてから3年。市井に生きる庶民の人情や機微、暮らし向きを端正な筆致で描く、胸にしみる人情時代小説！

寒雀
照降町自身番書役日誌
今井絵美子

刀を捨て照降町の住人たちとまじわるうちに心が通じ合い、次第に町人の顔つきになってきた喜三次。そんな自分に好意を抱いてくれるおゆきに対して憎からず思うものの、過去の心の傷が二の足を踏ませて……。

虎落笛《もがりぶえ》
照降町自身番書役日誌
今井絵美子

市井の暮らしになじみながらも、武士の矜持を捨てきれず、心の距離に戸惑うこともある喜三次。悩みや問題を抱えながら、必死に毎日を生きようとする市井の人々の姿を描く胸うつ人情時代小説シリーズ第3弾！

夜半の春
照降町自身番書役日誌
今井絵美子

盗みで二人の女との生活を立てていた男が捕まり晒刑に。残された家族は……江戸の片隅でひっそりと生きる男と女、父と子たち……庶民の心の哀歓をやわらかな筆で描く、大人気時代小説シリーズ、第四巻！

角川文庫ベストセラー

雲雀野《ひばりの》　照降町自身番書役日誌　　今井絵美子

武士の身分を捨て、町人として生きる喜三次のもとに、国もとの兄から文が届く。このままでは実家の生田家が取りつぶしに……千々に心乱れる喜三次は、十年ぶりに故郷に旅立つ。彼が下した決断とは——？

雷桜　　宇江佐真理

乳飲み子の頃に何者かにさらわれた庄屋の愛娘・遊（ゆう）。15年の時を経て、遊は、狼女となって帰還した。そして身分違いの恋に落ちるが——。数奇な運命を辿った女性の凛とした生涯を描く、長編時代ロマン。

三日月が円くなるまで　小十郎始末記　　宇江佐真理

仙石藩と、隣接する島北藩は、かねてより不仲だった。島北藩江戸屋敷に潜り込み、顔を潰された藩主の汚名を雪ごうとする仙石藩士。小十郎はその助太刀を命じられる。青年武士の江戸の青春を描く時代小説。

通りゃんせ　　宇江佐真理

25歳のサラリーマン・大森連は小仏峠の滝で気を失い、天明6年の武蔵国青畑村にタイムスリップ。驚きつつも懸命に生き抜こうとする連と村人たちを飢饉が襲い……時代を超えた感動の歴史長編！

夕映え（上）　　宇江佐真理

江戸の本所で「福助」という縄暖簾の見世を営む女将のおあきと弘蔵夫婦。心配の種は、武士に憧れ、職の落ち着かない息子、良助のことだった…。幕末の世、市井に生きる者の人情と人生を描いた長編時代小説！

角川文庫ベストセラー

夕映え（下）

宇江佐真理

江戸の本所の縄暖簾「福助」の息子・良助は、彰義隊の一員として上野の戦に加わるという。無事を祈るおあき達だったが、江戸から明治への時代の激流は、市井に生きる彼らを否応なく飲み込もうとしていた。

吉原花魁

宇江佐真理・平岩弓枝・藤沢周平 他
編／縄田一男

苦界に生きた女たちの悲哀を描く時代小説アンソロジー。隆慶一郎、平岩弓枝、宇江佐真理、杉本章子、南原幹雄、山田風太郎、藤沢周平、松井今朝子の名手8人による豪華共演。縄田一男による編、解説で贈る。

咸臨丸、サンフランシスコにて

植松三十里

安政7年、遣米使節団を乗せ出航した咸臨丸には、吉松たち日本人水夫も乗り組んでいた。歴史の渦に消えた男たちの運命を辿った歴史文学賞受賞作が大幅改稿を経て待望の文庫化。書き下ろし後日譚も併載。

燃えたぎる石

植松三十里

鎖国下の日本近海に異国船が頻繁に姿を現し、材木商・片寄平蔵は木材需要の儲け話を耳にする。が、江戸湾に来航したペリー艦隊には、「燃える石」が燃料として渡されたと聞き、平蔵は常磐炭坑開発に取り組む。

春の雨
手習処神田ごよみ

岡篠名桜

内神田にある「上谷塾」を祖父から引き継いだ長女の理与は、旗本の父の急死後、上谷家を支えてきた。跡継ぎの弟・幸太郎は幼すぎて出仕が敵わず、家族は下命を待つ日々。そんなある日、事件が起こり……。

角川文庫ベストセラー

四十郎化け物始末3
幻魔斬り　風野真知雄

礼金のよい化け物退治をこなしても、いっこうに借金の減らない四十郎。その四十郎にまた新たな化け物退治の依頼が舞い込んだ。医院の入院患者が、一夜にして骸骨になったというのだ。四十郎の運命やいかに！

猫鳴小路のおそろし屋　風野真知雄

江戸は新両替町にひっそりと佇む骨董商〈おそろし屋〉。光圀公の杖は四両二分……店主・お縁が売る古い品には、歴史の裏の驚愕の事件譚や、ぞっとする話がついてくる。この店にもある秘密があって……？

とんずら屋請負帖　田牧大和

「弥吉」を名乗り、男姿で船頭として働く弥生。船宿の松波屋一門として人目を忍んだ逃避行「とんずら」を手助けするが、もっとも見つかってはならないのは、実は弥生自身だった──。

とんずら屋請負帖
仇討　田牧大和

船宿『松波屋』に新顔がやってきた。船頭の弥生が女であること、裏稼業が「とんずら屋」であることは、絶対に明かしてはならない。いっぽう「長逗留の上客」丈之進は、助太刀せねばならない仇討に頭を悩ませて。

ちっちゃなかみさん　新装版　平岩弓枝

向島で三代続いた料理屋の一人娘・お京も二十歳、数々の縁談が舞い込むが心に決めた相手がいた。相手はかつぎ豆腐売りの信吉。驚く親たちだったが、なんと信吉から断わられ……豊かな江戸人情を描く計10編。

角川文庫ベストセラー